JN189315

中相撲殺人事件
小森健太朗

本格
M.W.S.
南雲堂

中相撲殺人事件

目次

装幀　岡 孝治

写真　© patrimonio designs ltd / Shutterstock.com
© aquamarine painter / Shutterstock.com

第1話 雷電の相撲

春の日射しを浴びて、打ち水をされたばかりの門柱に水しぶきがきらきらと舞っていた。伝統ある相撲部屋である千代楽部屋の表札に記された文字は、明治時代の先々代の親方の筆によるもので、長く積み重ねられてきた伝統の重みを今に伝える。

水をまく手を休め、額に流れる汗をぬぐっていた千代楽親方夫人の佳代子は、通りの向こう側から、学校のカバンをもった娘の聡子が歩いてくるのを見つけて手を振った。

「聡子、お帰り」

長い黒髪をツインテールにした聡子は、金色の校章のついた紺色のブレザーに長めのプリーツ・スカートを着ている。

「ただいま、お母さん」

「そこの庭で、御前山が何かそわそわしていたわよ。また、あなたに相手してほしいんでしょう?」

「また御前山が何かやらかそうとしているの? 困ったものね、まったく」

門をくぐって玄関に自分のカバンを置いてから中庭の方に行ってみると、幕下の御前山が庭の木を対戦力士に見立てて取組練習をしているところだった。

御前山は、聡子がやってきたのをみとめて、稽古を中断し、微笑んだ。

「やっぱり、イメージトレーニングが大事だと思うんですよ」

「その稽古が、イメージトレーニング？」

「いや、なに。これはほんの練習のひとつですよ。まあ聡子さん、お茶でもどうです？」

縁側の方におもむき、そこに置いてある急須でお茶をいれて、御前山は、自分の近くに坐るよう聡子にうながした。うながされるまま、聡子は、縁側にすわり、置いてある茶菓子を頬張った。

「それで、イメージトレーニングがどうしたって？」

「聡子さん。聞いてくれませんか、相撲に強くなる秘訣のようなものが、だいぶみえてまいりました」

「まーた。ろくでもないことを思いついたんでしょう」

「いえいえ、とんでもない。こちらでもいろいろとリサーチした結果です。相撲で強くなる秘訣を探すために相撲の世界だけにとどまっていては、視野狭窄（きょうさく）に陥り、広い世界がみえなくなるおそれがあります。もっと、より広い世界に目を向けるべきだろうと、そうあらためて気づいたというわけですな」

「なによ、その広い世界って」

「つまり、相撲もまた、数あるスポーツ競技のひとつにすぎない。他の人気スポーツ、たとえばゴルフや野球、テニスといった球技、柔道やレスリングといった格闘技、そしてオリンピックで競われるさまざまな競技の、トップにのぼりつめたプレーヤーたちの修練法やメンタルトレーニング、そういったものを幅広くとりいれて研鑽を積むべきだし、その方法論が有効であると、さしあたってはそういう結論にいたったわけです」

「それはまあ、各界のトップアスリートや一流プレーヤーであれば、そこにいたる修練やトレーニングがあって、他の人にはないメンタルのコントロール力をもっているかもしれないけど、そんなものは易々と真似られないから、一握りの人たちしか頂点に立てないわけでしょう。誰にでも真似できないことを簡単にとりいれられるわけないでしょう」

「それはそのとおり。もちろん簡単に真似られることと真似られないことがあります。個々人の個性や特質に依存することがらは、多くはそのままでは真似できませんし、たとえ他の人が同じやりかたを踏襲し模倣したとしても、うまくいくとは限りません。そこで、トッププレーヤーのしていることのうちの、模倣が可能なもので、なおかつ模倣すればうまくいきそうなものを特定し限定し抽出し、そこをとりいれるのが望ましいと考えるにいたったわけです」

「つまりトッププレーヤーの経験談の中に、相撲が強くなるのに役立つこともあるから、それをとりいれて実践してみようというわけ?」

「大体そのとおりですが、その前段階として、一人の成功事例をみるだけでは、その人の個別例にすぎず、普遍化できるとは限りません。だからその人のやりかたを真似るといっても、当然そのまま同じにするわけにはいきません。しかし何人もの成功事例をあたり、その中に共通項のようなものがみいだせれば、その共通項については、真似て実践すれば役立つものがある——そのように考えることはできませんか?」

「あーそうね。あたしもそろそろ受験が近いから、学習参考書読んでるけど、お薦め図書として『東大合格、これが秘訣だ。１００人の合格者に聞きました』という本があったから、図書館で借りて読んだのよ。そしたら、たしかに東大に合格した人には共通した勉強法がみいだせた。毎朝朝食をとって、毎日欠かさず、規則正しく勉強していることだった。……って、それだけかよ！　とあの本は読んでて大声でツッコミを入れたくなったわ」

「私の考えているのは、それよりはもっと高邁なことがらです。あの若乃花関も見事な相撲をとったときに、まるで先々代の若乃花がとりついたようだといわれたものです。先代や先々代の名前を受け継いだ力士は、往々にしてその名を受け継いだ元の力士の霊というか存在がまるでおりたつかのようだという経験を語っているのが、私の知るかぎりでもこの角界に何人もいます」

「その名を受け継いだ力士の守護霊がついたみたいな、ってやつ？」

聡子は茶化す口調で言ったが、御前山はその言葉に我が意を得たりと言わんばかりに大きくうなずいた。

「そのとおり、まさに守護霊がついたのですよ。そういう現象は、この角界に限りません。たとえばブラームスは、交響曲の楽想を得たとき、まるで身近にベートーヴェンがいたかのようだと語ったといわれています。このときブラームスにも、ベートーヴェンの守護霊がおりていたようなものだ、とみることができるんじゃないでしょうか」

「まあ、そういう偉人たちの経験談も、たぶん比喩的な意味でならあるんじゃないかという気がするけれども」

「トップのテニスプレーヤーが強くなった秘訣を聞かれたときに、前代のテニスの世界チャンピオンのビデオを見ながらイメージトレーニングをしていたら、急にその前代チャンピオンに体をのっとられたような感覚になり、それ以降急に強くなったという話をしているそうです。その話を聞いて私は思いいたったんですよ。つまり、そういうイメージトレーニングから守護霊がおりてくる話までは一連の、地続きの話ではなかろうかと。その訓練を積んでいたものには、最初はイメージトレーニングのつもりでも、だんだんと守護霊がおりてくる基盤が整えられていったのではないかと考えるにいたりました。前に存在した天才や偉人を強くイメージすることで、言ってみればその霊をおろすことが可能になる」

「うん、まあ地続きととらえてもいいかもしれないけど、それがあなたの強化法にどう関わってくるわけ?」

「今日駅前で配られているちらしに、こういうのを見つけたんですよ」

そう言って御前山がとりだしてみせたのは、白い紙に黒のインクで〈あなたに守護霊をおろします!〉と書かれたちらしだった。〈お望みの過去の偉人の霊をおろします。あなたはその偉人の能力を手に入れることができます〉などという文句が書かれ、駅前のビルの住所と電話番号が載っていた。

(うわ……)

聡子はそのいかがわしげなちらしをひと目みるや、のけぞって逃げだしたくなるものを感じた。

「どう思います、聡子さん?」

「どう思うって……?」

「これを活用すればいいと思いませんか?」

「それ、怪しげな宗教か霊感商法の類じゃないの? どうしてそんなちらしに書いてある謳(うた)い文句が信用できるのよ?」

「しかし、このちらしには、イメージトレーニングを進化させた先に守護霊の体験がある、と書かれています。これはちょうど近頃自分が考えていたことにぴたりと合致します。つまり、イメージトレーニングを進めていった先に守護霊がおりたともみえる境地がひらけてくるのですよ。他にもそのちらしに書かれている説明文は、うなずけるものが多く、その内容からして、私は信用に値するものだと思いました」

「そ、そうなの。そんなので信用できるものになるの……？」

「私が力士として強くなるには、ここに書いてあるやりかたを実施してもらって、私に過去の強大な力士の霊をおろしてもらえばいいのです。そうすれば、私は横綱に比肩するわざと力を存分にふるえるようになり、角界での出世も思うがままというわけです！」

「でも、これお金をとるみたいよ。一回の相談料が五千円から、って書いてあるけど、相談の次の霊おろしとかになると、もっと高い金額を請求してくるんじゃない？　そんなお金払えるの？」

「もちろん役に立たないと思えるなら、頼んだりしません。まずは様子を見にいってみようと思います。それに、もし過去の大横綱の霊が本当におろせるなら、何十万円かかったところで、出世払いで簡単に元がとれてしまいますよ。ハッハッハッ」

（ハッハッハッって……）

（なんとお気楽な……）

「というわけで、今からこのちらしの相談所に行ってみようと思います。聡子さんも見にきますか？」

「えーっ。なんであたしが……」

「いや、別に付いてこられなくても結構です。一人で行きますので」

(うーん……)

(うちの部屋の力士が変なものにはまったりすると、またお父さんが苦労することになるのよね……)

(そういう点では、娘のあたしにも監督責任のようなものがあるかも……)

「うーん、じゃあ、ちょっとだけ、一緒に行ってみるけど、詐欺師っぽいとか、明らかに金をだまそうとしているところだったら、即座に引き上げてよね」

「それはもちろん。私は人をみる目はあるつもりですから」

(どうだか……)

というツッコミを入れたくなったが、その言葉を聡子は飲み込んだ。

「じゃあ、ちょっと待ってて。着替えてくるから」

「はい、それでは十分ほどしたら玄関にいますので」

*

カジュアルな服装に着替えた聡子は、和服姿の御前山と連れ立って、駅前のビルへと向かった。駅前はなじみの場所だが、商店街から少し外れたところにある、いかにもうらぶれた感じの、裏通りにあるくすんだコンクリ壁のビルは、これまで近づいたこともなかった。

「では、行きますよ」

御前山に声をかけられて聡子はうなずいた。

「え、ええ」

二階に昇ると、「霊能力相談所」とかいういかにも怪しげな看板が出ている扉があった。

ためらわず御前山がトントンと戸を叩くと、中からすぐに「お入りください」との声が聞こえた。

「失礼します」

御前山が戸を開けて中に入り、聡子もそれに続いた。

「いらっしゃい」

室内には、テーブルに腰をおろし、長髪で色白の、眼光の鋭そうな男が坐っていた。年齢はみたところ、三十代とも四十代ともみえてよくわからない。ネクタイをして、くたびれた黒いスーツを着ている。

「どうぞおかけください」

勧められて、御前山と聡子は、戸口のそばに置かれている長椅子に腰をおろした。

「私、この研究所の所長をつとめています有田と申します」

「初めまして。私は相撲をとっている前田と申します。しこ名では御前山ですが、関取にもなれていない身なので、たぶん御存じないかと思いますが……。それと、こちらは私が属している部屋の親方の娘の聡子さん」

「どうも」紹介された聡子は軽く頭を下げた。「今日は前田さんの付き添いでまいりました」

「それで、今日はどういうご用件でこちらへいらっしゃったのですかな？」

「この、ちらしを見てきました」そう言って御前山は、さきほどのちらしを示した。

有田という男はそのちらしにちらりと目を落とし、まぶたをひくひくと動かした。「ほう。守護霊をおろすことに興味がおありですか？」

「守護霊、というだけならさほど興味はもてませんでした。しかしこのちらしには、進化したイメージトレーニングが守護霊につながるということが書かれていました。それはかねてより自分が考えていたことと合致するところがありました。私の調べたところでも、過去の偉大な業績をあげた偉人たちの多くは、みな先人たちへの敬意をもち、イメージトレーニングにあたるようなことを行なっていた節があります。その上で自分のところに、もう亡くなっている偉人たちが訪れてきたということを言っているいくつもの証言が、調べていくと見つかりました。ひとつふたつの例でなく、過去の偉人たちの多くが、自分たちに先んじる偉人の指導をうけ、その存在を身近に感じたというようなことを述べています」

「よくおわかりのようですな。まったくもってそのとおりです。当研究所を利用される方も、そのような知見をもって、過去の偉人たちの指導を仰ぎ、政財界や芸能・スポーツといった幅広い分野で活躍しておられるのですよ」

「こちらの研究所では、政財界や芸能・スポーツの有名人が相談に来られたりするのですか？」

「もちろんですよ。これまでにわが研究所を利用された人の一覧リストがこちらにあります」そう言って、その男は印刷された紙を御前山たちに示した。「このリストは部外秘なものですから、ご他言は無用に願いたいところですが、これまでにわが研究所を訪ね、守護霊をおろして、いま各界の一線で活躍されている方々のリストです。これでもまだほんの一部でして、この他にも極秘裡に相談に来られている身分の高い方々や著名人も多くおられるのですが……」

聡子がみたその一覧リストには、政治家、財界人、スポーツ選手、マスコミ関係者、タレント、アイドルといった、テレビでなじみの、聡子がよく知っている有名人の名前がずらりと並んでいた。本当にこんな面々がここを訪ねているなら、豪勢きわまりない。

(眉唾だと思ってたけど……)

(ますますうさん臭い……)

聡子はそう感じたが、隣りの御前山は素直に感銘を受けた様子だった。

「おおお、こんなにたくさんの方たちがここを利用されておられるのですね。実にすばらしい」

「それで、前田さんはどのようなご希望をおもちですか？」

「はい。さきほども申したとおり、自分は力士をしている身。ですが、なかなか思うように成績が伸びず、入門して何年にもなるのにいまだに幕下どまりでいます。過去の強かった力士たちの経験を聞くと、偉大なしこ名を先代から受け継いだ力士などは、その名をもっていた前の力士が指導霊か守護霊のように現れて、相撲を強くしてくれたというような体験談をよく耳にします。ですから自分もそういう力士にあやかりたいものだと思いまして、以前に親方に、強かった力士のしこ名を受け継がせてくれないか頼んだこともあります」

「えっ、そんなことがあったの？」と聡子が聞き耳をたてた。「それは初耳ね。それで、その頼みにうちのお父さん、どう答えたの？」

「千代楽親方は、強いしこ名を受け継ぎたいなら、せめて十両に昇進してからにしろ、とのことでした。改名するにしても実績を残してから、ということでしたね」

「まあもっともなことよね。他の部屋の力士をみても、幕内に上がってから強いしこ名に改名しているのは結構いるけど、幕下のうちから、過去の強い力士の名前をもらっているのなんてそんなにいないもの」

「それで話をもどしますが、名前をもらうのが無理でも、過去の大力士のイメージをとりいれて、そういう存在に守護霊のようについてもらうことは可能なんじゃないかと、このちらしを見てそういう風に思いまして、それでここを訪ねた次第です」

「ほう。過去の強い力士というと、たとえばどんな力士ですかな？」

「そうですね。昭和の大横綱と言えば、筆頭にあがるのは六十九連勝の記録をうちたてた双葉山（ふたばやま）ですかね。自分にとっても双葉山は憧れの大力士です。双葉山の霊を自分のところにおろすことができればどんなにいいか――」

「なるほど、双葉山ですか。うーん、どうかなぁ」

「双葉山を呼び出すのは難しいですか？」

「不可能ではないと思うのですが、なにぶん時代が古いですよね。記録された映像などもあまり残っていませんよね」

「映像が残っていないと無理なのですか？」

「いや、もちろん無理ということはありません。しかし、おろしたい人の映像や記録が残っていた方が、その存在に同調しやすく、守護霊として召喚しやすいところがあります。この間、うちでイメージトレーニングを積んでいたテニスプレーヤーは、過去の大会でいくつも優勝している有名なテニスプレーヤーのビデオを延々とみて、そのイメージを体内にしみこませました。おかげでその守護霊が降臨し、そのプレーヤーの成績はめざましく伸びたということがありました」

「でもそれだと、ビデオ映像などが残されている近年の人にかぎられますね」

「そういうものが残されていない過去の偉人の霊を呼ぶには、できるかぎりその偉人のイメージがうかびあがるものをそろえて念じるようにしています。うちには、御霊おろしをする巫女もいるので、そういう巫女を通して、過去の霊魂を呼び寄せます。ただし、巫女を介するとなると、経費がかかるので、普通よりは値段は高くなってしまうのですが――」

「それはいくらくらいかかるのですか？」

「近代以降の偉人でしたら、一人おろすのに大体六万八千円から八万二千円という価格が設定されていますが、巫女を使う場合にはそれに四万五千円プラス交通費などの必要経費が上乗せされた価格になります」

「とすると合計で十二万円かそこらの金額になるか。ふむ、貯金をおろせば払えない額ではないな……」

「ちょっと御前山」聡子は横から御前山をつついた。「本当にいいの、こんなのに十万円もする大金をつぎこんで？　それで効果がなかったら丸損じゃないの？」

「おお」その聡子の言葉を耳にしていた有田は鷹揚な笑みを浮かべた。「そちらのお嬢さんのご懸念はもっともです。もちろん、その金額は効果があり確証された後のお支払いでかまいません。当方としてはまずはお客さまの信用を得るのを第一のモットーにしておりますから」

「おお、すると、その金額は成功報酬というか後払いでよいと？」

「ええ、ただ霊おろしをするトレーニングプロセスの費用はいただきますが、それは二万三千円というお得な割引価格でご提供できます」

「二万三千円……」御前山はもっていた財布を懐からとりだして中を開いた。「おお、ちょうどいま財布にその金額が入っている。では今……」

「待った待った」と聡子が割り込んだ。「本当に申し込んでいいか、もう少し慎重に考えようよ」

「いや、今即決で決めてよいと思うんだ」

「でも……」

「よろしいですよ、いまご決断なさらずとも」有田はにっこりと微笑んで言った。「私どもとしても、信用されていない方に守護霊をおろすのは難易度がより高くなりますからね」

「いや、自分としては是非、双葉山をおろしてもらいたいのです。双葉山……待てよ。さかのぼれば、一番強いのは……そうだ、雷電。雷電をおろしてほしいです」

「雷電、ですか。それも映像などを用意するのは少々難しそうですね」

「しかし記録や伝承は残っているから、ある程度イメージをくみ上げることは可能だと思います」

「わかりました。では、その方向で準備をさせていただきましょう。今度おいでになられるときは、その雷電をイメージし、守護霊をおろしやすくする環境を用意しておきますよ」

「本当ですか。ありがとうございます」

お金を払おうとする御前山を押しとどめ、聡子は「失礼します」と言って無理やり御前山をそこから出させた。

「ちょっと。こんなの、全然信用できないに決まってるでしょ」

「いや、しかし……」御前山は少し抗弁しようとしたが、「うむ、まあ、聡子さんの言うこともわかる。しばらく頭を冷やして考え直すことにしよう」と言った。

「とにかく、部屋に帰るわよ」

聡子は御前山の手をとって、強引に千代楽部屋に連れ帰らせた。

*

それから一週間ほどして——

本場所の開催が間近となり、千代楽部屋での稽古にもだいぶ熱が入り始めた頃。稽古から上がった御前山が、いつになくふらついた足どりで中庭の方に歩いていたのをみて、聡子は声をかけた。

「御前山」

「おや、聡子さん」

「なんか、足下、ふらついてるわよ。どうしたの、寝不足？　具合でも悪いの？」

「いえ、そういうのじゃないですが、あの霊能力相談所で連日のイメージ訓練をうけていて、それでちょっと足腰がふらつくというか、ちゃんと立ってられないというか……」

「ちょっと御前山！　あなた、あそこに行ってるわけ？」と聡子は声をあげた。「あんなインチキな研究所はあれほどやめておけ、と言ったのに」

「お試しですよ、あくまでお試し。効果がなければやめればいいだけのこと」

「でも手付金みたいなのは払ったんでしょう？」

「講習代の費用だけですよ。ほんの二万円くらい、この御前山に支払えないことはありません」

「二万円を払える程度で威張るな、バカ。でも、その様子だとかなりやりこんでいるの？」

「ええまあ、一日三時間程度ですがね。今日もこれからあそこに受けに行くんです」

「毎日三時間も!?　部屋の稽古もあるのに、その上に三時間もそんなトレーニングしてたら、御前山、寝る時間なくなってるでしょう？」

「平気ですよ、平気。やる気と精神的体力があれば、どんな難局も乗り越えられます」

「そんな、旧日本軍の精神論みたいなことを言っても、体を疲れさせたらその効果はてきめんに現れるわよ」

「だから大丈夫ですって」

「やめなよ、もうそんなところに行くのは」聡子は御前山のまとっている羽織をつかんで言った。

「止めてくれるな、聡子さん。これも勝つため、男の修行のためですよ」

そう言って御前山は、聡子の手をふりほどいた。

「必ずよい結果につなげてみせます。それまで、大船に乗ったつもりで待っていてください。ハッハッハッ」

「ハッハッハッ、じゃないわよ」呆れて聡子はため息をついた。「誰もあなたに大船に乗せてくれって頼んでない」

しかし相手は大の大人(おとな)である。これがもし聡子が保護している未成年者などであれば、強制的にやめさせることもできようが、本人がやりたいと言っているものを無理強いすることはこれ以上できそうもない。

「やれやれ。本当、どうなっても知らないから」

門から出て行った御前山を見送り、聡子は肩をすくめて家の方に引き上げた。

＊

本場所が始まり、聡子は御前山の取組がどうなるか気になり、午前中から国技館に乗り込んで、幕下の取組を観戦することにした。

夕方近くなって幕内の取組が始まる頃から国技館の客席は混み始めるが、日中の幕下の取組を観戦しているものはごく少ない。聡子は、持参したポップコーンを頬張りながら、幕内力士と比べれば体格が小さめの力士が多い幕下の取組を観戦していた。

御前山の取組の番となり、行司がその名を呼び上げる。

いる感じである。

御前山は土俵にあがってきたが、その足どりはどこかおぼつかない。酒に酔ったようにふらついて
「御前山、だからやめておけって言ったのに」その様子をみて聡子は独りごちた。「あんな様子じゃ、まともな相撲をとるなんて到底無理そうね」

土俵上の行司が身構えて「見合って見合って」と掛け声をして、「八卦よい、のこった！」と軍配を返した。

御前山は何か奇声をあげながら、猛烈に相手力士に突進し、組むまでもなく相手を突き飛ばしてしまった。

相手力士は腰をついて倒れ、軍配は御前山にあがった。

「あらら」聡子は少し驚いて声をあげた。「勝っちゃった。先場所も負け越してたのに、初日に勝つとは」

聡子は席を立ち、控室から御前山が戻ってくるのを関係者室で待った。

じきに浴衣を羽織った御前山がそこにやってきた。

聡子は駆け寄り、

「御前山。初日勝ったわね。おめでとう」と話しかけた。

ところが御前山は心ここにあらずといった風で、目を泳がせ、

「ギュイーン、ギュルルルル……」とわけのわからない声をあげている。

「御前山？」

聡子がつついても御前山は一向に返事をしようとしない。

「御前山、一体どうしちゃったのよ！」

*

翌日からも御前山の快進撃は続いた。

この半年間まともに勝ち星をあげられなかった悪成績の万年幕下呼ばわりされる存在だったのに、二日目はつっかかってきた相手をひょいとかわしてはたき込みの勝利。三日目は、がっぷり組んだ後、決まり手としては珍しい首投(くびな)げで相手を投げ落として勝った。四日目は、相手が猛烈な勢いでつっかかってきたのを受け流し、掛投(かけな)げで勝利。五日目は組んだ後に体勢を崩した相手の体を抱きかかえるようにして巻落(まきおと)しで勝った。六日目は、なぜか足下がぐらつきもたれかかるようになった相手力士を二丁投(にちょうな)げにして勝った。

六日目までできて無敗の六連勝。幕下としては最終日にあたる七日目は、全勝同士の取組がくまれていて、勝った方が幕下の優勝力士になる。その大一番の優勝決定戦に御前山が臨むことになっていた。

御前山の好調ぶりには千代楽親方も目を留めた様子で、

「あいつ、いつになく調子がよさそうじゃないか」という。「初日から六連勝なんて、いつ以来だ？」

「たぶん入門以来初めてじゃない？」と聡子がこたえる。「これまで御前山が三連勝以上したのなんて、見た覚えないもの」

「あいつ、何か秘密の特訓でもしていたのか？　最近の稽古はいつも早めに切り上げていたようなのに……。急に相撲に開眼したような感じだが……」

「それは……どうだろう」思い当たるところがある聡子は言葉を濁した。「でもこのところ、御前山、ずっと変なの。お父さん、何か気づかなかった？」

「変？　そうかな。きのう調子がよさそうじゃないかと話しかけたとき、返事もしないで向こうに行ってしまったが、相撲のことで頭がいっぱいなんだろうと思って、大して気にもしなかったが……」

「そこ、そうなのよ。ここのところずっとそんな感じ。あたしが話しかけても、まともに返事もせず『ギュイーン、ギュルルルル』とか、わけのわからないことをつぶやいて、ぷいと行ってしまうの。こんなの、おかしいと思わない？　なんか御前山がいなくなって、その脱け殻が相撲をとっているみたいよ」

「いやしかし、相撲とりとしては、勝負に専念し勝つことが何より優先される。これまでおまえとじゃれあっていた感じもあったが、今は相撲に専念したいということなのだろう。おまえも、今場所が終わるまでは、あいつにちょっかいをかけずにそっとしておいてやれ。あいつにとっては、優勝できるかどうかは相撲人生を賭けた一大事にあたる。もし明日の大一番で勝って優勝を決めれば、十両への昇進もできる。関取になることも現実味が増す。その目標のためなら無愛想になったり、人との会話にも気が回らなくなったりしても不思議はない」

「あたしも最初のうちはそうかなと思っていたけど、もうこの二週間ずっとそんな調子なのよ。いくらなんでも、これはおかしいわよ」

「いや、聡子、おまえがそんなに気にすることではないよ」

御前山の様子が変であると聡子がいくら訴えても、千代楽親方はまともにとりあげる気はないらしいことがわかった。

業を煮やした聡子は、駅前の霊能力相談所に行ってみようかと思いついた。一体御前山になにをしているのかを問いただし、元の御前山に戻すように求めるのも、悪くない考えに思えた。

（いくら相撲に勝っているといっても……）

（あんなんじゃ、御前山が御前山でなくなっちゃう……）

（魂をぬかれた脱け殻みたいになってる。このままじゃ絶対にいけない）

内心でそんなことを考えながら、聡子は早足で、駅前への道を進んだ。

＊

あの研究所に通うようになってから、御前山はすっかり人が変わってしまい、聡子ともまともに口を利かなくなった。相撲では好成績をおさめているとはいうものの、このまま放置しておくわけにはいかない。その原因をつくったのは、御前山が足繁く通うようになっていた、あのいかがわしげな研究所とみて間違いなかろう——そうあたりをつけた聡子は、その日の午後、単身その研究所に出向くことにした。御前山にどんな催眠だか洗脳だかをほどこして、あんな風にしたのかを問いただして明らかにし、御前山を元に戻す方策を聞き出してくる算段である。

ところが、つい先日訪ねたばかりのビルの前に来ると、前に来たときと様子が何やら変わっている。破産管財人がシャッターに張り紙をしていて、何やら警告文のようなものが貼られている。二階に昇ってみると、スーツ姿に眼鏡をかけた長身の男が研究所の扉の前に立っていて、写真をとっているところだった。その男は、聡子が階段をのぼってきたのに気づき、

「この研究所に御用ですか？」と訊いてきた。

「え、ええ……」

「この研究所の主だった男が一昨日から行方をくらませて、行き先がわかりません。自宅の方も調べましたが、荷物がきれいにもちだされているところをみると、意図的に姿をくらませた可能性が高いと思われます。今月末に返済期限が来る借金の貸し手が、昨日から姿が見当たらないと騒ぎだしていました。おそらく借金の返済でクビが回らなくなって、夜逃げしたと思われますな」

「そ、そんな……」聡子は少し絶句した。「それで、あなたは？」

「申し遅れましたが、私はこういう者です」

そう言ってその男は、聡子に懐からとりだした名刺をさしだした。聡子はそれを受け取り、書かれている文字に目をおとすと、「心理療法士　春日井　彦也」と記されている。

「心理療法士……さん？」

「この研究所で洗脳被害をうけたという被害者からの相談をうけて、弁護士と一緒にこの研究所にきたものです。この研究所に通っていた男性が、深刻な精神被害をうけていて、あれは一種のマインドコントロールだと思いますが、この研究所で昼夜にわたって延々と長時間のビデオをみせられ、何や

らのエクササイズをさせられていたそうです。それで夫の様子がおかしくなったとその奥様からうちに相談があり、事情を聞いて、弁護士ともども出向いてきた次第です。が、一歩遅かった。もう一日早く来ていれば、その元凶の首ねっこをおさえられたかもしれないのに、借金取りに追われて夜逃げした後だったとは……」

「あの、あたしのところも、ここの研究所にはまって、洗脳されたみたいになっている人がいるんです」

「ほう。あなたのところも？　そうすると、この研究所が巻き込んだ被害者の数は、予想していたより多くいるのかもしれないな……」

「それで、その洗脳みたいなのを解除してもらう方法を聞きに、ここにやって来たら、こんなことになっていて……。解除する方法もわからなくなったら、御前山、もしかしてずっとあのままで……そんなの困る……」

「よろしければ話を聞きましょうか。心理療法士として、もしかしたらなにか力添えができるかもしれない」

「いいんですか、あたしのところの、相談に乗ってもらって？　相談料とか払える持ち合わせはありませんが……」

「そんなのはいりませんよ。そちらの事情を聞いておけば、こちらの被害者を救済するときにも参考になる情報が得られるかもしれない。ただ、心理療法士としての施術を求められたりする場合には、別途料金が発生するかもしれませんが……」

「その場合はまた考えます。まず話を聞いてくれませんか？」

「わかりました。こんなところで立ち話もなんですから、近くの喫茶店にでも入りましょうか」

＊

近くの喫茶店に入り、聡子は心理療法士を名乗る春日井という男に、御前山がこの研究所に関わって以降、挙動不審になるにいたるまでの経緯を、知っているかぎり全部話した。春日井は手を組んで、興味深そうにじっと聡子の話に耳を傾けていた。

ひと通り話し終えて聡子はおずおずと、

「あの……どう思いますか？」と訊ねた。

「ふむ。その御前山さんが、この研究所でどんなことをされていたのか、それがはっきりしないので、断言はできませんが、聞いた範囲で推測するに、御前山さんは、昔の強い力士の雷電になるために、そのイメージトレーニングを望んでいた。そしてイメージトレーニングがさらに進めば、それが守護霊の降臨のようになるととらえておられたと」

「ええ、大体そんな感じのようです」

「あの研究所では、長時間刷り込むように延々とビデオ視聴をさせる方法がとられていると聞くので、おそらく御前山さんは、その雷電のビデオを延々とみせられたのではないですか」

「でも雷電って江戸時代の強い力士です。雷電を録画した映像なんて残っていません」

「とすると、その雷電にまつわる補助的な映像資料か何かが使われた可能性があります」

「うーんと、そうですね」聡子は相撲協会の資料室にあった映像資料の類を脳裏にうかべた。「よくわかりませんが、雷電をめぐる史跡探訪とか、そんなビデオ番組ならやっていたのを録画したものがあったように思います。そんなものでしょうか」

「ええ、おそらく、用いられたのはそういうものの類でしょう。用いられている技法は催眠療法の一種ですな。何度も体に刷り込ませるように印象づけて、体も心も特定の状態へと浸しきった状態にする。その上で施術者がつぶやく一言は、その洗脳されている者にとっては、決定的な命令事項として作用します。フロイト流にいえば、無意識への刻印がなされるわけです。その状態での命令の言葉は、催眠状態にある者には決定的な働きをなします。御前山さんの場合は、『おまえは雷電だ』とか『雷電の生まれ変わりだ』とか『おまえの前世は雷電だ』とか、その類のことを吹き込まれたのではないでしょうか。それでそれ以来、夢うつつの夢遊病者のような状態に陥っている。でも体としては自分が天才力士雷電であると信じ込んでいるものだから、相撲をとらせたら著しく強くなっている――おそらく、いま御前山さんは、そんな状態にいるのではないでしょうか」

「ええ、あたしも、そうだと思います」

聡子は勢いよくコクコクとうなずいた。春日井の説明には腑に落ちるところがあったためでもある。

「それで聞きたいのは、そういう状態にある彼をいかにして元に戻せるかなんですけど――その洗脳というかマインドコントロールというか催眠みたいなものを解除するには、どのようにすればいいんでしょうか？」

「催眠、を解くには逆催眠、と呼ばれるプロセスが必要になりますね」

「逆催眠？」

「キルケゴールの『死に至る病』には、この逆催眠のやりかたをうまく比喩的に表現している箇所があります。魔法の音楽を聞かされて呪縛されてしまった村人を救うために、よい魔術師は、その魔法の音楽を逆向きに反対から演奏したというんですね。呪縛する音楽をさかさまに後ろ側から演奏することによって、その魔法は解呪された。それに似て、その雷電のビデオで催眠をかけられているなら、もう一度そのビデオをその人にみせながら、わきにいて、『これは違うからね』などと言って相手を現実世界にゆっくりと徐々に戻していくのが肝要です。魔法に魅了されてしまった状態から元の自己を取り戻すためには、その魔法をかけられたプロセスをもう一度逆向きにたどり直してみる必要があります」

「なるほど、催眠に使われたビデオをもう一度見ながら、その影響からゆっくりと引き剝がしていけばいいわけですね」

「お嬢さんは理解がはやい。そのとおりです」

「要点は理解できましたが、肝心の洗脳ビデオが、どんなものが使われていたのかがわかりません。それがネックです」

「それはたしかに。あの詐欺師の有田とかいう男、とっつかまえて全部吐かせればよかったのですが――」

「でもありがとうございます。雷電になるイメージトレーニング、ということなら、いくつかにしぼれますし、そのビデオを入手できる心当たりもあります。そのビデオを調達して、御前山にみせて、なんとか元の御前山を取り戻したいと思います」

そう言って聡子は立ち上がり、春日井に頭を下げた。

「本当にありがとうございました。御前山を解放する道筋のようなものがうっすらとみえてきました」

「だとよろしいのですが――」

「では、あたしはこれで失礼します。夕方の取組が始まる前に、部屋に戻りたいので」

「わかりました。何か聞きたいことがあったら、さきほどお渡しした名刺に託されている電話番号におかけください」

「ありがとうございます、そうさせていただきます」

聡子はまた頭を下げ、喫茶店を出て、足早に駅の方に歩いていった。

＊

千代楽部屋に戻る前にひとつ行かなければならないところがある――聡子が目指しているのは、相撲関係の資料や書籍をどっさりと集めてある〈相撲資料館〉だった。その資料館は、一般の図書も少し置いてあるので、図書の閲覧や貸出に何回か利用したことがある。聡子は、相撲部屋の関係者として、その資料館のものを貸し出せるカードをもっている。それを使って、その資料館が保管している、雷電関係の映像ビデオを借り出すつもりでいた。

行ってみると、古いＯＳが動いている端末があり、それで検索すると雷電関係の図書が何件かヒットし、映像ビデオも三本ほど見つかった。映像ビデオの中には、江戸時代の大力士・雷電を主題にしたものと、雷電の足跡をたどる紀行ビデオがある。貸出カードを使ってビデオを三本とも借り、資料として雷電について書かれた書籍も四冊ほど借りた。

その検索をしていたときに聡子は、そこからそう遠くない場所に雷電の名を冠した神社があることに気づいた。その神社について調べてみると、江戸時代の力士、雷電をまつったものであると書かれている。家に帰る前にその神社に寄ってみることにした。

地図を見ながら二十分ほど歩くと、坂を登って石段であがった先に赤い鳥居がみえた。三十段ほどある石段をのぼると、町内が眺望できる見晴らしのよい場所に出た。鳥居がたち、小さなお堂があるだけで人の気配はなく、神社といってもごく小規模なものだった。

（訪問したのだからお代と……）

聡子は財布から小銭をとりだし、賽銭箱に入れた。お堂の横に無人販売所があり、おみくじやお守りなどが置かれている。そこをみると「雷電」の名が書かれた必勝祈願のお守りがあり、いまの御前山には似合いそうだと思って、ひとつ買っていくことにした。

千代楽部屋にもどり、時刻をみると、御前山はそろそろ稽古を終えているはずの時間である。御前山がいそうな場所として中庭に行ってみると、ちょうど呆けたような様子でふらふら歩いている御前山の姿がみえた。

「御前山」

聡子が呼びかけているのに御前山は反応しようとしない。

「ちょっと来て。あなたにみせたいものがあるの」

そう言って聡子は御前山の着ている浴衣の袖を引いた。

聡子の目算としては、これから御前山に雷電のビデオをみせ、施されたマインドコントロールのようなものを解除しようと試みるつもりだった。あのいかがわしい研究所がどんなビデオをみせて刷り込みをしたのかはっきりしないが、雷電関係の映像ビデオは、調べた範囲でもそう多くはない。もし御前山がみせられたのが雷電関係の映像であるなら、いま聡子が借りてきた三本のどれかに該当する可能性が高いはずだ。

聡子の部屋にもビデオデッキはあったが、最近父親の千代楽親方がＡＶ機器の高価なものを買い、自室に設置しているのを思い出した。ビデオをみるなら、そこでみた方がより効果が見込めるはずだ。

聡子は、稽古場で力士の稽古をみている父親の姿を見つけ出し、庭から窓越しに
「お父さん！　ＡＶルームでビデオみてもいい？」と聞いた。

「ああ。好きにしろ」親方は聡子の方をみようともせず、面倒くさそうに応じた。

「よし。許可もらったと」

感情も反応もろくに示そうとしない御前山をつれて、聡子はＡＶルームと家族からは呼ばれている父親の部屋に入った。

部屋のビデオデッキの電源を入れてたちあげ、借りてきたビデオテープをその中に入れた。窓の黒カーテンを閉め、部屋の照明を暗くした。その部屋には大きなプロジェクターがあり、以前みていた

テレビに比べたら、まるで小映画館のような広い画面だと感心したものだった。

御前山をテレビの前の席に坐らせ、映像を開始するボタンを押した。大音量とともに雷電の足跡をたどる紀行ビデオの映像が流れ始めた。

内容はみていて、聡子には大して面白く思えないシロモノだった。御前山がなにか反応を示すかと思ってその様子をうかがったが、特に何の反応も示さず、無表情に画面をぼうっと眺めている感じだ。

四十分ほどでそのビデオは終了し、聡子は御前山に、

「どうだった？」と訊いた。

「ギューイーン」

御前山がつぶやいているのは意味不明のうなり声のようなものだった。

（なんか効果が出てなさそうね……）

聡子は借りてきた二本目のビデオを入れたが、これは冒頭にちらりと雷電にふれられるだけで、主題が江戸時代の文化をあつかう内容だったので、あまり役に立たなさそうと判断して、途中で視聴を中止した。もうひとつのビデオは、紙芝居のような演出で、雷電の姿が描かれる小ドラマが途中に挿入される内容で、三本の中では一番まともにみられるものだった。

しかしそのビデオを見終えても、御前山は相変わらずで、特に反応も感動も示す様子はない。はたからみて、ビデオを見せたことが何か効果があったのか疑わしいところだった。

（だめか、これでは……）

ガッカリして聡子は立ち上がり、御前山をつれて部屋を出た。御前山は、夢遊病者のような足どり

で自分の部屋へと戻っていった。

（あれじゃ効果がないのかしら……）

失望し、廊下をとぼとぼと歩いていると、前方から、同じ部屋の幕下力士、栃旺海がやってきた。

栃旺海は御前山と同じ幕下の番付なので、稽古ではよく御前山と相撲をとっている間柄だ。聡子はふと思いつき、御前山のことを彼に訊いてみようと思った。

「ねえ、栃旺海」

「は、何でしょう、お嬢さん？」

急に親方の一人娘に話しかけられて、栃旺海は少し戸惑っている様子だった。

「あなた、御前山とよく稽古相撲をとっているでしょう」

「ええ、まあ。この部屋でいま幕下なのは、あいつと自分の二人ですから」

「今場所、御前山がいつになくよく勝っているのは知ってるわよね？」

「そりゃまあ。初日から六連勝で、もう一番勝てば幕下で優勝です。あの人としたら、入門以来の最高成績になりそうじゃないですか」

「でも最近、御前山の様子がちょっと変なの。話しかけてもまともに返事もしないし、いつもうわの空という感じで」

その聡子の懸念は、栃旺海も共有していたようで、わかるという風にうなずきをかえした。

「それはわれわれ力士も感じています。特に今場所が始まってからは、御前山は、誰ともまともに口を利いていないらしいです」

「で、御前山と稽古とってみて、どう？　何か様子が変わってない？」

「様子が変わったかと言われればそうですね。今場所になってから、相撲のとりかたがだいぶ違ってきたと自分には感じられます……」

「どう変わってきた？」

「取り組む前に両腕を横に伸ばして『ギュイーン』とか言ったり、突然猛スピードで頭から突進して頭突きをしたりしてきます。ルール違犯になる体当たりをしかけたりもするので、本番ではやらないように言いふくめたりしていますが」

「わけのわからない〈ギュイーン〉はあたしも何度も聞かされたけど、両腕を横に伸ばすとか、頭突き攻撃って……それ、普通の力士の相撲じゃないわよね」

「そう、私もそう思いますし、他の、御前山と組んだ力士も同じようなことを言っています。あれはまるで……」

「まるで……？」

「何にたとえていたっけな？　そう、あれはまるで航空機みたいだと。御前山はまるで空を飛ぶ飛行機をまねているみたいだと言ってました」

「飛行機……？」

（飛行機、みたいねぇ……）

「どうもありがとう」礼を言って、聡子は、栃旺海のところから離れた。

首をかしげながら聡子が歩いていると、向こうから、タオルを首に巻いたマーク・ハイダウェーこと、幕ノ虎がやってきた。今場所から関脇に昇進し、いま相撲も充実し、体の血色もよく、力がみなぎっている感じだ。

「マーク」聡子は、ちょっと御前山のことを聞いてみようかとマークに話しかけた。「ドゥ・ユー・プレー・スモウ・ウィズ・オマエヤマ？」

「オマエヤマ？　イェア、ウィ・アー・ナイス・フレンズ。ウィ・プレイド・カード・ゲーム・トゥギャター・メニー・タイムズ」

「ノー、ノー、アイム・ナット・トーキング・アバウト・カード・ゲーム」

マークの答えは要領を得ないものだったので質問を変えることにした。

「マーク、ドゥ・ユー・ノウ・ザ・ネーム・オブ・ライデン？」

「ライデン、ホワッ？」

雷電とは何かとマークに聞きかえされて、聡子はしばらく考えた。

(雷電って英語で何というんだっけ？　ええと……)

しばらく考えて聡子は、サンダーボルトという言葉に行きあたった。

「アー、サンダーボルト、イン・イングリッシュ」

「イェア、アイ・ノウ・サンダーボルト」

「ドゥ・ユー・ノウ・ザ・ネーム・オブ・サンダーボルト、ザ、グレイト・ファイター」

「イェア、アイ・ノウ・ザ・ネーム・オブ・ザ・ファイター・サンダーボルト。ジャパニーズ・ミリタリー・エアプレイン」

「ジャパニーズ・ミリタリー?」

(日本の軍用機って、なに勘違いしてるの……?)

(雷電……?)

(あっ)

その名前は、聡子にも聞き覚えがあるものだった。

(旧日本軍の飛行機に雷電とかいうのがあったっけ?)

「アイム・トーキング・アバウト・グレート・スモウ・レスラー・ライデン」

「オー、ソーリー、アイ・ドント・ノウ・ヒズ・ネーム」

(まあ江戸時代の力士だから)

(マークが知らなくても無理はないか……)

(でも……)

聡子は、そこでひっかかりのようなものを覚えた。

「サンキュー・マーク」

礼を述べて、聡子は、その場を去った。

(雷電……?)

(飛行機……?)

(まさか……)

(航空機の雷電……!?)

「それって、まさか、あの第二次大戦中の、旧帝国海軍の戦闘機、雷電……!?」

それに気づいて、聡子は一人で声をあげた。

（まさか……）

（あの研究所で……）

（御前山が刷り込まれたのは……）

（力士の雷電でなく……）

（戦闘機の雷電……!?）

聡子は、あの研究所を訪れたときの、御前山と有田の会話を思い出した。御前山が「雷電」と言ったのは、当然江戸時代の有名な力士を指してのことなので、隣りの聡子もそのつもりで聞いていたが、あの所長にはそれが伝わらなかった可能性がある。「雷電」という言葉だけでは、別の雷電の意味にとられた可能性があるわけだ。

聡子はダッシュでもう一度外に飛び出した。目指すは近所の図書館の映像資料があるコーナーである。たしかその図書館には、第二次大戦時の映像資料も置かれていたはずだ。聡子は資料庫に入る許可をもらい、そこにあったビデオのうち、戦闘機の雷電が写されているものを三本ほどみつけ、それを借り出した。

急いでうちに戻り、部屋でぐったりしていた御前山を叩き起こして連れ出した。

「御前山、もう一回ビデオをみてもらうわよ」

眠そうにしている御前山を強引に父親のＡＶルームに連れて行き、またビデオ上映を始めた。

今度は、流れてきたのは、大戦中の戦闘機が飛び交うビデオである。その中に「雷電」の名を冠した戦闘機もある。ズバババババッという銃の発射音が大きく鳴り響き、戦闘機が空を舞い旋回する音も入っている。

御前山はその映像をみてビクッと反応を示した。さきほどの力士の雷電のビデオをみていたときとは、明らかに異なる反応だ。

効果が出ている――聡子はそれを実感した。

「よーし。じゃあもう一回、リピート上映」

いま流したビデオの、特に雷電が大写しになっていた箇所を選んで、聡子はそれを再生しリピートして何度も流した。そのたびに御前山はぴくりぴくり、と反応した。

三十分ほど再生リピートを繰り返した後、聡子は一旦ビデオを流すのをストップして室内を明るくし、御前山の方を見た。

御前山の目に生気が戻ってきたように聡子には感じられるようになった。

「御前山、あたしがわかる？」

そう話しかけると、御前山は目をぱちぱちと瞬かせた。

「聡子さん。ここで一体なにを……？　私は一体なんでこんなところに……!?」

「よかった。御前山、戻ってきたのね」

「何を言っているんですか。私はどこにも行っていませんが」

「どこにも行っていないけれど、あらぬところに行っていたでしょう」

「何のことです？」

「この数日のこと、御前山、覚えてる？」

「このところ、ずっとぼうーっとしていたみたいだから、それほどはっきりは覚えていませんが、相撲をとっていましたよ、ずっと。空を飛んでいるような夢を見ていたような気もします」

「御前山はその間雷電になっていたんだよ」

「えっ、雷電に？　じゃあ私、無双の大力士として連戦連勝だったんじゃないですか⁉」

「そのとおり。初日から六連勝。明日の一番で勝てば幕下での初優勝が決まるよ」

「なんとなんと。少し思い出してきました。あの研究所で雷電の霊をおろしてくれと頼んで、そしたら、暗い部屋に連れて行かれて、あまり関係のないビデオを延々とみせられて、退屈なので眠り込んでしまいましたが、睡眠学習というやつですか。その寝ていた間に体にしみこんだ情報が、雷電の降臨へとつながったんですね！」

「うーんと。若干ちがうような気もするけれど、まあ大筋そんなところね。でも、さっき霊おろしをしていたら、雷電サマの霊は去って行ったわ」

霊をおろすというのは、霊をはらうとは異なるが、聡子は些細なことは気にしないことにした。

「霊おろし？　聡子さんが巫女のようなことをなさっていたんですか？」

「まあそれに近いことかもしれないけれど、これ以上雷電の霊があなたの体に居すわると、魂が乗っ取られて黒くそまりそうだったから、出て行ってもらうことにしたの。それでその御祓いをいますませたところ。ああいう霊を体にとどめられるのはせいぜい二週間が限度で、それ以上いられないということだったようね」

「なんとなんと。どうせならずっとこの体におすまいになられればよろしかったものを」心底悔しそうな口調で御前山が言った。「しかし一度はこの身に雷電を宿したもの。その高度な技や能力はこの体にしみついていることでしょう。これからは雷電の記録を塗り替える、御前山の新たな伝説の時代が開幕となるわけですな！　ハッハッハッ」

「本当にそうだといいんだけどね……」

気楽そうな御前山の高笑いを聞いて、聡子はため息をついた。

＊

翌日。国技館に、幕下の優勝決定戦となる取組を見にいった聡子は、御前山が以前のような相撲で、苦もなく相手力士にひねられ、土俵にべしゃりと叩きこまれるのをみた。優勝を逃した御前山はそれでも準優勝力士としてささやかな記念品を千代楽親方夫人からもらっていた。

「残念だったわね、御前山」

控え部屋から、千代楽部屋の二人の幕下力士が出てきたのを待ち、聡子は持参した水とタオルを二人の幕下力士に渡した。

「お疲れさま」

「聡子さん」泣きそうな顔で御前山が情けなさそうな声をあげた。「どうして私から雷電の霊を追い出したんです？　あのまま居続けてくれたら、初めての優勝ができたものを……」

「霊でも人でも他者頼みはいけないよ。代わりにこれをあげるから、次からもっとがんばって」

そう言って聡子は昨日神社で買ってきた雷電のお守りを御前山に渡した。

「これは、雷電のお守り？　必勝祈願？」

「そう。ありがたい最強力士、雷電にあやかるお守りよ」

「おおお。これはありがとうございます。これを身にまとえば百人力というやつです」

御前山が負けたことをそれほど気にせず、元気を取り戻したようなので、聡子は内心ホッとした。

隣りにいた栃旺海が、小声で聡子にささやいた。

「お嬢さん、あのお守りは、どこから入手されたんですか……？」

「どこって、近所にあった雷電神社よ」

「やっぱり。あそこで祀られているのは、雷電は雷電でも同名異人の力士の方ですよ」

「え？　あれは、別の雷電なの？」

「江戸時代の無敵力士の雷電は、雲州の雷電為右衛門（ためえもん）ですが、その同時代に明石藩召し抱えの雷電灘之助という力士もいました。あの神社で祀られているのは、そちらの方の雷電です。その雷電は前頭が最高位で、戦績も有名な雷電とは比べものになりません」

「そうだったの。でも別にいいわ。だって前頭でも、あの御前山にはたどりつけていない高位なんだから、その力士の御利益があるなら、プラスにはなるでしょう。たぶん」

そう聡子は言い切り、栃旺海に小声でささやいた。

「だから、そのことは御前山には内緒にしておいてね。約束よ」

第2話　中相撲事件

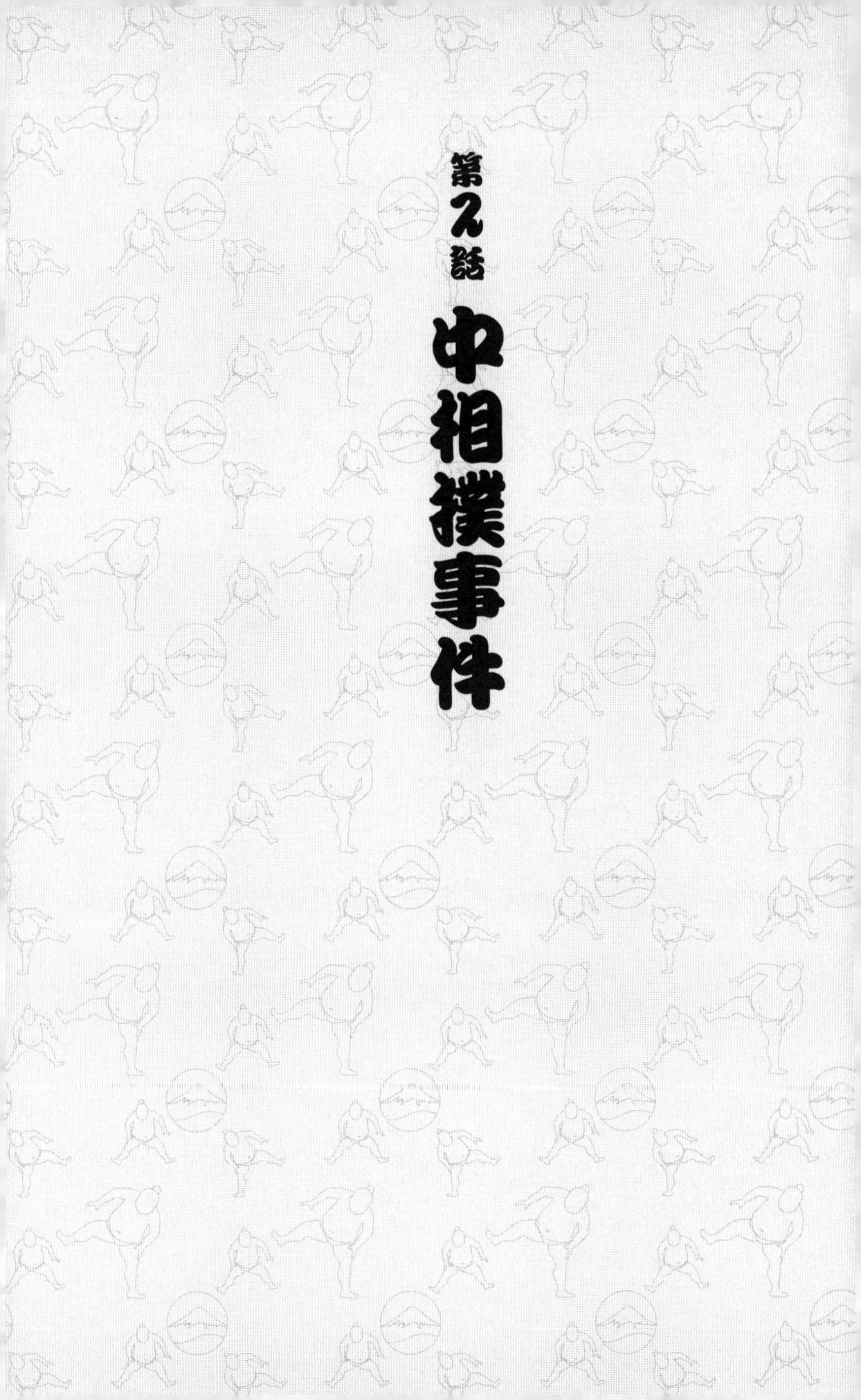

学校が休みだったので聡子は居間でぼんやりと、父親の千代楽親方とともにテレビをみていた。

「お父さん」

「何だ」

「部屋の稽古とか、見にいかなくていいの？」

「若手が面倒みてくれてるだろ」

「なんか、お父さん、最近は前より稽古みるのとか少なくなって、サボリがちになってない？」

「いいんだよ、部屋をしきる最高責任者はどっしりとかまえていれば。以前は細かいところまでいちいち指図していたりしたのは、部屋内の体制がまだ未整備なところがあったからだ」

「それで、昼間っからぼんやりテレビみてていいわけ？」

「別にかまわんのだ、気にするな」

そのとき、部屋の外から「失礼します。御前山です」という声がした。

「御前山？　ああ、幕下はもう稽古は先にあがってるな。どうした。入れ」

「はい」襖をあけて、御前山が入室してきた。「親方。明後日から二日ほど故郷の栃木に帰ろうかと思いまして、その許可をいただきにまいりました」

「帰省するのか？　なにか田舎に用事でもできたのか？」

「そう大したことではないのですが、私と同期でこの部屋に入って一昨年引退した元・大源兆(だいげんちょう)関こと源田太郎氏が、いま私の故郷の町で中学の体育教師として働いています。身分は非常勤だそうですが、その中学にある相撲部の顧問をつとめています。その中学は、私と源田がともに卒業した母校で、中学時代は同じ相撲部に属していました。その源田から、その中学相撲部の同窓会をやろうという誘いの手紙をもらいまして——。うちの部屋とは違いますが、やはりその中学相撲部でもう一人、同期の北鶴(きたづる)という男がやはり角界入りしていました。やつは大滝葉(おおたきは)部屋にいましたが、三段目より上に行けず、二年で引退してからは実家に戻って、いまはあの町で巡査として働いています」

「ほう、あの部屋にいた北鶴という男は、少し覚えている。いい体格をしていたので、将来有望な力士になりそうだと思ったものだが、稽古中に怪我をして調子が悪くなったと聞いた覚えがある」

「はい、まあその怪我は本人の不注意によるもので、別に誰が悪いわけでもないとあいつは言ってましたし、角界で出世がかなわなかったのも自分の実力にみあった結果だと言って、特にもう角界に未練はないようです。ただ、そいつと源田と私は、ほぼ同じ時期にその中学では相撲部で一緒だった部活仲間なので、ひさしぶりに同窓会をやりたいと提案があって、その二人から誘いがあったんです。他にも、同期の元相撲部員たちに声をかけ、何人かは集まるそうです。角界に進まなかった者でも、別方面で出世している者もいたりして、結構にぎやかな集まりになりそうだとのことです」

「そうか。そういうことなら、行ってくるとよい。暁大陸(ぎょうたいりく)や幕ノ虎といったうちの看板力士にぬけられるとなると、場所の合間でも何かの催しや親善相撲に招かれることがあるから、そうそう部屋をあけてもらっては困ることもあるが、おまえの場合はちっとも困らんからな」

「は、はあ……」

「ちょっとお父さん。最近、御前山には厳しくなってない？」と聡子が口をはさんだ。

「いやいや。しかし御前山、おまえもそろそろ次の身のふりかたを考えておいた方がよいぞ」

「え？」

「おまえとほぼ同期の、角界入りしたそいつらももう引退して、それぞれ次の人生を歩むようになっているわけだろう。角界で昇りつめた者には、引退後も角界で仕事をする道がひらけるが、大部分の力士はそうはいかないから、引退した後の身のふりかたを考えておかなければならない。横綱大関とまではいかずとも、三役にまでのぼるとか、殊勲賞か技能賞か敢闘賞をとることがあるとか、幕内で優勝できずとも優勝争いに加わったことがあるとか、上位力士から金星をあげたことがあるとか、何かそういう実績をもっていれば、引退後に部屋をもったり、角界に携わる仕事を続けられる可能性はあるんだが——そうなれる相撲とりはむしろ少数だ。多数の、そこまでいけない相撲とりは、次の身のふりかたを考えないといけなくなる。だから、おまえもそろそろ、だな」

「はい、親方。次の場所こそは、好成績をあげて、上にのぼれるようつとめます」

「そうか、まあおまえがそれでよいのなら、これ以上は言わないがな。で、明後日はそこに出かけて一泊してくる予定なのかな？」

「はい。もう私の実家はその町にはありませんので、知り合いがやっている宿に一泊してこようかと思っています」

「おまえのその出身地のあたり、たしか温泉もあると言ってたよな？」

「そっか。じゃあ私も行きたい」と聡子が声を上げた。「温泉入りたい」

「ふむ。わしは部屋をあけるわけにはいかないが、佳代子も連れて三人で行ってきたらどうだ？　リウマチもちのあいつは、温泉浴が割合よく効くと言っていたからな」

前もこれと似たような会話をしたことがあるのを聡子はぼんやりと思い出した。たしかそのときはD県に出向き、新・国技館とやらでとんでもない事件に巻き込まれた覚えがある。

「わかりました」と御前山はうなずいた。「では、私が運転する車でお二人をお連れします。宿の予約もとっておきましょう」

＊

その翌々日。朝早く起きた聡子は、早めの朝食をとり、出かける準備をすませて居間で待機していた。ついているテレビから、関東地方での豪雨のニュースが流れ、栃木県で一部土砂崩れの被害などが出ているとの報道が流れていた。

電話器が鳴り、母の佳代子が応対すると、どうやら御前山あてにかかってきたものらしい。

「はい、御前山ですね。お待ちください」

応対した佳代子は、廊下に出て「御前山さーん」と呼ばわった。御前山はその声の届く範囲にいたらしく「はい、なんでしょう」とすぐに姿を現した。

「あなたに電話よ」と佳代子が御前山に受話器を渡し、御前山はそれをうけとり「かわりました。御前山です」と応じた。

「おっ、北鶴か。どうした……今日はこれからそっちに行く予定だが……えっ、土砂崩れ？……避難準備？　手伝いに駆り出されている……!?」

何やら大変なことが電話で伝えられているらしいことがわかり、聡子は聞き耳をたてた。どうやら御前山が訪ねる予定の地元の、同窓の元力士からの電話で、その地元で豪雨被害が生じて何やら大変なことになっているらしいというのが、断片的に聞きとれる会話情報から推測できた。

短い通話を終えた御前山が深刻そうな表情をして聡子たちの方をみやった。

「どうしたの？」

「ちょっと、あちらは大変なことになっているみたいです。夕べからの豪雨で町を流れる堤防が一部決壊し、土砂崩れを起こしているところがあるようです。ちょうど今しがたテレビのニュースでもやっていましたが。今はもう雨は止んでいるようなので、さらなる被害が出るのは抑えられているようですが、電話をかけてきた源田も、警官の北鶴も駆り出されて、今日はこれから土砂の掘り起こし作業の手伝いに向かうことになったそうです」

「じゃあどうするの？　今日のその、同窓会は中止？」

「ええ。予約をした宿も、建物には被害は出ていないそうですが、道路が一部封鎖されて送迎の車出しや物資の搬入ができないために、宿泊客を受け入れられないという連絡がさきほどあったようです」

「じゃあ今日あちらに行くのは、中止に？」

「向こうはそうしてくれと言ってましたが、私は、もう休みはとってあるし、行くだけは行くとこたえました。町までの道路自体は通行止めのところはなく行けるようで、通行が大丈夫なのは確認しました。で、自分も、土砂掘りなど手伝えることがあれば手伝いたいと申し出ておきました。宿がないので、お嬢さんとおかみさんまでは連れて行けませんが」

「えー、あたし、そこ行きたい」と聡子が主張する。「昨日予習のために、その近くの観光地ガイドとか読んでたら、温泉以外にも結構行ってみたいところがあって、御前山、結構環境のよいところで育ってたのね」

「たしかにあの近くには観光名所はいろいろありますが、今は大水や土砂崩れ被害が出て大騒ぎになっている最中ですよ。行ってもそんな観光地をめぐれるかどうか……」

「土砂崩れになっている山間部とかも観光してみるの、面白そう」

「それは不謹慎ですよ。地元の人たちはてんやわんやなんですから」

聡子は部屋の隅で新聞を読んでいた親方の方を振り向いた。

「お父さん、どう思う？」

「おまえは行ってもまあかまわんと思うがな。宿がないから日帰りになるかと思うが——佳代子の方は、温泉に入れないなら、あまり行く意味がなくなるが」

「そうですね」と親方夫人はうなずいた。「私は、行くのは見合わせます」

「じゃあ、日帰りにするから行ってみたい。遅くなったら、宿をとることもできるんでしょ？」

「まあできなくはないと思うのですが……。よろしいのですか、親方？」

「まあ聡子が行きたいというなら、止めはしない。御前山、よろしく面倒をみてやってくれ」

「はい。では、聡子さんを連れて行ってまいります」

*

御前山が運転席に乗り込んだ車に、聡子は助手席の側から乗り込んだ。ちょうどそのとき、同部屋の力士が通りかかったので「ちょっと行ってくるわね」と挨拶すると、その力士は気まずそうに左右をきょろきょろ見回して、「あの、とがめられないように、気をつけて行ってくださいね」と小声で聡子に囁いた。

「え？　なんで？」

「いや、いいんです。では、気をつけて」

その力士の態度が解せず聡子は首をかしげた。

車に乗り込んで、隣りの運転席にいる御前山に「なんでとがめられないように気をつけないといけないのかしら？」と問うと、

「ああ、それはね。力士は原則として車を運転しちゃいけないという規則があるからですよ」と笑顔で御前山がこたえた。

「えー、そうなの。あたし、もう何度もあなたの運転であちこち連れて行ってもらってるのに」

「まあ私は、まだ十両にもあがれず関取になれない身分だからお目こぼしにあずかっているだけで――。それに第一、危険です。私は力士の中では体が小さい方だから運転席に入れますが、大柄な力士

は普通の車の運転席におさまりきらなかったりするでしょう」

「それはそうよね。うちの部屋の暁大陸なんかが、運転席に入ったらパンパンではみでちゃいそう」

「それに先日は親方から、第二の人生のことも考えておけと言われたばかりですし。この部屋おかかえの運転手になるのもその選択肢のひとつかな、と考えたりしなくもないわけでして――」

「えーっ！」

「その反応は、私のような才能ある力士が、まだそんな引退を考えるべきではないという意味の『えーっ！』ですか？」

「うちの部屋の財政は逼迫しているから、おかかえの専用の運転手なんか雇っている余裕なんかないわよ」

「そこですか！」

などと無駄話をしつつ、御前山は車を運転して、関東の北の方へと向かった。

＊

道中ずっと、空模様は雲に覆われていたが、雨には見舞われなかった。しかし昨日の豪雨のあとは、そこここに見ることができ、流れる川が増水しているのがうかがえた。目的地にだいぶ近づいて、国道から離れ、舗装された支道に入ってからは、道の脇の植木がところどころ倒れたり折れたりしているのがみえ、民家の垣根が一部崩れている光景なども目に入ってきた。御前山の故郷であるこの町は、昨日の豪雨でかなり被害が出ていた様子なのが、車中から窓越しに眺める光景からも、容易にわかった。

車が信号待ちしているときに、車内にいる聡子に小刻みな揺れと震動がつたわって気がして、聡子は少しびくっとした。

「あれ、揺れた？」

「よくわかりません。地震、ですかね？」

「揺れたよね？」

「ラジオをつけてみましょう」

車内ラジオをつけると、ちょうど聡子たちが走っているエリアを含めた広域に、震度3から4弱の地震があったことを知らせるニュース速報が流れていた。

「昨日からこの周辺に群発地震のようなものが起きているようです。そういえば、うちの町の土砂災害も、豪雨に加えて小さな地震に見舞われたのがダブルパンチの相乗効果で被害を広げたとか言ってました」

「地震、ね。このところよくあるわよね。また来るかしら？　大丈夫？」

「それはわかりませんね……」

その後は大したトラブルもなく、御前山の運転する車は目的地の町へと近づいて行った。

慣れたハンドルさばきで、山沿いのうねった道を通りぬけて、ちょっとした小集落がみえてきたところで、道路脇に御前山は車を止めた。

「そのへんの停留所で、待ち合わせをしているはずです」腕時計に目を落としながら御前山が言う。

「大体時間どおりなので、そろそろ来ているかな」

「ここでいいの？」と聞きながら、聡子は車から下りた。

山が間近に迫る町並みは、聡子の目にはこれといって目立つ特徴のない関東北部の一つの町にみえた。見回すと、道路の先にちょっとした商店街があったが、シャッターを下ろしている店が多いようだ。その奥には、鉄道の駅があるらしく、その案内表示は出ていたが、人通りはそんなに多くない。

「前田、来てたか」

そう声をかけながら、やってきたのは、白い帽子をかぶったガタイのたくましい中年の男性だった。

御前山の本名が前田であることを聡子は今更のように思い出した。

「おお、北鶴」と御前山がこたえたところからして、たしか巡査になっている御前山の同窓生だったと聡子は記憶を掘り起こした。

「こちらがうちの部屋の親方の一人娘、聡子さんだ」御前山が聡子を紹介し、聡子は軽く頭を下げて挨拶した。

「崎守聡子です」

「はじめまして。この町で巡査をやっている北鶴と申します。今日は本来非番の日だったんですが、雨の被害が出たので、急遽駆り出されているところです。今はちょっとその仕事をぬけてここにきましたが」

「ここにくる途中、ちょっと地面が揺れるのに遭遇した。ニュースでは震度3から4くらいの地震と言っていたが、ここらも揺れたか？」

「ああ、少し前にちょっとした地震に見舞われた。あれくらいの揺れが、昨日も二回ほどあって、それが土砂崩れの引き金になったようだ」

「そうか、それは災難だったな……。それで、源田は？」と御前山がきく。

「それがな、やつが顧問をしている中学の相撲部の部員の子が一人、朝から姿が見当たらないので、今朝からその子の捜索をしているところなんだ」

「相撲部の子が？　中学生の男子か？」

「ああ、われわれが通っていたのと同じ中学校に通う二年生の、左右田了という少年なんだが」

「その子の住んでいる家が、豪雨被害をうけたのか？」

「いや。確認したところでは、その子の家がある区域は、建物の被害は出ていない。その子の家も無傷でたっているのは確認したが、念のため安全を確認しに町内会の見回りが行ったところ、その子と父親の姿が見当たらないというんだ。玄関の鍵はあいていて、中に入ったところ、食べかけの食事がそのまま食堂に放置されていて、まだ暖かいものもあったそうだから、おそらく今朝方まではそこで生活をしていた様子ではあるし、室内に渡された物干し竿に洗濯物がつるされていたそうだ。ただ、居間の家具が壊されて、テーブルがひっくりかえり、何者かが荒らしたか暴れたかしたようなあとがあった」

「とすると、もしかして、豪雨被害に乗じて強盗かものとりにでも入られたか？」

「いや、その可能性がないとは言いきれないが、たぶんそれとは別の事情だ。隣り近所に住む住人の話だと、左右田家では、父親と子どもの折り合いが悪く、しょっちゅう怒鳴り声や悲鳴がし、取っ組み合いの喧嘩が起こったりしていたそうなんだ。だから、その荒らされたようなあとをみて、隣りの住人が言うには、おそらくこれは、父と子どもが朝から派手に喧嘩をしたあとだろうと思われるとのことなんだ。実際、今朝六時頃には、左右田家から男二人のがなりあい、いがみあうような声がしてきていたらしい」

「父子が仲が悪いのか」

「うむ。それで聞いたところでは、その父親というのが、左右田了くんの実の父親ではなく、義理の父親だそうなんだ。左右田くんの両親は、数年前に離婚して母親が息子の了くんをひきとって、今いるのはその母親の再婚相手の男だそうだ」

「で、左右田くんの母親はどうしているんだ？」

「それが近所の人が聞いた説明では、いま東京に長期で出稼ぎの仕事に出ていて、家にはずっと戻っていないそうなんだ。家ではその男と了くんの二人暮らしで、義父の方は、体格はひょろっとした一見優男風なんだが、家ではしょっちゅう子どもを殴っているのが目撃されている。了くんは、家庭ではドメスティックバイオレンスに苦しめられていたらしい。暮らし始めて最初のうちはおとなしくしていたらしいが、最近は了くんが反撃するようになっていたらしい。だから、今朝はその喧嘩が高じて、家の外にまで二人が出払ってしまっているのではないかと」

「ふむ、しかし、暴力をふるう保護者のもとじゃ、子どもが暮らすのはかわいそうだ。児童相談所などに相談して、その子をその暴力男から引き離すことはできないのか？」

「うん、そのあたりを源田が心を砕いていて、児童相談所への相談などをもう何回かしている。今週中には児童相談所から調査員が派遣されて、家庭事情を調べる予定でいたんだが――」

「ともかく、大変な事情なのはわかった。よかったら自分も、その捜索をするのを協力させてくれないか。このあたりは出身地だから、土地勘もあるし、子どもの頃に遊び場だったところなんかもまだそのまま残っていたりするようだし」

「ふむ、仕事のある前田にそんなことをさせるのは筋が違う気がするのだが、ともかく、源田のやつをつかまえて、前田と引き合わせないといけないからな。源田はいま土砂崩れを起こした川沿いの住宅地を探して回っている。そのあたりに行ってみるか？」

「ああ」と御前山はうなずいた。「連れて行ってくれ」

それから御前山は聡子の方を振り向いた。「聡子さんは、どうします？　集会所のあたりで待機してくれてよいんですが？」

「あたしもついていく。危なそうなところになったら、引き返すわ」

「いいんですか、聡子さんに怪我でもされたら、この御前山、親方にあわせる顔がなくなります。くれぐれも気をつけてくださいよ」

「大丈夫よ。心配しないで」

そう言って聡子はにこっと微笑んだ。

＊

結局聡子は、川沿いの、かなり危ないとされるエリアにまで、御前山たちの反対を押し切ってついていった。好奇心と冒険への興味が強い聡子は、なにか面白そうなことがこの先にありそうだと感じていた。

御前山と聡子は、北鶴巡査にしたがって、土砂崩れを起こした川べり近辺を歩いて探索した。途中で、北鶴の同僚らしい巡査が合流し、電灯と拡声器と、ロープなどの救助用具を持参してきた。北鶴は何度か無線連絡で、源田とコンタクトしようと試みたが、つながらないらしかった。

「おかしいな、連絡機を切ってるのか手放したのか？」と北鶴が首をかしげる。

「連絡がつかないとなると、不安になりますね」と聡子。

「この先は、土砂崩れが起こった現場に近づきます。あまりこれ以上は近づかれない方が……」

北鶴がそう言いかけたときに、懐の無線機に連絡音が鳴った。

「源田か？　いや、……はい、見つかった……場所は？　……そうか、ちょうどいまその近くにいる。ああ、そこだったら、ここからそんなに遠くないから、これから直行できる……ああ、うん、……わかった……ありがとう……」

北鶴がそういった会話をしているのが、聡子の耳に飛び込んできた。

「見つかったのか、源田が？」と御前山が訊く。

「ああ、ようやく源田から連絡がきた。いま左右田くんと一緒にいるらしい。ここからそんなに遠くない川辺の場所で見つけて保護したらしい」

「そうか、その子も見つかって無事なんだな」

「ただ、ちょっと怪我人が出ているようだ。怪我をしているのは、左右田くんではないらしいが。いま聞いた場所は、ここの先の土手を進んだところなので、そんなに遠くない。すぐにそちらに向かうことにする」

「ああ。ついて行くぞ」と御前山が応じる。

聡子は、危ないからついてくるなと言われかけていたところだったが、そのときはそれ以上何も言われなかったので、そのまま後に付いて行った。


しばらく進むと、川沿いの道路のアスファルトが一部崩れているところに出くわした。

「夕べ、この近くの川沿いの住宅が四棟ほど、堤防が決壊して川沿いの土手が崩れて地盤が川の方に崩れ落ちたために半壊しています。そこの住民は先に避難勧告を受けて脱出していたために、人的な被害は出ていないそうですが。左右田くんがみつかったのは、その半壊した建物の中だそうです」と北鶴が説明する。

「どうしてその子はそんなところへ?」

「義父と喧嘩して家を飛び出して、その、無人の壊れた家に逃げ込んだようだ、とか言っていた。さっきやや聞きとりづらい無線越しに聞いたところでは、ちょっと救助が必要な人がいるようだ。了くんの義父かな?」

「ともかく行ってみよう」

「足下をすくわれないように気をつけて」

　やがてみえてきたのは、川辺の林に転落している人家の光景だった。どうやら豪雨の影響で決壊した川の氾濫で、足下の地面がえぐり削られ川辺の土地に家ごとずり落ちてしまったらしい。家全体が転落し傾き、壁も窓も半ば崩壊状態にある。

　近くを見回すと、その一角に大柄な男と少年の姿があり、大きな男が少年をだきかかえるか励ましかしているようなことをしているように聡子にはみえた。

　御前山もその光景を遠目にとらえ、「源田？　源田かーっ」と声をあげ、そちらの方角に駆けだした。

「そのあたりは土砂崩れを起こした危険区域だ。むやみに立ち入るのは……」と北鶴巡査が制止しかけたが、御前山はかまわずに土砂のたまった地面を下り、半壊し転落した家の方に近づいていく。

　仕方ないという風に舌打ちして北鶴と二人の巡査もその後に続いた。聡子は周りを見回し、直接土砂の地帯に足を踏み入れるのは少し危ないと判断し、少し離れたところにある、川辺に下りる石段のあるところまで行ってそこから川辺の方に下りて回り、そこから転落した家の方に迂回して近づいていった。

　御前山に数分遅れて聡子がその場所に近づいていったときには、既に御前山と北鶴巡査が、源田という名前らしい大柄の男性とだいぶ話し込んでいた。

　北鶴巡査が自分の手帳にメモをとりながら、少年に確認するように聞いている。

「つまり今朝、君は、義父と大喧嘩して家を飛び出してここに来たというわけだね？」

　その問いに、目を赤く腫らし涙を流している少年はうなずいていた。

「じゃあ、いま聞かせてもらった、今朝のいきさつを確認するね」北鶴は自分の手帳に書き留めた内容に目を落とし、それを読み上げるように言った。「義父の大事にしていた漆器や花瓶を叩き壊したら、義父が目をつりあげて烈火の如く怒り、『殺してやる』とゴルフクラブを振り回したので、命の危険を感じて家を飛び出してここまで来たと。そしてこの、崩れている家を見つけて、この中に隠れられそうだと思って入って行ったと」

少年は無言でこくり、こくりとうなずいている。

「ところが、その隠れたところが後から追ってきた義父に見つかり、義父もここにやってきた。そして、その壊れた部屋の中で揉み合いになったと」

少年はまたしてもうなずき「そうです」と小声で言った。

「そして君の義父さんは……」

北鶴巡査がそこで言葉を切り、気まずそうに目を泳がせた。その視線は、半壊した家の、地面から半分だけ顔を覗かせている窓の方角に向かっていた。

聡子はそちらを見やり、なにがあるのかなと近づいた。

「あ、そちらは……!?」

斜めに傾いた建物の窓が地面から半分顔を覗かせていて、そこのガラス窓が白い罅(ひび)で満たされて透明さを失っている。崩壊した窓枠の間にわずかに隙間ができていて、小さな人なら中に入れそうなくらいの穴ができている感じだった。聡子は身をかがめ、その窓枠の隙間から室内の方を覗き込んだ。

その先に倒れている男の下半身があった。

崩れた床にわずかに赤い、血の跡のようなものがみえる。

「ひ……！」聡子は悲鳴をあげた。

その壊れた建物の、半壊した部屋の中に入るのは難しそうだが、隙間から手を入れてのばせば、倒れている男の足先には届きそうである。

その中は元はテーブルが設置されていた居間のようなところらしく、壊れてひしゃげたテーブルと椅子の残骸が散乱している。下の床が崩れて地面から押されて盛り上がり、いま室内の容積は、元のちゃんとした部屋だった頃の半分くらいに圧縮されている感じである。

「死んでる……？」

聡子が振り向いて訊くと、御前山が重々しくうなずいた。

「どうやらそのようだ。さきほど巡査がその穴から中に手を伸ばしてその男の足にふれてみたが、血流が既に停止している様子なのを確認した。それが正式な死亡確認にはならないものの、死んでいるのはほぼ間違いないとのことだ」

「この人は、その子の……？」

「ああ。聞いたところでは、この子の義理の父親の左右田基次という男らしい」

「死因は一体……？」

「それはまだ未確認だ。目測では頭部に打撲の傷があるようなので、その怪我による可能性がかなり大きいだろう」

「どうしてこんなことに……？」

「いまそれを聞こうとしているところです」御前山に代わって北鶴がこたえた。「君の義父の彼は、君を追ってその部屋の中に入っていったんだね？」

そう訊ねられて少年はうなずきを返した。

「そして揉み合いになって、思わず、義父を君が殴ってしまったと……？」

「それはちがいます！」突然大声で源田が割ってはいった。「やったのは了ではありません。この私です！」

「源田さん、あなたが……？」北鶴は源田の方を向き、戸惑った声で言った。「あなたがあの男をやったというのですか？」

「はい」源田は大きくうなずいた。「私は、今朝、部員の安否の確認に家を順繰りに回って、了くんの家がもぬけのからなのに気づき、近所の人にその足どりを聞いて、ここまで彼のことを追ってきました。そうしたら、ちょうどこの窓の付近で、この男が何やら争い暴れているのを見つけました。その男がこの窓の隙間からその室内にもぐりこみ、了くんを脅迫している様子なのがみえたので、私も助けに入ろうとその室内に入り込みました。そしてそこで、その男と揉み合いになり、壁の方に突き飛ばしたところ、頭をぶつけ、うちどころが悪かったらしく、そのまま動かなくなったという次第です」

「じゃあ源田さんは、そこの室内に、そこの壊れた窓枠の隙間から入ったというんですね？」

「はい」

「そして、そこから出てきたと？」

「ええ」

「しかしあなたの体格では……」

　そう言いかけて北鶴巡査は、源田の体をまじまじと見つめた。どちらも元力士だが、今の北鶴は中肉中背という体格になっているのに比べ、源田の体格は今でも現役力士かと思わせるほど、隆々たる筋肉のついた、でっぷりした体をしている。

「その隙間は、子どもか女性、細身の男ならなんとか通れるでしょう。左右田基次という男も、割合と細身の体をしているので、その男なら入れなくはない。しかし源田さん、あなたは今でも相撲とりとみまがうばかりの巨体をしている。あなたでは、あの小さな隙間から、あの中に入ることは難しいでしょう。かといって見たところ、この中には、他には出入りできるようなところはないようですし」

「いえ、なんとか体を押し込めば、入ることはできました」

　少し沈黙して北鶴巡査は、源田と左右田了少年の顔を順ぐりに見比べた。北鶴巡査が、源田の言に明らかに困惑しているのがみてとれた。

　聡子が観測するところでも、左右田基次という男をやっつけたのが源田の言うとおり、源田によるものだとは到底思えなかった。涙を流し青ざめた表情が肩を震わせている了少年の様子からしても、彼が自分を虐待してきた義父を殴った可能性が大きいように思える。それが意図的な傷害行為であったかそれとも事故だったかは可能性が分かれるにしても、直接の下手人は明らかにその少年であるように思われる。それは聡子だけでなく、その場で話を聞いていた全員が共通して感じていることだろう――そう聡子には思われた。

ではなぜ源田がそんなことを言い出したのか？　事情はよくわからないが、自分が顧問をしている相撲部の部員である中学生を、罪の汚名から救い出したいのがその理由だろうか？

（いや、でも……）

状況からすると、たとえ左右田少年が義父を殴ったとしても、左右田了少年の罪が大きく問われる可能性は高くないと思われる。義父が死んだにしても、この状況では殺人の立件はしづらく、せいぜいが過失致死までだろう。少年が義父を殴ったことが立証されたとしても、正当防衛を主張できる見込みは充分にありそうだし、たとえ過剰防衛だとされても、さほど大きな罪には問われないのではなかろうか。揉み合っているうちに頭をぶつけて死んでしまったという説明が採用され、罪に問われない可能性も低からぬように思われる。

（だとすると……）

（左右田少年をかばいたいと源田氏が思っていたとしても、あえてこの半壊の建物に入ったとまでの虚言を弄さなくてもよいのでは……）

（それとも……何か別の理由があって、源田氏はあえてそう申し立てている？）

聡子はあれこれと可能性を思いめぐらせたが、左右田少年は源田の言に特に反応を示さない。特に源田の主張を肯定する様子も否定する様子もない。

（もしかして……）

ひとつ聡子に思い当たるのは、次のような可能性だ。聡子たち一行がここに来る前に、源田と左右田少年の間で話が通っていたのではあるまいか。

だとすると、源田が「ここは俺にまかせろ。左右田基次が死んだ責任は俺が引き受ける。おまえは黙っていればいい」とでも言い含めた可能性も考えられる。

（しかし……）

一方で、顧問として面倒をみているとはいえ、そこまで身を挺してその少年をかばうまでのことをする必要があるのかは、疑問であった。

「いや待て」と御前山が口をひらいた。「源田。おまえがそんな不自然な説明をつけなくても、こうなった状況は、もっと自然な説明がつけられるだろう」

「たとえばどんな？」と横の北鶴巡査が訊ねる。

「たとえば、そうだな。一旦この半壊した建物の中に、その了くんと義父が入り込んで、体の小さな了くんの方が先に出た。追いかけてこようとした義父の方が壁かどこかに頭をぶつけて死んだ、というのは？」

「あの倒れ方の姿勢だと、自分で壁にぶつかって倒れたというのは、ちょっと違うように思えますね」と北鶴が冷静に応じた。

「うーん。じゃああの建物の中から出てこようとするところを、了くんが蹴って防ごうとしたので、それに当たって倒れて頭をぶつけた……とか？」

「それだと、さきほどの説明と大差がなくなりますね。了くんがあの建物の屋内にいたか屋外にいたかの違いだけです」

「了くんが直接、あの義父を殴ったり蹴ったりしたわけでなくても、扉のところで出てこないように押さえつけているだけでも、壊れかけの建物に震動が伝わり、揺れて倒れたとか……？」

「うーん、しかし地震の揺れとでも連動しないかぎり、子どもの力で建物を揺らせるのは無理があると思います」

「しかし屋内にある、何かの家具か道具が、壊れかけているか誤作動するものがあって、あの男はそれに足をとられた……とか？」

「そんな誤作動をするような道具は、さっき見た感じでは見当たらなかったように思いますが……」

北鶴巡査は慎重そうに言葉を選んでいる様子だった。「ただ、いずれにしても、この半壊の建物の中で起こったことですから、何かの事故が起こったせいでこうなった可能性は否めません。だから、源田さんも、無理にこの責任をかぶらなくても……」

「いや！」源田は大きくかぶりをふって、「彼を殴って倒したのは私です。前から腹にすえかねていました。私の大事な教え子にしばしば暴力をふるっているという噂を耳にしていたもので」

「そうすると、君は、どうあっても、自分がこの建物の中に入って、自分で彼を殴ったと主張するのか？」

「ええ」

北鶴巡査は、しばらく沈黙した後、意を決したように口を開いた。

「ともかく、その説明は、君の体格ではこの部屋に入れない以上、本当だとうけとることはできない」

「では、実証してみせればいいわけですね」そう言って源田は不敵そうな笑みを浮かべた。

「何をする気だ……？」

「この部屋に自分が入れることを証明します」

源田は、身をかがめ、窓枠の隙間に自分の体を押し込んだ。あおむけの姿勢で下半身を室内につっこんだところで、動きが止まった。やはり目測したとおり、でっぷりした体格と、その腹囲では、途中でつっかえて、中側に入ることはかなわない。

「ほら、やっぱり無理だろう……。それに危ないから、もうやめろ。はやく出て来い。この建物は、もう長くはもたなさそうだ。いつ倒壊するかわからん」

「無理じゃ、ありません」

源田はきっぱりとそうこたえ、「フン！」という掛け声とともに体をふるふると震動させ始めた。

「ホアアーッ！」

威勢のよい掛け声とともに源田は、自分の体を起こし、ぐるりと回転させた。体をねじり、今度は腹這いになった。そのとき窓枠の一部が砕け、穴がより広がった。パラパラと、窓枠付近にチリのようなものが散乱し飛びちった。

「おい、開口部をひろげてるぞ」

「無茶よ、やめて！」と聡子は悲鳴をあげた。

「源田。やめろ。もういい。わかったから出てこい。この家はもう壊れかけてる。いつ倒壊してもおかしくない」

「前田さん」地面に這いつくばった姿勢のまま、源田は声をあげた。「わたしもかつては、大相撲に入って、力士として上を目指してみたいと思ってみたものです。でもね、同期にいた前田さん、あなたをみて、才能の差を感じて、わたしはその道に行くのを断念した」

「えーっ」

聡子が変な声をあげたので、御前山が、軽く聡子の頭を叩いた。

「いま源田がいい話をしようとしてるんだ。聞いてやれ」

「だからわたしは、角界に入って、幕内には来られないものの、ずっと現役で活躍している前田さんの雄姿をみて、ずっと憧れと敬意のようなものをいだいていたんです」

「えーっ」と聡子はまたしても声をあげた。

「でもね、わたしも中学の体育の教師になって、相撲部の顧問をやるようになって、そこで働いて、わたしなりの働く場を見つけたように思っています。そう、わたしには、大相撲は無理だったが、中学での相撲、中相撲が生きる場だったと最近気づいたんです。だから、ここで私の技をみてください、前田さん。これがわたしの中相撲です！」

「源田……」

「ホアーッ！」

再び掛け声がかかり、源田はまた体をねじり、再び元のあおむけの姿勢に戻り、また胴体を震動させて、体をねじ回した。

そうしていくうちに、だんだんと源田の体は室内へと押し入り、十回転する頃には体のほぼ全体を中に押し込むことに成功した。

「ほら。みてください。こうすれば入れたでしょう」

中から源田の得意げな声が響いてくる。

「中に入れたってな、おまえ、これじゃ……」いささか呆れた様子で北鶴巡査がうめくように言った。

「こじあけて無理にねじこんだようなものじゃないか……」

そのとき。

ぐらり、と地面が揺れるのを聡子は感知した。

ついで小刻みな震動が地面から伝わってくるのを感じる。

「地震……⁉」

「そういえば、昨日からこの一帯は小規模な地震にも見舞われていました」少しうわずった声で北鶴巡査が言う。「かがんで、何かにつかまってください。頭をかばう姿勢で！」

巡査の指示どおり、その場にいたものはかがみ込み、揺れに備えた。

幸い、揺れは大して大きくはなく、三十秒ほど小刻みに地面が揺れただけで、じきにおさまった。

「地震に大雨、ダブルで災害がきて、大変よねぇ」

「このあたりが土砂崩れを起こしたのは、川の氾濫によるものでしたが、昨日あった小さな地震も引き金になっていたと思われます」と北鶴が言う。

「む、危ない！」と御前山が声をあげた。

「今の揺れで、また土砂が流動化したかもしれない。建物の中にいるのは危険だ、早く出て！」と横の巡査も声をあげた。

その警告が終わるより早く、半壊した建物がグラグラと揺れ、グシャリとした音とともに、後ろの屋根の部分が倒壊していった。

「はやく出て！」

北鶴巡査と御前山が、壊れた部屋の中にいる源田に手をのばした。源田がその手をつかみ、北鶴と御前山にひっぱりだされる。窓枠のところでつっかえはしたものの、力自慢の二人の腕力によって、源田は無事に外へとひきずり出された。

その直後。

ゴゴゴという音とともに、さきほどまで源田がいた、左右田少年の義父が倒れ伏したままになっている室内の天井が崩落してきた。

「あああ、左右田さんの遺体が……」

北鶴巡査が声をあげたが、それに対し御前山が、

「どのみち、死者は死者だ。ここは生者を助けるのが優先だ」とさとした。

しばらく待って揺れがおさまったのを確認して、窓枠の隙間から中を覗くと、左右田基次の遺体には瓦礫の山が積み重なっている。

「間一髪でしたね」と聡子が言うと、源田はうなずいた。

「本当、危なかった。君たちは命の恩人だ。ひっぱりだしてくれてありがとう」

「さて、揺れもおさまったことですし……」北鶴巡査はまた手帳をとりだした。「左右田さんの件は、要するにこういうことじゃないですか？」

「こういうこととは？」

「つまり、壊れかけた建物の中に入った左右田氏は、そこで地震に遭遇し、建物の下敷きになってなくなったと」

「しかし、地震があった時刻は、左右田さんが死んだ時刻と少しズレますよ」

「気づかなかったか。いま小さな揺れがあったが、今日揺れがあったのは、さっきが初めてじゃない。震度2の以上の揺れが、今朝未明から何度か生じている。そのときのどれかの揺れが、この壊れかけた建物を崩壊させる引き金を引いた。そのために彼は、瓦礫に押しつぶされて死んだ。この事件は、このような形で処理することができます。いかがでしょうか？」

そこで言葉を切って、北鶴巡査は一同を見回した。

「異論がおありの方はおられますか？」と北鶴は念を押す。

「うん、その処理でいいと思うよ」と御前山がこたえる。「賛成だ。源田もそれでいいだろう？」

「あ、うん」少し戸惑った様子で、源田はうなずいた。「みながそれでいいなら、自分もそれでいい」

それから源田は左右田少年をハグした。

「この子はこれから身寄りがなくなって困ることになるかもしれません。そのときはこの私がこの子をひきとろうと思っています。どうだい、了？　うちに来ないか？」

少年は何もこたえず、ただじっと源田の目をみつめた。少年と源田の間には深い信頼と情愛のようなものが流れているのを聡子は感じた。

「たしか前からそんなことを言っていたよな、おまえ」と北鶴が言う。「その子を養子として自分のところにひきとりたいって」

「ああ、この子の母親は、実は昔、自分が思いをよせていた初恋の相手なんだ。それもあって、この子はよその子とは思えない。身寄りがなくなるなら、うちでひきとりたいと思っている」

力強い声で源田がそう言った。

その言を聞いて聡子は、それまでの源田のふるまいに得心がいった気がした。

そしてこの件の結末と処理は、これでよいのだろうと内心で納得するものを感じた。

第3話 金色のなめくじ

丁度蜘蛛が林の入口の楢の木に、二銭銅貨の位の網をかけた頃、銀色のなめくぢの立派なおうちへかたつむりがやって参りました。

その頃なめくぢは林の中では一番親切だといふ評判でした。かたつむりは
「なめくぢさん。今度は私わたしもすっかり困ってしまいましたよ。まるで食べるものはなし、水はなし、すこしばかりお前さんのためてあるふきのつゆを呉れませんか。」と云ひました。

するとなめくぢが云ひました。

「あげますともあげますとも。さあ、おあがりなさい。」

「あゝありがたうございます。助かります。」と云ひながらかたつむりはふきのつゆをどくどくのみました。

「もっとおあがりなさい。あなたと私わたくしとは云はば兄弟。ハッハハ。さあ、さあ、も少しおあがりなさい。」となめくぢが云ひました。

「そんならも少しいただきます。あゝありがたうございます。」と云ひながらかたつむりはも少しのみました。

「かたつむりさん。気分がよくなったら一つ相撲をとりませうか。ハッハハ。久しぶりです。」となめくぢが云ひました。

（宮沢賢治「蜘蛛となめくじと狸」より）

冬のある日、聡子はこたつのある部屋で御前山とマークを相手に、クトゥルフRPGのカードゲームをプレーしていた。使われるカードはアメリカから輸入したもので、英語で書かれているため、基本的に英語が読めない二人は、英語が母国語であるマークにまったく歯が立たず、連戦連敗であった。

「ユー・アー・トゥー・オネスト・トゥ・ビー・ルーラー・オブ・ザ・ゲーム」

「ああもう悔しいわね、また負けた。御前山、少しはあたしのほしいカードを出しなさいよ」

「これは二人で組んでやっているわけではないですし、そういうわけには……」

「あーもー、御前山ごときに正論言われるとなんかむかつく」

「そんな、ご無体な……」

などと話していると、部屋の戸をあけて千代楽親方が入ってきた。

「御前山。ここにいたか」

名を呼ばれて御前山は顔をあげた。

「ちょっとおまえに頼みたいことがあるんだが……」

「へい、何でしょう？」

「話があるのは御前山で、おまえたちは、ええと……」親方は聡子とマークの顔を見回し、ややためらっている様子だった。

「何よ、お父さん。またこの部屋の運営に不都合なことでも起こってるの？」

「不都合なこと、といえばそのとおりなんだが、うん、まあいいか。別に隠し立てをするほどのことじゃないし。最近角界に〈黒い霧事件〉の再来といわれる、悪い噂が流れているのは知っているか？」

「黒い霧事件って、野球で賭博とか八百長とかやっていたという昔の事件だっけ？」

「一九七〇年代にあった事件としてはそうだが、そればかりを指す呼称でもない。そういうのとは少しちがうが、いま言われている〈黒い霧〉というのは、裏で賭け相撲をやっている力士がいるという噂だ」

「賭け相撲？」

「要するに賭博だ。暴力団とつるんで賭博場が開かれ、そこに出入りしている力士がいるという噂があるんだ」

「賭博相撲というと、本場所の取組に八百長を持ち込んでいるって話？」

「そういうのもあるかもしれんが、いま聞かされているのは、裏の賭博場で賭け相撲が行なわれていて、その相撲にプロの力士が出入りしているという噂なんだ」

「まさかその力士が、うちの部屋にいたりするの？」

「それが一番気になるところなんだが、この噂を聞きつけた鷹顎部屋の親方がひそかに調査をしたところ、角界で何人かの力士の姿が賭場近辺で目撃されたという話があがってきた。その名前があがった数名の力士の中に、うちの部屋の志宝龍の名前があった」

「え、志宝龍さんが!?　まさか!?　あの誠実そうで人のよいあの人が、賭博なんて、そんな……」

そう声をあげた聡子の脳裏に、稽古に励んでいる志宝龍の姿が浮かんだ。部屋の力士の中でも人柄もよくまじめで稽古熱心、犯罪に手を染めそうな性格には到底思えない。

「わしもそう思いたいんだが、先場所の志宝龍は成績もかんばしくなく、稽古も休みがちで、何か家庭に問題をかかえているらしい様子がうかがえた。あいつの性格からして、自分から悪さに手を染めるようには思えないが、家族が巻き込まれているなどの事情があれば、そういう世界に引きずり込まれてしまう可能性はあるかもしれない。それで、ちょっと、御前山、おまえに志宝龍の身辺調査を頼みたいんだ」

「私ですか？　なんで私に？」

「おまえがこの部屋で一番ヒマそう……。いやいや、おまえは、この部屋ではそんなに稽古をしなくてもいい立場だろう。だから、他の力士より時間をとりやすいおまえに調べてもらいたいんだ」

「いや親方、私とてまだまだ修行中の身、稽古を怠っていては、勝てる相撲も勝てなくなります」

「おまえはこれまで積み上げてきた稽古の成果が身につき血肉となっていて、その技も能力も完成の域にほぼ達している。多少の稽古量の少なさではもうおまえの実力をゆるがせるものではない——そうわしには思えるのだが」

「ハッハッハ、親方も人が悪い。私の素質と天賦の才を見抜いているなら、もっと早くそう言ってくだされればよかったのに。相撲を強くする別方面からのアプローチにもっと早くから取り組むこともできたものを……」

「とにかく、志宝龍の動向を見張ってくれないか。それで、本当にその賭場というか暴力団絡みのところに出入りしているかどうかを調べてほしいんだ」

「それを調べるとして、もしそれが見つかったらどうするんです？　警察に知らせるんですか？」

「そこは考えどころだ。うちの部屋に賭博に関わった者がいたという醜聞が発覚するのは、できれば避けたい。内々に調べて、賭博関与が確認されたとしても、できれば表沙汰になる前に志宝龍に身を引かせたい。そう思ってはいるのだが、どうなるかはわからぬ。鷹顎親方とも相談中で、他の部屋の親方とも話し合う必要がある」

「組織をあげての隠蔽工作って、そんなのがバレたらもっと立場が悪くなるんじゃないの？」と聡子。

「それはそうだ。ともかく事態を確認し、その上で善後策を講じたいと思っている。調査はやってくれるな？」

「はい、わかりました。どのみち、この部屋の力士見習いとしては、親方の依頼を断るわけにもいきませんからね」

「ワタシモイキマース」とマークが声をあげた。

「マーク。おまえは行かなくていい。おまえは、部屋のために、勝ち星を重ねて勝利をつかんでくれることの方が部屋のためになる。御前山とは立場が違うんだ」

「オオ、ザンネンデス。オヤカタ、オマエヤマ、ヒーキシテマス」

「いや、ひいきなどしてないって」

「あたしもその調査、ついていっていい？」

と聡子が訊くと、親方は首を振り、

「おまえは行くな。家でちゃんと勉強してろ」と命じた。

「あー親方、やっぱり御前山をひいきしてるー」

「だからしてないって」

「いや、親方に期待されているのを妬まれちゃ、私としても肩身が狭いですな。ハッハッハッ」そう言って御前山は抑えた笑い声をあげた。

＊

その翌日。

稽古を終えて夕食をすませ、通いの力士たちが部屋から帰っていく様子を、庭の茂みにひそんで御前山が観察していた。

自室で学校の宿題を終えた聡子は、門のそばで息をひそめて様子をうかがっている御前山の姿を見つけ、「御前山」と声をかけた。

「しっ！」

御前山が制止する動作をしたので、聡子は御前山の方につかつかと近づいていった。

「ちょっと、あなた、こんなところでかがみこんでいたら、見るからに不審者でしょ。監視したい人がいるにしても、こんなところにいたんじゃバレバレよ。最初から怪しまれることして、どうするのよ？」

「まずいところがありましたかな？」

「まずいところだらけよ。大体……」

「しっ！」御前山は聡子の言葉を途中でさえぎり、その口を手で塞いだ。「来ましたよ」

「……ん？　来た？」

「志宝龍です」

聡子が御前山の視線の方角をみやると、眉を顰め深刻そうな顔つきをした志宝龍が歩いていく姿があった。幸い御前山たちの存在に気づいた様子はない。和服を羽織り、髷を結ったままなので、外見からして相撲とりであることは道を歩く人にも一目瞭然である。

「後をつけましょう」小声で御前山が聡子にささやく。「こっそりと、忍び足で」

「気づかれないよう、距離をとってね」

「わかってますよ、そんなことは」

門を出て外の路地を歩んでいく志宝龍の後を、二人はこっそりとつけることにした。

なにか悩み事でもかかえているのだろうか、周囲の様子にまったく気づく様子はなく、志宝龍はぶつぶつと独り言を言いながら、足早に駅の方角に向かっていく。

「駅に向かっているから、これから電車に乗るようね」

「どこの駅で降りるか見失いさえしなければ、電車での尾行は比較的楽です」

「切符はどこまで買うのよ？」

「後で清算すればいいだけですから、適当に買いましょう」

「そうね。じゃあ安い額の切符を買っておくね」

最寄り駅につき、志宝龍が北方に向かう電車に乗り込んだのを確認し、聡子たちは、志宝龍に見つけられないように注意して、彼が乗った隣りの車両に乗り遅れないように急いで飛び乗った。

「自宅に帰るのとは別の方に向かってますね」御前山が、隣りの車両で立っている志宝龍の姿を横目で観測しながら言う。「たしかあいつの自宅は、うちの部屋から徒歩圏内にあったと記憶しています。いまあいつが向かっているのは、明らかに自宅とは違う、どこか別の場所です」

「志宝龍さんって結婚はしていたっけ？」

「三年前くらいに結婚したと聞きましたが、その後別居したとか別れたとか聞きました。正式に離婚したかどうかは知りませんが、いまは独り暮らしをしていると思います」

「ふうん、そうすると、もし賭博に関わっているとしたら、その別れた奥さんが何か関わっていたりするのかしら？」

「さあ、それはまだわかりませんが……」

志宝龍はターミナル駅で一旦列車を下り、急行列車に乗り換えた。聡子たちもその後を追い、同じ急行列車に乗り込んだ。

「なんか、結構遠くまで行こうとしているみたいね」

「ええ、この尾行は一回目からドンピシャの当たりかもしれません。この移動は、いかにも不審ですよ」と御前山がこたえる。

「この急行列車に乗っていくと、だんだん人口の少ないところに向かうけど、一体この先に何があるのかしら？　賭場って、人里離れた秘密の場所でひそかに開催されているものなの？」

「そういうのは、たいていの場合、都会の雑踏に紛れた繁華街の一角で開かれることが多いですが、田舎の閑散たるところで開かれる可能性もありますね」

「そんなところに向かっていくのを気づかれずに尾行するのって難しくない？　大勢の人込みに紛れられる都市の通りなら、気づかれずに尾行するのが割合やりやすいのに――」

「たしかにそのとおりですが、そうも言っていられません。やれるだけやってみましょう」

結局、志宝龍が下車したのは、急行列車で一時間ほど行った、埼玉県の山間部に近いところの駅だった。そこで下車した人はごく少なく、聡子たちは気づかれないかとひやひやしながら、改札を出ていく志宝龍の背中を目で追いながら、数メートルほどの距離をおいて後をつけていく。

志宝龍は聡子たちに気づいた様子はなく、駅前の通りをぬけ、山の方に向かう通りをずんずんと歩んで行った。

その後を追う聡子は小声で御前山に話しかける。

「ねえ。こんなところに賭場って開かれるものなの？　他に人がいなかったら賭場にならないじゃない？　もしそんな場所が開催されているなら、他にも人の出入りがあるはずだと思うんだけど」

「たしかにこの周囲に賭場のようなものが開かれている感じはありませんね」周囲を見回しながら、御前山が小声でこたえた。「しかし何か別の目的があって、それが賭博場の何かと関わっている可能性はあります。とにかくついていきましょう」

「でも、もうこの先は住宅街でもなくなって、山道に入るわよ。そうなったら、気づかれずに尾行するなんて、もうほとんど無理にならない？　他に歩いている人なんていなくなるし、志宝龍に振り向かれたら一発で、あたしたちの存在がバレちゃうわよ」

「うーん、まあたしかに」

御前山は路上で立ち止まり、ちょうど近くにあった道路地図のところに歩みよった。

「この先は、しばらくずっと一本道のようですから、山道からはみださないかぎりは、この道の先にいるはずです。しばらくは、姿がみえなくなるくらいに距離をとりましょう。それで時間をおいて、この先に行ってみましょう。もっとも、脇道に入られたりしたら、そこで見失ってしまうかもしれませんが、そのときはそのときです」

「そうね」と聡子も同意した。

しばらく山道の入口にたたずみ、志宝龍の姿が完全にみえなくなってから、二人はその舗装された山道を進みだした。既にあたりは暗くなり、街灯の光もまばらにしか照らさない。街灯に照らされない場所に来て、御前山は用意してきた懐中電灯をつけて進んだ。

道路のカーブしているところを越えて、前を行く志宝龍の姿を視認しようとしたが、前方の道路にはその姿が見当たらなくなっていた。

「む……いないか」

御前山は立ち止まり、左右を見回した。

「あれを見て！」

聡子が声をあげたのは、山道の左手のこんもりした林の先にある大きめの池である。遠目にはその池の大きさまではよくわからないが、もしかすると湖といってもよい広さなのかもしれない。その水面に浮かんだボートに人が乗り、池に乗り出していく人がいるらしいのがみえた。

「あれ、たぶん、志宝龍よ！」

「なんでこんなところでボートに乗って池に……」

「まさか自殺しようとして池に乗り出したんじゃ……」

「わかりませんが、その心配もしないといけませんね……」

「警察に知らせる？」

「いや、まだ待ちましょう。あいつが今なにをしようとしているのか、現時点では何ともわかりません。下手に動くのは避け、ここは様子を見守りましょう。私は泳ぎには心得があります。もし志宝龍が水に落ちたら、泳いで助けに行けるくらいの体力はありますよ。とにかく、何をしようとしているのか、見にいきましょう」

＊

鋪装された道路から外れ、御前山と聡子は、林の中をうねる小道に足を踏み入れた。土の地面にはところどころ草が生え、ぬかるんで滑りやすいところもあった。

「足元、気をつけて」

「ええ」聡子は御前山に手を引いてもらって、木々に囲まれた暗い小道を進んでいく。

「明かりをつけたいところですが、それだと向こうに気づかれてしまいます」

池の縁に近づいたところで御前山は小道から外れ、林の中に入って行った。

「道から顔を出しても気づかれるおそれがあります。この脇の、木に隠れて様子をうかがいましょう」

生い茂る灌木や草をかき分けながら、二人はなんとか池のそばまでたどりついた。

空には大きくまるまるとした月がかかり、皓々と夜の池を照らしている。その池の中央付近に浮かんだボートが、静謐（せいひつ）な水面にわずかな漣（さざなみ）をひきおこし、水面に反射しきらめいている月光と星の光をゆらゆらとゆらめかせた。

湖面に浮かぶボート上では、服を脱ぎ、まわしをつけた力士が四股を踏もうとしている。

それが、これまで見たことのない幻想的で美しい光景に思えて、聡子はしばらく息を飲んだ。

四股を踏むたびにボートが揺れ、水面に波紋をひきおこし、反射する月光が揺れてさざめいた。

しばらく息をのんでその光景を見つめた後、聡子は隣りで、やはり息をのんでその光景に見入っている御前山に小声で訊ねた。

「ねえ、あれは何をやっているのかしら……？」

「四股……あっ、取組のかまえを始めました！」

ボートに乗っている志宝龍は、四股を何回か踏んだ後、今度は両腕をふりまわして、自分の体をパンパンと数回叩いた。そして組み合う姿勢をとり、前方に勢いよく張手をつきだした。それから、まるで組み合っている力士がいるかのように、両腕を前方につきだして、相手をかかえるような姿勢をとり、それから右腕をひねって投げ技をうつかのような動きをした。それに続いて今度は左腕をひきまわし、左腕の側から投げをうった。そのとき体勢を崩し、ボートがぐらりと大きく揺れたのがみえた。

「あ、危ない！」

思わず声をあげそうになった聡子の口を御前山が封じた。

「しっ！」

志宝龍の乗ったボートは、大きく揺れたものの、じきに平衡をとりもどした。志宝龍は湖に落ちることなく、ボートの上にまわし姿で立っているのが、遠目にもみえた。

「で、でも、あれはなに？　志宝龍は賭場に来ようとしていたんじゃないの？」

「賭場とはだいぶ違うようですね。あれは、秘密のトレーニングでしょうか？」

「秘密のトレーニング？　何よそれ」

「あれは、伝説の横綱、明石関の修行法ですね。志宝龍はそれをとり入れて、自分の技を一段上の高みに鍛え上げようとしていたのか――！」

感極まったような声を御前山があげるので、聡子は、

「伝説の横綱、明石関の修行法ってなによ？　舟に乗って四股を踏むわけ？」と訊く。

否定されるだろうと思っていたその問いは、意外にも御前山が大きくうなずくことによって肯定された。

「明石関は、舟の上で相撲の修行をしたといいます。これは簡単なようにみえて非常に難しい修行法です。少しでもバランスを崩すと舟が揺れ、水に落とされたりしますから。明石関は、舟の上で投げをうち、足技を使っても、舟そのものが完全に静かに水面に浮かんでいる境地を会得し、横綱の技が開眼したという伝説があります。志宝龍がやろうとしているのは、明らかにその明石の修行法ですよ。

一人でこんなところに来て、船上でのバランスをとる訓練をとりいれたわけです」

「ふうん、その明石関の修行とやらはよくわからないけど、ああいう修行をやって相撲が強くなるものなの？」

「それはもちろんです。力のせめぎ合いの、きわどい押し合いになったりしたときに、平衡感覚にすぐれたものが先にバランスをとり戻し、相手を倒すことが相撲の本番ではままあります」

「そういうものなの……」もっともらしい御前山の説明に聡子はうなずくしかなかった。「まあ、相撲といっても力比べとか重量比べだけじゃ、ないものね。でも、それより、そんな修行法をやっているということなら、賭場の出入りとは関係なくない？」

「ええ、そのようですね。見た感じ、ひそかに自分用に相撲の技を磨く訓練をしているとしか思えません。暴力団に関わるような賭場との関わりは、まったくみえませんね、今日の尾行調査した範囲では」

「まああたしも見た感じでは、そういうのとの関わりはなさそうよね。でもまだわからない、何かこれが関わりをもっている可能性も捨てきれないと思えるわ」

「うーん、まあ今日の調査だけではそのあたりは何とも言えませんね。もう少しここで観察を続けましょう」

二十分ほど志宝龍は船上で、相撲の技の一人特訓に励んでいる様子であった。やがて練習を終えたのか、志宝龍はボートに座り、羽織りものを着て、置かれていたオールを手にとった。そしてボートを漕ぎだして、こちら側にボートをもってこようとしている。

「こちらに帰ってこようとしているみたいですね」

「とにかく、自殺するとか、ヤバいことをやろうとしているのではなくて、ちょっと安心したわ。まだこの月下の修行とやらは、何のためにやっているのか、釈然としないところがあるけれど」

「もうすぐ志宝龍がこちらにやって来ます。ボートを下りてこちらに向かってこられては、見つかるおそれがあります。今のうちにここを引き上げましょう」

「もう後はつけなくていいの？」

「今日の調査はここまでとしましょう。終電があるうちに、聡子さんをご自宅に送り届けないといけませんし……」

そういう御前山に連れられて、聡子はその林の中をぬけ、鋪装された道路にまで戻った。

「さあ、見つからないうちに早く戻りましょう」

御前山に手を引かれ、聡子は駅の方角へと戻った。その日の調査はそれで一旦打ち切りとなった。

*

その翌日からも御前山は、志宝龍の身辺調査を続行していた。相撲の稽古をしようとしても、親方ににらまれ、無言で（はやく調査にかかれ……）とプレッシャーをかけられて、そそくさと稽古を早めに切り上げさせられていた。

聡子は御前山に、

「なにか進展があったら、あたしも首つっこみたいから教えてね」と言っておいた。

しかし特にこの件で進展があることを期待していなかったが、調査を始めて一週間後の夕刻。一時間ほど前に外に出て行った御前山から電話があり、志宝龍を尾行したところ、人が集まっている怪しげな集会に入っていったのがみられたという。

「えっ、そうなの？」自宅で御前山からの電話をうけた聡子は、その御前山の話を聞いて身を乗り出した。「じゃああたしも見にいく」

「少々ヤバそうな集まりですからね。もしこちらに来るのであれば、サングラスとマスクをして、顔をよくみられなくしておいた方がいいです。未成年者が立ち入り禁止と言われる可能性もありそうなので」

「わかった、変装スタイルにして行く。いま聞いた場所なら三十分くらいで行けると思うから」

聡子は男もののジャージを羽織り、サングラスをつけ野球帽を目深にかぶりマスクをつけた。鏡台の前で自分の姿をみると、いかにも怪しげな人という感じである。

「うーん、まあ、こんなのでいいのかなぁ」

必要があれば普段の服装に戻れるように、バッグに着替えを詰めて聡子は出かけることにした。電車に乗り、三駅ほどいったところで下車し、御前山の指定した場所に聡子は足早に向かった。

御前山から聞いたのは、聡子たちの通う高校からそんなに遠くない都内にある住宅地の一角である。高級住宅街と称されることもある、割合富裕層の住まいが多いエリアで、その分敷地が広く、家屋敷も豪勢そうなのが並んでいる。

その、豪勢な邸宅の門の前で、御前山がたたずんでいて、変装している聡子の姿にすぐに気づいて手を振った。

「あの……あたし、変装してるんですけど、すぐにわかった？」

「それはわかりますよ。聡子さんは歩きかたのくせのようなものがありますから」

「外見でなく歩き方でわかるんか。しかし、ここは何？」

「まだよくわかりませんが、この邸宅に志宝龍が入っていったのは目撃しました。そこに門番がいて、入場をチェックされますが、近くで入場チケットを売っているところを見つけて買っておきました。二枚あるので、聡子さんも入れます」

「チケット売場ってなによ、それ？」

「ダフ屋みたいなものなんですね。このへんをうろうろしていたら、さっき帽子を目深にかぶった男が『今日のレース入りたいの？　一枚五千円でチケットあるよ』と言われたので、二枚買っておいたんです。もっともさっき入った志宝龍は、顔パスで入っていたようで、チケットを見せたところは確認できませんでしたが」

「それ、チケット売場で買うのとはだいぶ違うチケット購入法ねぇ」

「さっきから何人か、チケットをみせて、この建物に入っている男がいるのをみています。どうも、あの感じからして、ギャンブル場がこの邸宅に設けられている感じが強いですね。聡子さんは未成年ですから、こんなところにいるのが見つかるとまずいですよ」

「違法賭博なら、未成年でなくてもやっていちゃまずいでしょう？」

「それはたしかにそのとおりです。それで、どうします？　中に入りますか？　いま言ったような感じですので、この中はちょっと危ないかもしれないので、自分としてはあまりお薦めできません」

「うーん、でも、志宝龍さんのことが心配だし、入ってみるわ。もし何かあっても、志宝龍さんの身を案じて追ってきたと説明すれば、罪になることはないでしょう」

「そうは安心できないのですが、行くなら私のそばを決して離れないようにしてください」

「でもここから中に入ったら、志宝龍さんに気づかれるんじゃない？」

「私も顔は隠してなるべく見つからないようにしますが、もし見つかったらそのときは率直になにをしているのか聞いてみるのもひとつの手です」

「うーん、そうねえ……」

そのとき聡子は、自分の近くにもう一人、見慣れた顔が近づいてきたのに気づいた。

「あら、マーク！」

「サトコサーン」浴衣姿のマークは陽気そうな笑みをうかべて手を振った。

「どうしてここに？」

「オヤカタ、サトコサンノコト、トテモシンパイシテイマス。ワタシ、サトコサンノボディーガード、タノマレマシタ」

「あたしのボディーガードを、お父さんが、マークに頼んだ？　なによ、それ、お父さん、あたしがこっそり家を出て行ったのもみてたってこと……？」

「コレカラドウシマスカ？」

「御前山、マークの分も入場チケット手に入る？」

「もう五千円は痛い出費ですが、買えなくはないはずです。しばらくお待ちください」

御前山は近くを歩いている帽子をかぶった男に近づいていき、耳打ちをして金を渡し、もう一枚チケットを入手した様子だった。

「さあ、行きましょう。開場時間が近く、警官にみられるとまずいので、そろそろチケット売りはおしまいだそうで、間一髪、間に合いましたよ」

「じゃあ行きましょう。マークが護衛についていてくれれば、格段に安心だわ」

「私より幕ノ虎の方が信用度が高いとでも？」

「当たり前じゃない」

＊

入口で黒いサングラスをかけた男にチケットをみせ、中に入ると、行き先として地下への階段が示された。そこを下りていくと、地下に大きなプールがあった。四囲には観客席がもうけられ、ざっと数百人が集っていて、人のざわめきが地下の空間に反響しこだましている。

プールの四囲は格子状の柵がもうけられ、観客が立ち入れないようにされている。周りの人々は、買った馬券のようなものを手に、プールの方にエールや歓声を送っている。入ってすぐはなにがそこで行なわれているのかよくわからなかったが、近づいて目を凝らすと、プールの中に小舟が浮かべられ、そこに相撲とりとおぼしい巨体の男が二人乗っているのがわかった。

　地下への入口のところで、仮面をつけてタキシードを着た番人がいて、馬券のようなものを売っていた。御前山が中に入ろうとすると、なにか買わないのかと無言の動作で聞いてくる。御前山は一旦断ろうとしたが、何も買っていないと中に入りづらいと判断したのか、「一枚くれ」と言って券と交換に五千円を支払っていた。

　その後につづく聡子とマークは、特にとがめられずに中に入ることができた。

　その地下室の様子は、聡子が以前に一度だけ父親に連れられて行ったことがある競馬場の観客席によく似ていた。老若男女がそろっているが中年男性が割合としては一番多そうに思われる。タバコや新聞を手に、双眼鏡をもったりしている人が多く、おとなしく坐っているだけの者も多いが、やかましくわめいたり、なにか声援のようなものを送っている人も少なくない。雑多の空気の中に聡子の嫌いなタバコの煙がもうもうと立ち込めていて、内心ではこんなところに長居はしたくないと感じた。

「御前山さん……！」

　そう話しかけられたのでびくっとした御前山が振り向くと、そこには志宝龍の姿があった。

　一瞬、悪いことをしている瞬間を教師に見つかったときに似た感覚が聡子を襲った。

（しまった……！）

（見つかった！）

　しかしその感情が和らぐと、別段特に自分たちが縮み上がるようなことではないという、開き直りにも似た感覚が強くなった。

（そう、別に、あたしたちが萎縮することはないわよね？）

聡子は振り向いて、志宝龍の顔をまじまじとみた。

以前は恰幅がよく肌つやもよく、元気そうにしていたのに、いま目の前でみる志宝龍は、どこかやつれ、目の下に隈をつくり、実に疲れた表情をしていた。

「志宝龍……」

「どうしてこんなところに……？　まさか私の後をつけてきたんですか……⁉」

（でもこんなにすぐに発覚してしまうとは……）

（変装の工夫は、ちょっとも役立たず……）

「いや、ちょっと事情があってな……」御前山はサングラスをとり、視線を逸らして言葉を濁した。

「それよりここはどういうところだ？　何かギャンブルをやっているところみたいだが？」

「知らずにここに来たんですか……？」

「ああ、その、ちょっと興味をもってだな……」

「券を買っておられるではないですか？」

手にしている券を指されて御前山は、「ああ、うん、これはな……。おまえもこういう券を買っているのか？」と言った。

「いえ、今日は見学に来ているだけで、特には買ってないです」

「買わなくてもいいものなのか？」

「ええ、今日は『見（けん）』だといえば別にそれで通れます」

「なんだ、私もそう言えばよかった。五千円もとられてしまった」

「でもそれはいい券ですよ。次に出てくるイノシシの異名をもつ力士に賭けたやつだ。イノシシが勝てば、換金支払いで増えて戻ってきます。イノシシは強い力士ですから、おそらく勝ちますよ。もうすぐ勝負が始まる。ほら」

「勝負だと？」

プールを囲む柵越しに志宝龍が示したところでは、プールに浮かぶ小舟に乗って、まわしをつけた力士のようないでたちをした男が二人乗っている。

「あ、あのイノシシというのは」聡子は、そのうちの一人の男の容貌を見て思い出した。「たしか去年引退した、元前頭にいた力士よ」

「イノシシか？　そういえばそんな力士がいたな、うちの部屋の力士とも巡業であたったことがある」御前山もプールに浮かぶ舟にいる男をまじまじと観察しながら言った。「もう一人もどこかの部屋の力士か？　少し見覚えがあるような気がする」

「ええ」と志宝龍がうなずく。「二人とも引退した元力士です。この船上相撲をやっている力士は、角界経験者が少なくないですね」

「船上相撲？　それはどんな競技だ。ここで賭けの競技として行なわれているのか？」

「ええ、おおまかにはそのとおりです」

「舟の上で相撲をとるのか？」

「大体そのとおりですが、船上相撲には、普通の相撲と異なった規則があり、通常の相撲技で使ってはいけないものが定められています。ただし大枠は相撲のルールどおりで、水に落ちた方が負けという、基本はシンプルなものです」

「しかし土俵の上とちがって、水に浮かんだ不安定な船上では、普通の相撲とはいろいろと勝手がちがうだろう」

「ええ、普通の相撲なら力押しや力技が大きくものを言いますが、船上相撲では力よりむしろ平衡感覚や敏捷さが求められます。揺れる船上でいかに舟から落ちないように体を保てるかというのが勝負どころとなるので、上位の強い力士が体格の小さな小男だったり、筋力がそんなにない男だったりします。現役の強い力士が戦っても、船上相撲で勝てるとは限りません」

「で、その船上相撲が、こうして裏の賭博の対象になっているというわけか、志宝龍？」それまでと口調を変え、御前山の言い方が、詰問口調の、厳しいものになった。

「は、はい……」

「どうしてこんな賭け事に首をつっこむことになったんだ？」

「そ、それは、兄の困窮を救い出したいために……」

「兄？」

「ここで賭けをやっていたのは、私でなく兄の方です。私がここに来ているのは、もともとは、兄を足ぬけさせたいという理由でした」

「兄がこの賭け相撲にはまったと？」

「へい、そちらに今いますが」

志宝龍が指さした先には、壁にもたれ背を丸めて坐っている、不健康そうな土色の肌をした無精髭の男がいた。手に缶ビールをもち、ときどきそれを飲んでいる。

「やつでさぁ、志田克人という俺の兄です。あいつ、俺が気づいたときにはもうこの賭け相撲で首が回らなくなるくらいの借金をして、既に腎臓をひとつ売っていたんでさぁ。返せる範囲で俺が立て替えてもうやめろと忠告したんですが、聞かずに……今度はとうとう自分の一人息子の腎臓とか臓器を賭けの担保にすると言い出しやがって……」

「息子さんがいる方なんですか？」

「ええ、あいつもかかあと一緒に暮らしていたときは仕事もして真人間だったんですが、かかあに逃げられ一人になってから、やけ酒がたたって体を壊して仕事をやめ、それからギャンブルにのめりこむようになって」

「息子さんは奥さんの方が引き取らなかったのか？」

「別の男をつくって逃げ出したみたいで、息子は置いてきぼりだったそうでさぁ」

「それは、息子さんは気の毒に……」

　周囲のざわめきが高まり、普通の声での会話が聞き取れないほどの音量になった。プールの方をみると、これから船上相撲の勝負が始まるらしい。

　舟がプールの中央にゆるゆると曳航されてくる。その中に二人の、力士らしい大柄の男がどっしりと腰をおろしている。二人とも髷をゆい、まわしをつけ、上半身は裸で、いでたちは大相撲の力士にそっくりである。

二人の力士を乗せた舟は、それより小さな小舟に曳かれ、プールのほぼ中央に来たところで止まった。より小さな方の舟には､行司らしいいでたちをした男が乗っていて、その場から「見合って見合って」と掛け声をかける。その声に応じて二人の力士が立ち上がり、相撲同様に見合う形になった。勝負を見守っていた観衆たちのざわめきが、波が引くように静まっていく。その場にいる者たちが皆、勝負の行方に注目し、固唾を飲んでいる。

「八卦よい、のこった！」

行司らしい男が手の軍配を返した。二人の力士は立ち会ってぶつかり、がっぷり四つに組んだ。と同時に乗っている舟が大きく揺れ、水しぶきが上がった。

一旦揺れた舟は、力士が組み合って静止したのに応じて揺れをおさめた。が、その後、右側のより体格の大きな力士が投げをうとうとして体をひねり、また舟が大きく揺らいだ。そしてそのまま船体が転覆し、二人の力士はともに水に放り出されていった。

「あ……二人とも、落ちた」と聡子が声をあげた。

「落ちましたね」と御前山が相槌をうつ。

「二人とも水に落ちたときの勝敗判定はどうなるの？」聡子は志宝龍の方を向いて訊いた。

「基本的に先に着水した側が負け、と判定されます。ビデオ録画もされているので、今のような、見ただけでどちらが先とわからない勝負になると、たいていビデオ判定になりますね」

「でも､ビデオ判定してもわからないくらい同時のことってない？　今の勝負も舟が横倒しになって、二人ともほとんど同時に水に落ちているわよ」

「同体とみなされて決着がつかない場合、基本的に胴元側の勝ちと判定されます。この船上相撲、胴元の取り分が他のギャンブルより多い一因がそれです。同体になることがかなり多く、その場合、賭けた側が基本的に負けとなって賭け金を没収され、胴元側の勝ちとなります」

「えー、それってギャンブルとしてかなり不公平なルールよね」

「いやいや、世界の賭場でも、そんなものだよ、聡子くん。ラスベガスでもマカオでも、カジノは二割から三割くらいは胴元が儲かるようにできている」

「そんな外国に、まるで行ったことがあるみたいなこと言って」

「まあ胴元の有利になるようになっているのはそのとおりですが、その分、自分が賭けた力士が勝ったときには倍率が乗って、かなり多くの取り分が見込めます」と志宝龍が言う。

「ふうん」その言葉を聞くと、既に志宝龍はかなりのところ、賭ける側に取り込まれているのではなかろうかという気がしてくる。

「で、おまえは昨日は湖に舟を浮かべてこの船上相撲の特訓を一人でしようとしていたようだが、一体なにをしようとしているんだ？　おまえがこの船上相撲に出場するつもりなのか？」

　そう指摘されて志宝龍は少しビクッとした様子だった。

「なんと、先週の私の一人稽古をみてらしたんですか。あのとき、誰かにみられているような気がしていたんですが、御前山さん、あなただったんですか」

「おまえ自身が出場するようになったいきさつを教えろ。わけを聞かせろ」

「へい。その試合があるのは来週のこの時間でさ。兄がかき集められるだけの金を集めて、全額を私に賭けることになってます。そのお金には、私が貸したなけなしの貯金も含まれています。私が勝てば借金はチャラとなり、兄が再出発できるだけの当座の金を得ることができ、子どもの腎臓を売るという担保契約も破棄することができます。だから、兄を助けるための一世一代の勝負、来週にその命運がかかっているので、そのための一人訓練をしていた次第です。私もプロの力士、普通の相撲なら一般人におくれをとることは決してありませんが、この船上相撲は勝手がちがう。来週対戦する予定の、〈ナメクジ〉というあだ名をもつ力士は、船上相撲では歴戦の勇士、この胴元側がかかえるほぼ最強クラスの船上力士です。あいつ相手だと、船上でなら角界の上位力士があたったとしても、そう簡単に勝てないだろうと思われるほどのつわもの。私も無策であたってはおそらく歯が立たないので、勝てるように船上で四股を踏み、バランスを保てるように訓練していた次第です」

「また来週、ここでこの船上相撲が行なわれる予定なのか？」

「へい」

「しかし、これだけ大々的にギャンブルがなされていて、そろそろ警察に目をつけられてもおかしくないだろう。相撲部屋でも、龍悦部屋や鷹顎部屋で内偵が入っていて、賭け相撲に関与している力士が洗い出されようとしている。われわれが通報しなくても、じきにここにガサ入れが入るのは時間の問題だろう」

「たのんます！」そう言って志宝龍は御前山の胸元にすがった。「ガサ入れがじきに入るような予感は私もしていました。しかしあと一週間は待ってもらいたいんです。来週の勝負に私が勝って、兄が配当の払戻金を得れば、もう二度と兄に博打をさせません。私が禁じます。そのお金で兄はまた再出発をすることができます。だから、来週まで、来週の私の勝負までは待っていただきたいんです……！」

「いや、しかし、そんなことを言われてもな」御前山は困惑した様子で言った。「警察がいつ立ち入るかなんて決める権限がこちらにあるわけでなし……」

「ですから、ここのことを警察に垂れ込むにしても、来週以降まで待っていただきたいと、そうお願いしている次第です……」

「むう、困ったな。私の一存では決めかねることだが、このことを親方に報告してよいか。それを認めるなら、警察に通報するのは、少しだけ猶予してやってもよい」

「親方……。親方、このことを知ったら、もう自分を部屋に置いてはくれませんよね……」

「親方がどう判断するかは自分にはわからない。しかしそれがいやなら、こちらとしても違法賭博の実施を通報するのをやめるわけにはいかない」

御前山に最後通牒のような宣告をつきつけられて、志宝龍はしばらく凍りついたように呆然としていた。少し沈黙し、うなだれていた後、顔をあげた志宝龍は、はっきりした声で、

「わかりました」と言った。「どのみち、私はもう、こんなことに手をそめた以上、長く角界にとどまるわけにもいかないと思っていました。今度の船上相撲が終われば、潔く身を引いて第二の人生の道を模索することにします」

「では、今から親方のところに行こう。ことの次第を正直に、包み隠さず親方に報告するんだ、いいな」

「へい」

「ここはあまり長居するところじゃないな。さあ、出よう」

御前山がそう促すと、志宝龍はうなずき、酔っている兄の肩を支え、一行は出口の方に向かった。

＊

外に出るとひえびえとした空気に包まれ、空には高く月が昇っていた。

人通りの少なくなった道を、御前山を先頭に、みな沈黙したまま歩んでいく。

数分道を進んだところで、志宝龍が歩みを止めて言った。

「兄の家は、この近くなんで、送っていきます」

御前山は、志宝龍が支えている兄のところに歩み寄り、

「この近くなら自分も手伝おう」と言って、その片方の肩を支えた。

マークと聡子も、志宝龍が歩いていく方向にしたがってついていった。

そこから徒歩で十分ほど進んだところでみえてきた、二階建てのうらぶれたアパートが彼の住居らしかった。

「ほら、歩けるか？」

志宝龍が兄の頬をパンパンと叩いたが、兄の方は半睡状態のようだった。

「パパーッ」

アパートの階上から声がして、半ズボン姿の少年が勢いよく階段を駆け下りてきた。

「おお、ユータ」

子どもの声を聞くと、それまでへべれけな様子だった志田克人が急にシャキッとした様子に変わった。

子どもはそのまま駆け寄ってきて、父親らしい彼に抱きついた。

「あんなだけど、子どもからは慕われているみたいね……」聡子が小声で御前山にささやく。

「そうみたいですな。だとすると、更生の見込みもあるといえるでしょう。子どものためを思うなら、親として責任を果たそうとする自覚が生まれるでしょうから……」

「いや、でも、子どもにそういう自覚をもつ親が、自分の子どもの腎臓を担保にしたりする？」

「それは、ダメですね」

「パパー。見て。ハチつかまえたよ」

少年はそう言って、かかえた大きな透明な容器を示した。フタをされたその容器の中にはブンブンと羽音をたてて、蜂が二、三匹飛んでいる。

「おお、でかした。ユータ」志田克人は満面の笑みをうかべて、息子の頭をなでている。「これで来週の勝負、父ちゃんが勝てるぞ」

「ちょっと！」びっくりして聡子が口をはさんだ。「来週の勝負に勝てるって、一体なにをする気ですか？」

「来週の船上相撲で俺たちの相手となる〈ナメクジ〉はな、蜂に弱いんだ。俺っちはその情報をつかんでいる。去年あいつが蜂に刺されて長期離脱し入院していたことがあった。アナフィラキシーショックとかいうのを起こしたらしい。あいつはつまり、蜂アレルギーをもっている。だから、あいつに負けそうになったらこの蜂を放って、あいつを刺してやればいい。そうすればあいつが伸びて俺たちの勝ちが決まる」

「なに言ってんですか！　アナフィラキシーで死ぬこともあるんですよ！」

「〈ナメクジ〉は今までもさんざん俺っちの金を巻き上げてきた憎い相手。あんなやつ、死んじまえばいいんだよ」そう言って志田克人はぺっと唾を吐き出した。

「相手が蜂アレルギーをもつとわかって蜂を放ったら、殺害未遂ですし、死んだら殺人の罪に問われますよ。ダメです、そんなことをしては、絶対にいけません！」

「聡子さんの言うとおりです」御前山が間に入って言った。「賭博関与も犯罪ですが、まだしも軽い罪ですみます。が、蜂に弱い相手に蜂を仕向けたらそれは重罪です。ことによると殺人の罪に問われることになるかもしれません。そんなことをしたら、死刑にならないまでも刑務所に入れられて、ずっと出てこられなくなるんですよ。お子さんにも会えなくなるかもしれません」

「どうせこんな俺っちだ、死刑になった方がマシってやつ？　刑務所に入れられたら、三度の飯と寝床は確保できるんだろ？　だったら、今の生活よりナンボかマシってものだ」

「ユータくんだっけ？」御前山は少年の方を向いて、その頭を撫でた。「ユータくんは、お父さんが刑務所に入ってずっとそこから出られなくなってもいいのかい？」

「ずっと出られないって、もう会えなくなるの？」

「ああ、そうなるかもしれないってことだ」

「いやだ、父ちゃん、おれのところからいなくなったらいやだー」

急に泣きそうな顔になって、ユータと呼ばれている少年は声をあげた。

「ほら、息子さんもこう言ってますよ」

「ああ、わかったわかった」面倒くさそうに志田克人は手を振った。「今のはほんの冗談だよ。そんなことはやらねえって」

「約束してください、これ以上違法となる不正なことをしたりしないって」

「わかったわかった。約束する。誓ってもいい」

「本当ですよ」

念を押して、御前山たち一行はそこで別れた。

送り届けに寄ったアパートからだいぶ離れてから、無言で何か考え込んでいた御前山が、聡子の方を向いて言った。

「あの志宝龍の兄さん、もしお金が入ったとして、立ち直れると思いますか？」

その問いに聡子は重々しく首を振った。

「たぶん難しいでしょう。みたところアルコール中毒も入っているみたいだし、一旦強制入院でもさせて生活をあらためないと更生は難しいでしょう」

「だとすると、来週の船上相撲に勝ってお金が入ったとしても、あの人の再起はまず難しいことになりますね」

「でも先行きがどうなるかなんて、誰にもわからないわけだから、絶対に更生なんて無理だと決めつけるわけにもいかないと思う」

「そうですね。息子さんに慕われて、息子さんと仲がよさそうだったのが、ひとつ救いにはなりそうですが……」

「息子さんも、腎臓をとられないように早く救出措置をとらないといけないわよね」

「ええ、……さて、帰ってこのことを報告したら、親方は一体何て言うんだろうなぁ……。おっ、志宝龍が戻ってきたみたいですよ」

志宝龍は兄を部屋まで送り届け、それから走ってきて、御前山たちに合流し、千代楽部屋へともどっていった。

＊

部屋に戻ると、怒りで目を三角にした千代楽親方が待ち構えていた。どういう経緯だったか御前山から一通りの事情説明を聞き、真先に雷を落とされたのは聡子だった。

「親に無断で、勝手にそんなあぶない場所に行くやつがあるかぁーっ！」

父親からこんなに本気で怒られたことはめったにないので、聡子は首をすくめ「ごめんなさい」と詫びた。

次いで怒りをぶつけられたのが御前山である。「うちの一人娘をそんな危ないところに連れ出して、おまえというやつはぁーっ！」

「申し訳ございません」御前山はひれふして土下座し、神妙に詫びた。

ひと通りの怒りの表出と説教をした後で、角でうなだれている志宝龍に親方は目を向けた。

「親方」正座している志宝龍は手をついて頭を下げた。「このたびのことは、お詫びのしようもございません」

「兄さんとそのお子さんを助けようとした話なんだろう。聞いたところでは、同情に値するところはあるな」親方は煙管(キセル)をふかしながらゆっくりと言った。「しかし、おまえのやったことはこの部屋の不祥事につながる。もうこれ以上おまえをこの部屋に置いておくことはできない」

「へい、それは覚悟しておりました。不肖志宝龍、髷をほどき、角界からは去らせていただきます」

「相撲をやめて、仕事のあてはあるのか？」

「力仕事なら探せばいろいろあるでしょう。とにかく、これ以上親方にご迷惑はおかけしませんし
……」

「ふむ」

「ただひとつだけお願いが……」

「何だ？」

「さきほど御前山にも頼んだことです。来週の船上相撲に出ることだけはお許しいただきたく……。いま警察沙汰にでもなり、あの船上相撲が中止になれば、賭け相撲にこれまでつぎこんだ兄のお金はもう戻ってきません。そのお金は半ば以上は自分が出したものでもあります。ですから、来週、その

相撲をやるまでは、どうかこれに目をつぶっていただきたいのです」

「ふむ、しかし、たとえこちらが通報しなくても、来週までその賭場がもつかどうか保証のかぎりではないぞ。既に鷹顎部屋と龍悦部屋では、部屋の中に賭博関係者がいるようだと内偵がなされているし、あちらの部屋の関係者で警察に事態を知らせに行くものがいつ出てもおかしくない。こんな情勢では、来週のその賭け相撲が成り立つかどうかわからんし、その賭け相撲をめぐる情勢は逼迫しているぞ」

「へい、それは承知しております。それでも来週まで引き延ばしてもらえれば、必ず買って、兄の負け分を取り戻し、あいつを真人間に戻らせてやりたいんでさ」

「しかし聞いた感じでは、その兄さんは、たとえお金が入ったところで、それだけでは更生するのが難しくないか。ギャンブル依存もそうだが、アルコール中毒も症状が進んでいては、独力で立ち直るのが難しくなっていくもののようだし」

「引退してからは私が兄と一緒に暮らし、あいつの面倒もみようと思ってます」

「おまえがその兄さんの面倒を？　そんなことをしながら生活するための仕事をするとなると、かなり大変になろう」

「もともとあいつの性格があんなにねじ曲がったのは、遠因は自分にあるかもしれないんです。あいつが好いていた女性を、それと知りながら奪って結婚したのがこの私です」

「え、では、前に逃げられたおまえの妻というのは……」

「強奪愛みたいなものでしたが、じきに愛想つかされて逃げられました。情けない話です」

「でも兄さんも子どもがいるということは、一回結婚しているんだろう？」

「はい、その後で別の女性と結婚しましたが、こちらはかなりの悪女だったみたいで、兄の貯金を持ち逃げして、別の男のところに逃げたそうです。生んだ子どもを一人残して」

「そうか」親方は、その話を聞いてため息をついた。「兄弟そろっていろいろと大変な人生を歩んでいるようだな……」

「へい。ですから、今後は互いに協力して、人生をやり直したいと考えております」

「うむ。まあわしとしては、警察に通報するのは、当面見合わせることにはしよう。おまえの方で、よいというやりかたでやるとよい。おまえは今月かぎりでこの部屋はやめてもらう。それでいいな？」

「へい、本当にありがとうございます」

「それと、もし……負けた場合だが、それでも年端もいかぬ子どもの腎臓を売るのはよくない。許されないことだ。その子を助けるのに金が必要なら、わしの方で少しは協力できるかと思う。とにかく、その子を救うのが先決だ」

「ありがたいお言葉です。しかし親方にそこまでの面倒はかけません。来週の結果がどうなろうとも、その子の身は私が責任をもって必ず守ります。そこのところは、安心してやってください」

「ふむ、そうか。とにかく、限界はあるが、助けられる範囲で金の工面は考えてもいい。隠さずに相談に来るんだぞ」

「ありがとうございます」

そう言って志宝龍は再び深々と頭を下げた。

＊

その翌週。あれだけ父親にきつく叱られたにもかかわらず、聡子は御前山、マークとともに船上相撲が行なわれる会場へと足を運んでいた。聡子がここに来るのが許されたのは、じきじきに父親の千代楽親方もついてきたからでもある。

「まったく、こんなところに来るために、わしまで変な恰好をせねばならんとは……」

大きなマスクと黒眼鏡をして顔を隠した千代楽親方はぶつくさ言いながらも、聡子の横にぴったりとくっついて、絶対に娘を離すまいという構えのようだった。

「で、その志宝龍の兄とやらは、今日の勝負でいくら賭けてるんだ？」

親方がそう聞いてきたので、御前山はちょっと首をかしげ、

「はっきりした金額は聞かせてもらってませんが、一千万円くらいはあるような感触ですね」

「で、勝ったとしていくらもらえるんだ？」

「今日の船上相撲、配当額についてはさっき入口で券を買うときに聞いてきました。チャンピオンのナメクジの配当は約一・一倍ですが、挑戦者の志宝龍が勝てば配当は五倍近くになるようなので、もし一千万円を賭けていればその五倍の五千万円を手にすることになりますね」

「五千万円か。生活を一新して再出発するためには、充分な額といえるだろうな……。しかし、志宝龍が勝てる見込みが低いとみなされているからその倍率なのだろう？」

「ええ、相手のナメクジは、この船上相撲のチャンピオンにして最強と呼ばれる船上力士ですからね。初出場の人物がこのチャンピオンに勝てると予想するのは少ないでしょう」

「しかし身分を隠しているとはいえ、志宝龍はプロの力士だぞ。素人力士なんかにおくれをとるはずがないと思うが」

「普通の相撲として、土俵の上で戦うのなら、そのとおりです。しかしこれは船上相撲です。親方はまだ船上相撲の実戦をごらんになっていないから、そんな風に思えるんです。あれは、普通の相撲とはまったく別の世界、別の技や駆け引きが要求される競技です。いま現役で活躍中の横綱や大関でも、この船上で戦えば、たぶんあのナメクジに勝てる見込みは非常に薄いと思いますよ」

「しかしもしそうなら、志宝龍兄弟はどうなる。一千万円を失って借金がふくれあがって、さらに窮地に追い込まれることになる」

「私もその点を心配しています。しかし志宝龍は、この日の対決に備えて、勝つための訓練を怠らなかったから、勝負については任せてくれと請け負っていました。ここは、あの男を信じるしかありません」

「うむ。志宝龍を部屋から追い出すことになるが、この一番ではあいつには勝ってもらいたい。そう願っているよ」

「それは私も同感です」

「もうすぐ試合が始まる」

聡子に促されて、親方も御前山も、四囲に柵がもうけられたプールに目をやった。前回観戦したときと同じく、小舟に曳かれた、大きめの船に二人の、まわしをつけた力士が乗っているのがみえた。一人は彼らのよく知る志宝龍、もう一人は、とがった顎をした長身の男だった。

「ナメクジというと、宮沢賢治の童話に相撲をとるナメクジの話ってなかったっけ？　なんかネズミかなにかと相撲とっていたような話があったような気がするけれど……」

「『ツェねずみ』とかいう作品があったように思いますが、それとは別でしたっけ？　ミステリだと、フォーチュン氏が活躍する『黄色いなめくじ』という作品がありますよ。H．C．ベイリー」

「そんな作家は知らないわ。ところで、あのナメクジって力士の容姿、ナメクジというよりトカゲね」

と聡子が感想を述べた。

「外見が似ているかはともかく、ナメクジのように粘っこい相撲をとるので、その異名をもつようになったようです、私が調べたところでは」と御前山が知った風な調子でこたえた。「ついでに、金にものすごくがめつく、金目のものに目がない性格でもあるので、ついたあだ名が〈金色のナメクジ〉だそうで」

「体格は志宝龍さんの方がずっと立派にみえるし、本当にあの男が最強なの？」

「私もあの外見を最初に見たときはそんなにあまり強くなさそうに思えました。しかし実戦をみてみると……」と御前山が言うので、聡子は、

「あれ？　御前山、あのナメクジの実戦をみたの？」と聞くと、

「ええ、実は三日前にも対戦カードがあったんですよ。そのときもここに見に来まして……」と御前山がこたえる。

「おまえ、わしに断りもなしに、勝手にまた、こんな場所に出入りしておったのか……」親方がぎろりとした目で御前山をにらんだ。

「いえ、私は、情勢分析と内情を知るために、ここにもう一度偵察しにくる必要があるのを感じただけでして」

「ふん、まあその話はまた後で聞こう」

ドッと周囲から歓声があがり、行司が軍配を上方にかかげた。

「見合って、見合って」

深刻そうな表情をして志宝龍が、前方のナメクジ相手に構えている。

「八卦よい、のこった！」

軍配が返され、両者がガチンという音を立ててぶつかる。いよいよ勝負が開始された。

途端にぐらりと船が大きく揺れた。聡子がこれまで数回観戦したところでも、立ち会いのぶつかった瞬間に、どちらかが水に落ち、あっけなく勝負が決まってしまう場合がかなり多い。

今回も船は大きく揺れたが、両者はギリギリのところで踏みとどまり、姿勢を立て直してまたにらみあった。そしてまた立ち会い時と同じく、激しくぶつかりあいがあり、両者は四つに組み合った。

ナメクジが大きく押し出し前方に進む。志宝龍が後方にのけぞり、バランスを崩し、今にも背中から水に落ちそうなところに追い詰められている。

そのとき。

「ぐおおっ！」

志宝龍が野獣のような咆哮とともに、ナメクジの体をかかえてもちあげた。つりあげられたナメクジは足をバタバタと泳がせている。志宝龍はそのまま、相手を両腕でがっしりとつかんで上方につりあげた。そして背中をえび反りにして、相手をさかさまに水の中に叩き落とした。

「やったわ！」聡子が歓声をあげる。

「勝った！」親方もそれに続いた。

意外な勝者が出たので、会場にどよめきが走り、ワーッという歓声がうねりのように湧いた。プールに座布団や持ち物を投げ入れるものが少なからずいた。

志宝龍は水に落ちてぐったりしているナメクジの体をだきかかえて船上にもどした。そのとき志宝龍は何かびくっとした様子だった。ひどくあわてた様子で、船を手漕ぎしてプールサイドに寄せ、たちあがって大きな声で呼ばわった。

「ナメクジさんが息をしていません！　どなたか、医者を呼んでください！　至急！」

「えっ⁉」

意外な志宝龍の言葉にどよめきが広がり、関係者らしい黒服の男があわてた様子で、倒れているナメクジのところに駆け寄った。医術の心得があるらしい人がやってきて、急いで心臓マッサージを施している。

聡子は人込みをかきわけて、そのそばまで近づいた。細くたくましい体をしている〈ナメクジ〉が、今は丸太のように倒れ動かなくなっている。白目を剝き、口から少し泡のようなものを出し、手足に小刻みな痙攣がみられた。

蘇生の試みが十分ほど続けられたが、息を吹き返す気配がないようだった。心臓マッサージの作業は中断され、黒服の男がナメクジの脈をとってみて、「ダメだ」という風に首を横に振っている。

聡子は、その脇で呆然と立ちすくんでいる、水に濡れたまわし姿の志宝龍の姿を認めた。

「志宝龍！」

「聡子さん！」声をかけられて、志宝龍は意識が戻ったかのように、びくっと体を震わせた。「それに皆。見にきてくれていたんですね」

「見事な勝利だったわ、おめでとう」

「勝つための算段をいろいろと考えたんですよ。普通の相撲に持ち込めれば、現役力士であるこちらの方が有利であるのだから、なんとか船を固定し、普通の土俵に似た状況に持ち込みたい。そうすれば勝ちの目がみえてくるだろうって……」

「その戦法は見事に決まったみたいだけど、それより相手の人……死んでるの？」

「ええ、自分もわけがわからないのですが、さっき戦って持ち上げたときまではたしかに生きていたのに……」

マークがまじまじと、倒れているナメクジを観測している。彼は、その男の近くを指さし、「ナメクジ……ナメクジデス」と言う。

「それはその男の四股名みたいなものだって。通称はナメクジと呼ばれていたのよ」

「チガイマース。ココ、ナメクジガイマス」

「え？」

マークにいわれて聡子が覗き込むと、たしかに、水に濡れて倒れているその男のそばに虫のようなものが這っている。マークはナメクジと言ったが、色が黄色か金色っぽかったので、特別の色をした毛虫のようなものに聡子にはみえた。

さらに近づいて観測すると、そこにいたのは、色を別にすれば形状、大きさ、動きはたしかにまがうかたなきナメクジだった。

「ナメクジ……金色のナメクジだわ！　そんな色のナメクジっていたの⁉」

「ワタシ、カンソクシマシタ。サッキ、ココニハコバレタトキニハ、ソノナメクジガ、コノオトコノクビノトコロニイマシタ」

「マーク、そんなのを観察していたの。よく見つけたわね」

「ナメクジ、アナフィラキシーショック、オコシタ。ソレデシンダ、ソウスイリシマス」マークがその金色のナメクジを指さしながら言う。

「えっ、この人、アナフィラキシーのショックで死んだって推理するの？　でも、アナフィラキシーのショックって蜂などで起こるものじゃなかった？　ここにいるのは蜂でなくナメクジでしょう？」

「ナメクジ、デモ、アナフィラキシー、ショック、オコリマス」

「ナメクジでもアナフィラキシーショックが起きる？　それが死因？」

そんなことを話しているところに、眼鏡をかけびしっとしたスーツを着込んだ男が割り込んできた。

「その話は興味深いが、私の観測では少し違うね」

その男は興味深そうに、用意していたらしいピンセットで金色のナメクジをつまみあげ、白いハンカチにくるみ、もっていた小ビンの中に、それを入れた。

それから、その男は船上相撲に使われていたボートに歩みより、その中を調べ始めた。

「やはりな。こちらにも一匹見つかった。同じ金色のナメクジだ」

その男は、船の中にいたナメクジをピンセットでつかまえて、もっていた小ビンに入れた。

「これは人工的に毒を盛られたナメクジだ。その盛られた毒のせいで、体の色が黄色く変色してしまっている」

「毒？　ナメクジに？」聡子は驚きの声をあげた。「でも、その金色のナメクジはあの船の中にもいたんですよね？　それだと、狙われたのは、ナメクジさん一人とは限らなくなるんじゃ……。乗っていた志宝龍さんも、そのナメクジに噛まれるおそれがありますよね」

「それはそのとおりだ」とその男はうなずいた。「両方とも狙ったのか、片方を狙ってもう一人は巻き込まれてもよいというつもりだったのか、あるいは、もう一人は、毒に耐性があるとか、死んだ側がこの毒に過敏症であったために、ターゲットにできたとか、いくつかの場合が考えられるので、それは今後の調査を待つしかないが」

「それで、どんな毒が使われていたんですか？」

「どういう毒かを特定するのは鑑識の分析を待つしかなく、今この場ですぐにはわからない。ただ、今わかっていることから、ある程度はどういう毒物が用いられたかを推測はできる。ナメクジは、たとえばフグの毒、テトロドトキシンに極めて耐性があることが知られている。ヒトも殺せるほどの濃縮されたテトロドトキシンを含んだフグの肝を食べてもナメクジは平気だったりする。おそらくその特性を利用したのだろう、テトロドトキシン、ないしその類の濃縮された毒物をこのナメクジに食わせるか体内注射して含ませた。ナメクジの体の色が変わったのは、その毒物を注入したためだろう。それをこのボートに仕込んでおいて、毒のナメクジに噛ませようというもくろみだったのだろう」

「毒で仕込みを……⁉　まさか、志田さんの息子さん……⁉」

聡子は、さっと客席の方を振り向いた。近くに志宝龍の兄父子の姿があり、聡子ににらまれて、ちょっとうろたえた様子である。

「昨日、蜂を仕込ませようかと言っていて、ナメクジを使ったアナフィラキシーショックを狙ったんですか、まさか？」

「ちがう、知らん！」志田克人は懸命に否定する。「勝てる試合をそんなぶち壊しになるようなことはしない。信じてくれ」

「このナメクジという男は、以前にアナフィラキシーショックを起こして入院した前歴があると聞きました」御前山がスーツの男に説明している。

「だとすると、この手の毒にあまり耐性がなく、ショック死したのかもしれません。テトロドトキシンを含ませたナメクジに噛まれることが致命傷になるかどうかは、人の体質とか耐性によっても分かれるでしょうから」

「じゃあ、これは事故死でなく殺人？　それも計画的に仕組まれた……？」

「ええ、その可能性が大きいように思われます。いずれにしても署で話を聞かせてもらう必要がありそうですね」

その男はゆっくりと立ちあがって言った。

「え、そういうあなたは……？」

「申し遅れましたが、こういう者です」そう言って彼は、懐から桜の模様の入った手帳をとりだした。

「警察の室前と申します。こちらの賭博場について、極秘の潜入調査をやっていたところでした。いま緊急連絡をしましたので、じきに救急車とパトロールカーが到着して、救急隊員と警官がここに来ると思います。この場におられる方々」

そこで彼は懐から拡声器をとりだし、会場全体に聞こえる声で言った。

「ここにおられる皆様、これからここに警察の強制捜査が入ります。皆様方はここにとどまり、くれぐれもここから逃げようなどとお考えにならないようにしていただきたい」

＊

その後、その場にいたものは警察にひと通りの訊問をうけ調書をとられることになった。志宝龍は重要参考人として警察の詳しい事情聴取がなされることになったが、聡子と千代楽部屋の一行は、あまり賭博に関係がないものとして、おとがめを受けずにすむことになった。

現場にいたものを詳しく調べ、持ち物検査をした結果、四十代の男に濃縮されたテトロドトキシンの毒物を所持しているのが見つかり、警察で追及したところ犯行を自白したという。男は、今回の船上相撲で、ナメクジが負ける側に賭けていた一人で、ナメクジに不利になるように微細な毒物を仕込んだナメクジを船上相撲の船の中にこっそりひそませていた。男の主張では、力士のナメクジがアナフィラキシーに弱いアレルギー体質であることは知らず、ナメクジに嚙まれたことによる軽度のショックで、相撲に負けさせることをもくろんでいたのだという。この男の主張が額面どおりに受け入れられれば、殺人でなく過失致死で送検ということになりそうだが、検察当局でも見方が分かれていて、その男は殺人として訴追すべきであるという意見も根強くあるという。

志宝龍とその兄、本名志田兄弟は、今回の摘発捜査で、持ち金を全部失うことになった。賭け相撲全体が潰されることになったために、勝って得るはずだったお金がまったく得られなかったからである。

志宝龍の兄は、精神疾患と障害をもっているという診断をうけ、強制的に入院することになる措置が決まった。一人息子は児童相談所の方でひきとり、育成施設に預けられる見通しになるとのことだが、父親とはときどき会えるように便宜ははかられることになった。

スキャンダルを起こした原因となった志宝龍は相撲界を退き、いまは工事現場で作業する仕事をするようになったそうである。他にも、この船上相撲に関わっていた力士が五人ほど摘発され、いずれもが角界追放の処分をうけた。

この事件を振り返って聡子は言った。

「今度のことは得がたい経験ではあったけれど、必ずしも後味がよい事件とは言えなかったわ。探偵役のマークにも名推理を期待したかったのに、微妙に真相を言い当てそこねているし……」

「オー、サトコサン、マークハリキシデハアッテモ、タンテイデハアリマセン……」

第4話 美食対決、ちゃんこの奥義

「まずい、これはまずいわね」

　碗に注いで出されたちゃんこ鍋をひと口すするや、松波美穂子は、きっぱりと切って捨てるように言った。

「まずいって……?」

　彼女のために料理をよそっていた聡子の母の親方夫人が、その言葉を聞いて眉をひそめた。

「まずいといったらまずいのよ。いい?　私は、『美食アドベンチャー』誌の記者として、料理担当の記事を十年書いてきている、一線の美食評論家よ。引退力士が出店して経営しているちゃんこ美食ランキングの記事も担当したことがある。ひと通りのちゃんこの味をおさえた上で言っているのよ」

　いかにも上から目線の、えらそうな口調でまくしたてる彼女は、名乗ったとおり、雑誌『美食アドベンチャー』の女性ライターである。ピンク縁の伊達眼鏡をかけ、ワンレンボブの髪形、シックな色合いのパンツスーツに身を固め、いかにも仕事ができる女性アピールをしている感がある。外見だけでなく、その表情や口ぶりからは、相手を見下し、自分には実力があるという自信と活気のようなものがみなぎっているのがうかがえる。

　その女性ライターがなぜ千代楽部屋に来て食事の席についているかというと、一週間前に取材の申し込みがあり、千代楽部屋の親方がその取材インタビューを了承したからだ。その申し込み内容というのは、松波が記事を書いている美食雑誌で、「ちゃんこ鍋」の特集をすることにしたので、現役の相撲部屋の取材と、出されているちゃんこ鍋の試食がしたいというものであった。

その取材申し込みの電話の内容を後で父親の親方から聞かされた聡子は、

「ちゃんこの美食特集なら、引退した元力士たちがやっている店を回って取材すればいいものなんじゃないの？」と訊いた。

千代楽親方はそれにうなずき、

「わしもそう思って言ってやった。ところが、その特集は数年前と去年に二回もやったというんだな。もう一回ちゃんこをとりあげるからには、なにか新機軸がほしいというので、いま現役力士が食している、相撲部屋でのちゃんこ鍋を主題にして取材がしたいというんだ」

「でも……現役力士の相撲部屋って、稽古とか食事とか、あまり部外者に見せたり明かしたりするものじゃないでしょう？　なんで、そんな取材申し込みが成り立つのよ」

「いや、それがな、この春から新理事長に就任した元横綱の鴇羽末が、相撲部屋の親方たちを集めた席で訓示で述べたんだよ。これからの角界、相撲部屋はより開かれたものにしていくべきであると。〈開かれた角界〉が鴇羽末新理事長のキャッチフレーズになったんだ」

「開かれた角界……なんか聞くだけでうさん臭そうなキャッチフレーズね」

「それで、その理事長の掛け声のもと、今年からは相撲部屋は、マスコミや新聞雑誌の取材を積極的に受け入れ、部屋の内部や内側もどんどん公開するようにしようという方針が相撲の理事会で議決されたんだ。その議決は、出版社やマスコミ各社にも伝わっているから、『美食アドベンチャー』の企画も、その理事長の方針を耳にした上で、許可を得てたちあげられたものらしい」

「とすると、取材されるのはうちの部屋だけではないの？」

「ああ」親方は深々と首を縦にふった。「龍悦部屋をはじめ、主だった相撲部屋はみなこの取材を受け入れ、部屋で出されるちゃんこ鍋を記者に食べさせるのを許可しているそうだ。向こうさんが電話で言ったところでは、既に三つの相撲部屋の取材を終え、うちの部屋は順番では四番目だそうだ」

「四番目というのは、ちょっと微妙な数字ね。角界で競うものとしては、常に先頭に立ちたいというか……」

「そんな順番を競い合っても仕方あるまい」苦虫を嚙みつぶしたような表情で親方は言った。「しかし別の面では、これはたしかに競い合いになる。だから今少々頭を痛めているんだ」

「どういうこと？」

「その美食の取材をする記者が、角界の主だった部屋のちゃんこを味わった上で、主観的なランキングを発表するというのだ。つまり、各部屋のちゃんこの味について、その雑誌上で順位付けをすると言うんだ」

「えー、なんなの、それ⁉」聡子は思わず、素っ頓狂な声をあげた。「なんで一介の雑誌記者が、そんな、各部屋のランキングなんか決められるわけ？　そんな格付けなんて、角界に長くいる人でないと、簡単にわかるわけ、ないでしょう？」

「わしもそう思うんだが、その担当をするのは、斯界(しかい)では著名な美食評論家のライターで、既に引退した力士の経営するちゃんこ鍋の味についての評論を何本か書いたこともあって、その道では一目置かれている人だそうだ。それでわしとしては、そんな申し込みは本当はうけたくなかったが、そういうわけにもいかなくなった事情がある。理事長から取材をうけるように言われたこともあり、他の部屋も軒並みその理事長の意向にしたがってその取材をうけいれているそうだ。わしの部屋だけがこれを拒むわけにもいかない」

「そっか。周りの部屋がみな受け入れるなら、うちのところだけが拒絶するわけにもいかないよね……。うちの学校の学祭でも、学校のおえらいさんの視察が順に来るからちゃんと対応するようにと命じられて、拒むわけにもいかなかったもの……」

「そんな話はどうでもいいが、うちの部屋が格付けされて、下位に甘んじるのは問題だ。うちの部屋がそのランキング対決に敗れ、低評価で低迷する事態になっては、わが伝統ある千代楽部屋の沽券にかかわる。力士の取組とはちがう競争だが、ランク付けされる以上は、軽々しく負けるわけにはいかない」

「そうよね、やっぱり断然、そうよね。うちの学校の運動会でも、クラス対抗で点数をつけて競い合う方式だから、やっぱり順位がきっちりつけられるとなると、絶対に勝たなくちゃって皆思うようになってたもの」

「そんな話はどうでもいいが、そうなると憂慮されるのは、うちの部屋がそのランキングで上位に位置づけられるだけの美味なちゃんこ鍋をつくれるかどうかだ。うちのちゃんこは普段は賄いにきてくれている八千代さんがとりしきっていて、ふんどしかつぎの力士に味付けを手伝わせ、ときどき家内が料理として手がけているが、正直なところ、わしはその体制でこのランキングに勝てる自信があまりない」そう言って親方は少し間をおいて、上目使いに聡子を見やった。「なあ、聡子、おまえの感想としてはどう思う？　おまえの母親の料理の腕前は？」

そう聞かれて聡子は少し返答に苦慮した。

「うーんと……まあ普通かしらね……」

聡子は自分の家の食事と、友達の家で食べたことのある食事を思い起こし、比較しようとしてみた。

（友達の家がやっているレストランとかで食べたこともあるけれど、それでは比較にならないわよね……）

相撲部屋の娘として育った聡子は、同世代の友達の家に遊びに行き食事をふるまわれるという経験をしたことが乏しい。そうは言ってもないわけではなく、何回かはよその家の食事を食べたことがあり、その経験の範囲内でみれば、よその家の食事はみな自宅で食べているものより美味しく思えた。

（でも、ほら……）

（隣家の芝生がより青くみえるという、英語部で習ったことわざもあるし……）

（それに、お客が来るときには、普段の食事よりは力のこもった料理をつくるということもあるし……）

そうは言っても、比較してみると、自分の母親のつくる料理のクオリティは、他の家のものより優れていると胸を張って言えるようなものでは到底なかった。

「正直なところ、自信ないけど、あんまりうまくないんじゃないかと……」

「しっ」親方が立てた人指し指を口にあて、聡子の発言を封じた。「それをあいつに聞かれたらまずい」

(内心、お父さんもそう思っているのかしら……?)

そのとき、シュッという風を切るような音がして、襖があけられた。

「あなた」

そこに立っていたのは、聡子の母親の佳代子、親方夫人であった。

「もしかしていま私のこと、話してました?」

「いや、その、つまりだな……」千代楽親方は少しうろたえた様子で、言葉につまっている。

「お母さん。今度雑誌記者が取材にきて、うちのちゃんこ料理が評価対象になるそうだけど、その話はもう聞いた?」

「ええ」と親方夫人はうなずく。「そのことなら、さきほど聞きました」

「で、お母さん、それはうけて立てそうなの?」

「それほど料理の腕に自信があるというわけではないけれど――」やや伏目がちに親方夫人は言った。

「でも、これが相撲部屋での格付けを競う勝負の場ということになると、やはり負けるわけにはいかないわね」

「おお。うけて立ってくれるか」千代楽親方が顔をあげ、少しうれしそうな声で言った。

「ええ、なんと言っても私は、主婦であり母であると同時に、相撲部屋のおかみですもの」

話がまとまりそうな方向にあるので、聡子はこれ以上懸念を述べて話を混ぜ返すのは控えることにし、その代わりに協力を申し出ることにした。

「あたしも、何か手伝おうか?」

「おまえも、料理を手伝えるのか？」

父親にそう訊かれて、聡子は少し考えた。

「そうね……。この間料理同好会を覗かせてもらって、ちょっと修行したりはしたんだけど、やっぱりまだ、本格的な料理作りは無理かな」

「いいわよ、あなた。ここは私と八千代さんで迎え撃ちます」自信ありげに親方夫人は自分の胸をぱん、と叩いた。「大船に乗ったつもりでいてください」

親方は我が意を得たりという風に深くうなずき、それから聡子の方を向いて、

「でも少し聡子にも手伝ってもらいたいことがある」とおごそかに告げた。「料理作りとは別の方面でだが」

「なに、お父さん？」

「他の部屋に偵察に行ってもらいたいんだ。どんなちゃんこを出しているか、できればじかに味わってきてもらいたい。他の部屋に勝つためには、他の部屋の情報が必要だ」

「えっ、偵察？　あたしに、そんなのできるかしら？」

「わしや部屋の力士にやらせるわけにはいかんが、おまえなら可能だろう。小さい頃から相撲部屋同士の交流の場で他の部屋の親方や力士たちと交流があって、多少は顔も利くことがあるんじゃないか」

「そうね……」そう言われて聡子は少し考えた。「親方の子どもがあたしと同世代で顔見知りの、鷹顎部屋と横串（よこぐし）部屋には行けるかもしれない。あと、若手力士たちに多少知り合いがいる龍悦部屋にももぐり込めるかもしれないけど、その部屋のちゃんこ料理まで食べさせてもらえるかどうかは保証の

かぎりじゃないわね」

「うむ、そのあたりの部屋の情報があればありがたい。じかに食べられずとも、レシピとか、どういう食材を使って、どんな味付けをしているのかがわかるだけでも助かる」

「そうね……。まあ多少は手伝ってもいいけれど、それでその料理勝負に勝ったとして、うちに何かメリットあるの？　賞金でも出たりするの？」

「賞金が出るという話は聞かないが、一位になった部屋は、その雑誌でグラビアページでの特集が約束されている。相当発行部数の多い雑誌だそうだから、うちの部屋の宣伝にはなる」

「それが載ったら、儲かるの？」

「それが儲けに直結するわけではないが、大きく特集されれば宣伝効果があるし、波及効果も出る。懸賞金が上乗せされたりする可能性もある」

「じゃあ」と聡子は俄然身を乗り出した。「その競争に勝ってうちの部屋に利益があったら、あたしのお小遣いも増やしてくれてもいいわよね？」

「ま、まあ、それは……多少は考慮に入れよう。少しは色をつけてやってもいい。ただし他の全部屋に勝って初めて一位になれるのだから、確率は低いぞ。狭き門ってやつだ」

「まあそこはそれというやつで。了解。明日から調査開始するわ」聡子はどん、と自分の胸を叩いた。

「大船に乗ったつもりでいて」

「そうか。頼んだぞ、聡子」

*

学校が休みの翌日、早速聡子は通っている高校から比較的近距離にある横串部屋に出向いてみることにした。

徒歩で十五分ほど行ったところの、閑静な住宅街の中にその部屋はあった。

場所が近い相撲部屋同士の交流があって、聡子は何度か横串部屋を訪ねたことがあり、若い力士や付き人の何人かとは顔見知りになっていた。

呼び鈴のある門の前に来て、どう話をしようか考えて聡子は立ち止まった。外から門の内側、中庭が見渡せる開放的なつくりで、庭の方に紅白ののぼりが立てられ、何やら祝い事の準備のようなものがなされているらしいのがみてとれた。ちょうどそのとき、この部屋で聡子の顔見知りの一人である、新名（しんめい）という若者が買い物籠をかかえて門のところに近づいてきた。その顔と名を覚えていた聡子は、彼をみるなり「新名さん」と呼びかけた。

相手もすぐに聡子の顔を認め、

「おや、千代楽親方のところの聡子さん」と返事をかえしてきた。「今日はまたどうしてこちらに？うちの部屋の誰かに御用がおありですか？」

「いや、そういうわけじゃないんだけどね、『美食アドベンチャー』って雑誌で、相撲部屋のちゃんこ鍋の味特集とかいうのをするからその取材を頼まれちゃってね。こちらの部屋にもそういうの、来てない？」

「ああ、あの雑誌ですね。私もこの部屋で料理をやっているものなんで、その取材日に備えろって、親方から昨日発破をかけられたばかりです」

「それで、うちのお父さんが、他の部屋の事情を気にして、私に、他の部屋の様子を見てきてくれっていうものだから……」

「ああ」合点がいったという感じで新名は破顔一笑した。「それで敵情視察ってわけですか」

「別に敵、っていうわけではないけれど、この企画に関しては、ライバルっていうか、競争相手よね……」

「うちの部屋のちゃんこを食べていきますか？」

「いいの、ごちそうになって？」

「いや、それを自分の権限で認めるわけにもいかない感じですね。聡子さんが単に遊びにきてくれたのなら食事に加わってもらってもかまわないのですが、その雑誌の企画に向けて競合しているとなると、親方に伺いを立てないことには……」

「そうね、やっぱりそうよね」

「ちょうど今もっているのは食材を買いつけにいったものですが、これをみるくらいなら、いいですよ。うちのちゃんこに使うものです」

　そう言って新名は、籠の中身を聡子にみえやすいように示してみせた。

「うちの部屋には大飯喰らいが大勢いるので、この量では一食分も賄いきれません。いま持っているのは、今日の食事のための、足りない食材の買い足しで、主な食材は毎朝車で届けられています」

新名のもっていた買い物籠の中身は相当量の、大根、うすあげ、鶏肉、ささがきごぼう、にんじん、調味料といったところだった。聡子にとっても、見慣れない食材が特にあるわけではなかった。

「鶏肉はこねてだんごにして、鳥ガラで出汁をとってスープにします。毎日その料理ではないですが、そのちゃんこにする日がかなり多いですね。以前に聡子さんも、食べたことはありませんでしたか？」

「そうね、こちらで食事をいただいたことはあったと思うけど、そのときどんなのを食べたかはよく覚えてないわ」

「出汁と調味料の使い方が一種独特のところがあって、そこがうちの部屋の門外不出のレシピになっているところがあります。だから、肝心のそのつくりかたは、部屋の外の人に洩らすわけにはいきませんが……」

「わかったわ。いろいろありがとう。参考になったわ」

「こんなのでお役に立てましたか？」

「ありがとう。ところで、何か祝いの飾りつけのようなものがあるみたいなんだけど、何かお祝い事でもあるの？」

「ああ。うちの親方の再婚が決まりまして……」

「再婚？」

「ええ、うちの親方は、去年おかみさんを亡くしまして、一人身だったんですが、結婚する相手ができたと伝えられまして、まだ正式な発表がなく、われわれもまだそのお相手がどういう人なのか聞かされてないんですが、来週にその発表の祝宴をやる予定なので、その準備をしているところなんですよ」

「へえ、それはおめでたいことね。横串親方は、その相手のことはまだ秘密にしてるの？」

「ええ、うちの親方、妙に照れ屋というか恥ずかしがるところがありましてね。相手というのが、マスコミだか出版関係だかの人であるとしか聞かされてないんですよ」

「そうなの。ともかく結婚はめでたい話ね。たぶんうちの部屋からも何か祝いを送らせることになると思う」

「その節はよろしくお願いします」

聡子はまた礼を述べ、お辞儀をして帰路についた。

*

帰宅した聡子は、横串部屋でのことを簡単に父の親方に報告した。親方は軽くうなずき、

「よくやった。別に無理に偵察に乗り込まなくていいから、やれる範囲でわかったことを教えてくればよい」と述べた。

聡子は了解の意を示し、その日はもう出かけなかったが、翌日からあいた時間に都内の相撲部屋を訪ねたりして、半月ほどの間に五つの相撲部屋を見学・偵察した。二つの部屋は何も情報を教えてくれず、ひとつの部屋は料理担当の人と会話ができ、親しくしている力士のいる姉顎（あねあご）部屋では食事の相伴にあずかった。

雑誌の取材が指定された日がいよいよ翌日に迫ってきたとき、聡子が帰宅すると、玄関そばまで親方が出向いてきて「ちょっと台所に、あいつを見にいってやってくれ」と言う。

「あいつ」というのが母親の親方夫人であるのは、言われずともわかった。

「どうしたの？」

「明日出す予定の試作品をつくっているんだが、聡子に少し試食してもらいたいそうだ」

「試食？　もう料理はできてるの？」

「いや、出汁をとってスープをつくってみたところらしい。その味を試してほしいらしい」

「ふうん」

聡子は自室に戻ってカバンを置いて着替えをし、それから台所の方に出向いていった。

そこには、鬼のような形相で、料理らしきものに打ちこんでいる母親の姿があった。

「お母さん」

「聡子」母親は振り向いて、木机の上に並べられた十個ほどの小皿をさし示した。どの小皿にも、色のついた汁のようなものが盛られている。

「ここに並んでいるのは、お母さんがつくったスープで、試しに十種類の配分と味加減を試したものなの。明日出すのは、この中で一番味がよいと思われるものにしたいのだけど、それを選ぶにあたって、聡子の意見がききたいの。この十種類のスープのうち、どれが一番おいしいと思うか、忌憚（きたん）のない意見を聞かせてちょうだい」

「この十個のスープの味見をすればいいってこと？」

「そう。味見してちょうだい」

「でもそんな、新しい味を追求しなくても、普段食べているちゃんこで、材料のいいものを使って出したら充分においしいから、へたに奇をてらう必要はないんじゃないの？」

「普段の料理が、素材のよさでおいしいのはわかってます。ただ、それだけなら、他の相撲部屋も同じようなものをつくっているわけですから、勝負になると勝てる保証がありません。ここで勝つには、他がやらない味を開拓しなくては――そうしないと、勝機はないわね」

　勝つ気満々らしくみえる母の迫力に聡子は少し気押された。

「そ、そういうものかしら」

「試食してくれるわよね？」

「それは別にいいけど、あたしでなくても、この部屋には大食漢の力士たちがたくさんいるじゃない？」

「力士たちの味覚が信用できるかどうかは、いまひとつ定かでない気がするの。とにかく腹をふくらませられればいいという連中が多い気がするから、そういうのに聞いても微細な味のちがいはわからないんじゃないかと思うの」

「うーん、まあ、力士によりけりじゃないかな。味にうるさい力士に聞くのは、参考になると思うけど」

「つくったスープはまだたくさんあるから、親方や八千代さんにも試食はしてもらうつもり。まず、その前に、聡子、あなたは比較的味覚は発達している方だと思うから、スープを試してみて」

「うん、わかった」

聡子が最初に手にとった手前側の小皿には、黄土色のどろりとした粘性の液体が入っていた。少し口にいれてみると、ぴりぴりと刺激臭がして聡子はびくっとした。

「なに、これ⁉」

「どう、おいしい？」

「おいしいおいしくない以前の問題よ。これ、そもそも食べられるものなの？」

「なによ、その失礼な言い方。スパイスとか調味料を独自に配合して入れてみただけよ」

「むー、まあ卒倒するほどではないけれど、おいしいからはほど遠い。というか、はっきり言ってまずい」

「まあそれにはあまり期待してなかったし、私も、それは失敗作かと思ってたところだし、次のも試してみてちょうだい」

ちょっと不安になりながらも聡子は次の皿に手を伸ばす。そこに盛られていたスープを少量口にふくんでみて、やはり刺激臭が伴う味である。

「あ、これは、さっきほどはまずくない」

「まずくない、レベルじゃ話にならないのよ」

「でも、これはそういうレベルなのでは」

「次のも試してみて」

「……」

言われるままに聡子は次の小皿に手を伸ばす。今度のはやはり変なぴりぴり感があったが、別の甘味のようなものが混ざっていて、かなりまずいものになっていた。

「うん、ダメね」

「じゃ次」

そういう調子でダメだしをしながら聡子は八皿目まで味見をし、九皿目にして初めて「これはいけるかも」と肯定的な感想を口にした。

その皿のスープは、やはり今までに味わったのと似た、変な刺激臭のあるスパイスのようなものが混ぜられていたようだが、たまたま配分がよかったのか、臭みがうち消されて、ふっくらした新鮮な味わいを醸しだしていた。

「これ、この味、あまり思い当たらない味だけど、このスープはおいしいと思う」

「そう。なかなかお目が高いわね。それが私の一番の自信作であることを見抜くとは」

「いや、でも、これがおいしいの、たまたま混ざり具合がよかっただけってことはない？」

「どれも計算ずくの味よ。さあ、あと一皿」

十皿目のスープは、さきほどの九皿目と味はかなり似ていたが、苦みが増していて、やはりうまいとは言えない代物だった。

「うーん、あたしの舌の判定では、合格と言えるのは、さっきの九皿目のものだけね」

「よし、わかったわ。私もその配合のものをベースにつくろうと考えていたところなの。やはり聡子ね、私が選んでほしかった皿を見事に選んでくれたわ」

「そ、そうなの……？」

母親の自信ありげな態度に懸念を覚えたが、聡子としてはこれ以上口をはさめることがらでもないと思いなおし、

「じゃあ明日、がんばってね」と常套句を口にして、母のそばから離れた。

台所の入り口そばには少し心配そうな表情をした八千代が立っていた。

「八千代さん。料理のこと、お母さんのこと、よろしくね」

「はあ……私がお手伝いできることなど、大してありませんけども……」

「うちのお母さん、味がわからない人でないと思うけれど、すごく微細な味までわかるほどの達人ではないと思うから。その点では八千代さんの方がしっかりしていると思うし、支えてあげてね」

「はい、私にできることはいたしますが、いま奥様はご自身の創作料理に没頭なさっておられまして……」

「お母さん、なぜか勝負事とかが絡むと、妙にのめりこんじゃうとこ、あるのよねー。なんか勝ち負けが命懸けになるみたいな思い込みがあるみたい……。だからもうちょっと落ち着いてほしいんだけど……」

「はあ、まあ、たしかに、一時期競馬に夢中になって馬券を買っておられた頃も、そんなところはありましたね」

「ああ、あったわね。あのときはお父さんが怒ってやめさせていたけど……」

聡子は母の方を振り返ったが、彼女は料理にまた没頭していて、聡子の視線にも気づいた様子はなかった。

「やれやれ」とため息をつき、聡子は台所を後にした。

＊

そしてその翌日。

かっきり指定の時間どおりに、取材グループの一行は千代楽部屋にやってきた。その一行とは、ライターの松波美穂子の他に、木崎というカメラマンの男性と、『美食アドベンチャー』誌の編集をやっている棟家という男性の三人である。

型どおりの挨拶をすませ、三人はふだん食事をとる場になっている食堂へと案内された。三人は席につき、ほどなく準備されていた料理が運ばれてくる。ふだんは木目の机に蔽いのようなものはかけられていないのだが、今日は純白のテーブルクロスがかけられ、机の上には造花が飾られ、パーティーでの食事会のような装飾がなされている。

聡子と千代楽親方も席につき、緊張した心持ちで料理が運ばれてくるのを待った。

（お母さん……）

（大丈夫かな……）

昨日は鬼のような形相で創作新種のスープ作りに没頭していた母のことが案じられ、席で待つ聡子は、内心で祈るような気持ちだった。

やがて黒のスーツ姿に身を固めた、力士たちが給仕する料理がおごそかな雰囲気で食堂に運ばれてきた。

「スープと前菜でございます」

蝶ネクタイをして黒いスーツを着た、執事服のような恰好をした力士がおごそかにそう宣し、着席者の前にそれぞれスープと前菜料理が置かれていく。

（なんか、いつもの食事とだいぶちがうわね……）

（これ、そもそもちゃんとこなの？）

（なんか、給仕の仕方、フランス料理みたいじゃない……？）

どのタイミングで食べ始めたらよいのだろうと聡子は周りの出席者の様子をうかがった。

台所から戻ってきたらしい洋装をした母親の佳代子が席につき、匙を手にとると、参加者たちも佳代子の動作にならって匙をとり、そのスープに口をつけ始めた。

聡子も匙をとってスープをすくい、それを口にはこんだが、ひと口するや、

（まずい……！）

と内心で叫びをあげた。

そのスープの味は、たしかに昨日聡子が試食した、一番美味に思われたものと同じようなものだったが、その味のうまさは微妙なバランスの上に初めて成り立つもので、少しでも濃かったり辛かったり、あるいはつけあわせる材料が異なると、崩れてしまう類の味だった——そのことを聡子はいま痛感した。

あるいはこのスープは、つくられた直後だったら、このままでも美味だったのかもしれない。しか

し少し時間をおいて、味が変質すると、到底おいしいとはいえないものに変容してしまっている。

（これは……！）

（失敗……！）

焦って聡子は母親の方をみたが、母親は平然と匙をもってスープをおいしそうに啜っている。あの様子では、この味のまずさに気づいた様子はなさそうだ。

思わず声をあげそうになったが、この場で声を出すのはまずいという自制が働き、聡子はかろうじて声を出すのをふみとどまった。

しかしぴしゃりとした冷酷な一言が、料理研究家にしてライターの松波美穂子から発せられた。

「まずい。まずいわね。これじゃ」

その言に親方夫人はさっと青ざめた。

「なんですって……？」

「これじゃ話にならないと言っているの」

侮辱的な言を浴びせられれば腹が立つのはわかるが、この失敗したスープの味では、料理評論の専門家からは酷評されても仕方がない——そう思って聡子は首をすくめた。

「いくつかの部屋をみてきたけど、このままだと、この部屋の料理が全体で最低点になるわね」

目を三角につりあげた親方夫人は立ちあがり、

「私が丹精をこめてつくりあげたこの味を侮辱するのですか！」と怒鳴った。

「私は料理評論で一家をなしているといわれる身です。侮辱したのではなく、公平な評価を下しただけです。それにこのまずさについては、私一人の判断ではなく、この場にいる多くの方の合意が得られると思いますけど――」

そう言って松波は、一同を見回した。聡子をふくめた相撲部屋の関係者たちは気まずそうにうつむいたり、目をそらしたりしていたが、その様子からして、おおまかには、松波の挑発的なもの言いに表立って反論するものはいなさそうだった。

怒った様子の親方夫人も場を見回したが、さすがにその場の雰囲気が自分に好意的だとは言えないものがあるのは感知したようだった。

親方夫人は一旦大きく息を吸い込んで、気を落ち着けてから口を開いた。

「あなたはいっぱしの料理評論家かもしれませんが、相撲の世界には相撲の文脈のようなものがあります。それは、その外部にいるものには理解しがたいところがあると思います。ですから、そういう方からみて、この味がいまひとつご理解いただけぬのも無理からぬものがあるかと存じますが……」

「そんなことはありません！」松波はまた相手を遮り、きつい口調で言った。「私は、相撲の世界の料理にも通じています。私自身、料理をたしなむものですし、私がつくれば、このスープより百倍マシなちゃんこスープをつくってごらんにいれますわ」

その言葉を聞いて親方夫人はうなだれ、しばらく沈黙した。

「いいでしょう。ならばこの料理については、その雑誌に好きなことを書けばよろしい。それについては評価し判断するのはあなたなのですから、私は何も口をはさみますまい。しかし」

そう言って親方夫人はぎろりとした目を松波に向けた。

「あなたが私よりうまいちゃんこがつくれると放言したのは、角界に二十年以上つかえ奉公している私に対する、看過すべからざる侮辱です。したがって――」

親方夫人は、手につけていた白手袋をはずし、それを松波の方に向かって放り投げた。

決闘を示す所作に、場にいた一同は色めきたった。

「おまえ……!?」千代楽親方は顔色を変え、席から立ちあがった。

「止めないでください、あなた」親方夫人は松波をにらみつけながら言う。「決闘を申し込みます。ちゃんこ料理で私と勝負しなさい」

「いいでしょう」不敵な笑みを浮かべて松波はその手袋を拾いあげた。「そこまで言うなら受けてたちましょう。私とあなた、それぞれがつくったちゃんこ、どちらがおいしいか、その白黒をつけて決着をつけましょう。でも勝負の方式はどうなさるおつもり？」

「味の判定に公平な裁定者をおくことを求めます」

「こちらにいる棟家氏はいかがでしょう？　長年角界取材をしている角界通で、ちゃんこの味にも通じている方ですが」

名指されて棟家は、「え、いや、私は」と戸惑った表情をみせた。

親方夫人は、きょろついた目を棟家にむけて、品定めするようにまじまじと観察した。

「その方でもかまいません。ただ、判定者は公平を期すために、そちらからの推薦で一人、こちらかの推薦で一人、そしてどちらにも与せず、相撲に通じた人を一人の計三人で合議制にするようにしませんか？」

「いいですわ、それで。私どもの側からの推薦者をこの棟家にやってもらうとして、そちらからどなたか推薦者を出していただくとして、三番目の公平な裁定者はどうします？」

「鴇羽末理事長、でどうです？」

意外な名前を出されて松波は少しびくっとした様子を示した。「それは……」

「鴇羽末理事長では不服ですか？」

「理事長なら、ネームバリュー面でも問題ないですが、あんな有名で多忙な方が、この審判人を引き受けてくれるのですか？」

「角界にはつきあいというものがあります。私は、理事長とは親しくおつきあいさせていただいております。私が頼めばきっと審判を引き受けてくださいますわ」

「もし理事長に判定人をやっていただけるなら、私としても異論はありません」

「で、場所と日時はどうします？」

「そうですね、もしこの部屋で開くとしたら、場所として不公平になるでしょうし……。かといって、こちらがそちらの雑誌社に出向いて料理するのでは、いささかやりにくく感じますし……」

「そこはこうしましょう」と手をあげて棟家が口をはさんだ。「私どもの雑誌では、これまでも何回か、お題を決めた料理対決を誌上でやっていて、そのときには帝都ＡＳホテルの厨房を貸し切りにして使わせてもらっています。この対決は、誌面で使えるかは不定ですが、うちの雑誌としても興味深いテーマになるので、場の提供は協力しましょう。そのＡＳホテルの厨房を借りて、ちゃんこ対決を開催するということで、ご両人、いかがでしょうか？」

「私は、それでかまいませんけど……」少しゆっくりめの口調で親方夫人が応じた。

「私もそれで結構です」きっぱりした口調で松波が応じた。

「では、そういうことで、まずは料理の続きを味わいませんか。せっかくの料理が冷めてしまいますから」低姿勢の口調でその場をまとめたのは聡子の父の千代楽親方だった。


その後、会話ははずまず、沈んだ空気のもとで食事会は続けられた。聡子はひと通りのものを口にして、（うちのお母さんがつくったにしてはよくやったかな……）という感想をもった。

（でも……）

（美食の競争になると、うちのお母さんの腕前では……）

（ちょっと太刀打ちできそうもないわね……）

沈んだ顔色をした父の千代楽親方も、聡子と同じようなことを考えていたらしく、聡子が視線を向けると、わかっているという風に無言のうなずきを返した。

特に感想を活溌に述べるような雰囲気にはならず、その晩の食事会は、どことなく白けた空気のもと、予定時間よりもはやく終了し散会となった。

その晩、聡子は、父親が母の佳代子に「おまえはなんてことしてくれたんだ」とか「勝手なことを一人で決めて……」などと怒っているのを小耳にはさんだが、母親の方はどこ吹く風という感じだった。聡子がみていても、こういう場合には母の方が発言力があって、強い。一旦母の佳代子がこうしたいと決めたら梃子でも動かず、父親の親方には止めきれない――そういうものだと子どもの頃から両親を観察している聡子はわきまえていた。

（でも……）

（お母さん……）

（あんな勝負を申し込んだりして……）

（大丈夫かしら……）

その晩聡子は、母親の行く末が案じられて、悶々として長く寝つくことができなかった。

*

二週間後、その勝負が実行される当日が来た。

聡子は父親の千代楽親方と連れだって、指定の帝都ＡＳホテルのロビーに入った。これがマスコミが注目する勝負であったら、取材陣が大勢詰めかけているところだったのかもしれないが、雑誌に掲載されることが確定したわけでもなく、勝負に臨む当事者も大した知名度があるわけでもないので、ロビーは閑散としていて、特に人々の注目が集まっているわけではないのを聡子は実感した。

「お母さん、大丈夫かな……」

聡子がそう洩らすと、親方は重々しく首を振り、

「大丈夫なわけ、なかろう」といかにもつらそうな口調で言った。「わしはあいつの料理の腕を重々承知している。料理の腕自慢相手に歯が立つわけがなかろう」

「じゃあなんで、お父さん、止めなかったの？　なんでこんな勝負をするのを許しちゃったのよ」

「そう言われてもなぁ。あいつが言い出すと聞かない性格なのはおまえも知っておろう。わしがやめろと言ったところで聞くタマじゃあない……」

父親にそう言われて、聡子としてもそれ以上反論のしようがなく、父の所作にあわせて重いため息をついた。

「せめてもの救いは、これが部屋の名誉がかかっている対決とかではないことだ。恥をかくにしても、あいつ一人の恥ですむ。あいつには、これが部屋の名を賭けた勝負でなく、あくまでおまえ個人の勝負だということにせよと通達して納得させている。理事長には後で私の方から詫びを入れておくことにするし……」

聡子は腕時計に目を落とし、指定の時間が近づいているのをみて言った。

「お父さん、そろそろ始まるみたいよ」

「今日は、わしらまで料理を食べるわけではないから、ギャラリー席で見学だな」

聡子は父親と連れ立って、対決場となるホールに入って行った。入口のところで記名帳に名を書き、千代楽部屋という名の入った名札を渡された。

ホールの中は、奥に三つの貴賓席が用意され、その前の長テーブルには、三人の審査員の名前が書かれた紙が貼られていた。左右の壁際にギャラリー用の椅子が数十脚並べられていたが、さほどの大人数が集まっていたわけでもなく、目視したところでは集まっている人数はせいぜい三十人かそこらだった。千代楽部屋の力士たちも数名が来ていて、親方と聡子の姿を認めると、挨拶をかえしてきた。

他の部屋の力士や角界関係者の姿もちらほらと混ざっていて、聡子の顔見知りの力士たちも何人か見受けられた。

ウェイターらしい人がやってきて、千代楽親方と聡子に挨拶をして、

「関係者の方ですね？　関係者の方は、今日のご試食もできますので、そちらの席におつきください」

とテーブル席を示された。

千代楽親方と聡子は、示されたテーブル席についた。他にも十人ほどそのテーブル席について、半分は角界関係者、半分は雑誌かメディアの関係者のように見受けられた。

やがて理事長ら審判役の人たちが現れて、中央奥の椅子に坐った。

指定の午後六時が近づき、会場にマイクが設置され、司会担当の人物が現れて、会の趣旨の説明をして、開催を宣言した。

左右にある奥の扉から、台車に、白布で覆われた小机のようなものを載せて、二組の料理対決の当事者が現れた。

一方の当事者である聡子の母親は、和服に身をつつみ、厳しい表情で台車を押して歩いてくる。

もう一方の当事者である松波は、余裕ありげな表情をして、気楽そうに口をつきだして台車を押してきた。

司会が、渡された原稿に目をおとしながら、双方の料理の趣向を早口で説明する。その喋られた内容は、半分くらいしか聡子には理解できないものだった。

そして双方が白い覆いをとり、ふたをされた大皿を手にとって、審査員のいる席に運んでいく。

アシスト役らしい人が来て、テーブルの上に料理を並べる作業を手伝った。

手早くその作業は進められ、対決する両者はうなずいて、後方に下がった。

司会の合図とともに大皿のふたがあけられ、審査員たちは箸をとり、料理を口に運び始めた。

遠目にはよくわからないものの、聡子には、やはり松波がもってきた料理の方がおいしく食べられているような気がして、母のことが気が気でならなかった。

少し遅れて、聡子たちの坐るテーブルにも、スープの入った碗が配られてきた。各人に碗はふたつずつ配られ、審査員と同じく、中華模様の入った碗が松波の料理したスープが入ったもので、唐草模様の碗が千代楽親方夫人の料理したもののようだった。

目の前にその二つの碗が並べられ、聡子は、少しどぎまぎして、周りを見回した。

(大丈夫かな……?)

(勝負に勝てないまでも、人様に出してまともに食べられるもの、ちゃんとお母さん、つくってくれたかな……?)

そんな聡子の懸念をよそに、隣席の千代楽親方は早速碗のスープをすくって食べ始めている。他のテーブル席の面々も、食べ始めているのをみて、聡子も意を決した。

(……よし!)

思い切って、聡子は匙をとり、まずは母親がつくったというスープの方から食してみることにした。

黄金色のスープに、野菜の具のようなものがいくつかうかんでいるが、どれも原形をとどめず、何の野菜を使っているのかはよくわからなくなっている。

ひとくちすくって口に運び、まず聡子が思ったのは……

（食べられる！）

というこだった。

（いや、さすがにその感想じゃ、お母さんに失礼か……）

（……でも）

（この程度のものなら……）

（美食対決に出す料理としても、なんとかギリギリセーフ？）

（少しはさまになっている味よね……）

うんうんとうなずいて納得し、聡子は続いて、松波のつくったスープの方をまず観察した。こちらはうっすらと赤い色のスープに、にんじんや春菊などの野菜、しいたけなどのきのこ、鶏肉かとおぼしい、つくねのようなものが入っているのがみえる。

聡子は匙をとってそのスープをすくい、口に運んでみた。

（……！）

（おいしい！）

それはふくよかな味わいが口の中で広がり、何とも言えない美食の味を具現していた。今まで食べたどのちゃんこ料理よりもおいしいと、いまここで太鼓判を押したくなるような味だった。

勢いづいて、そのスープをたちまちのうちに聡子はたいらげてしまった。食べ終えてから周りを見回すと、周りも大体が似たような感じで、松波の方のスープは皆さっさと食べつくし、満足のため息を洩らしている。「うまい」とか「おいしい」といった声がそこかしこから聞こえてくるのも、おそらくは松波のスープの方を食した感想の声だと思われた。

（これは……）

（お母さん、よくがんばったけど……）

（勝負としては、はなからもう明らかよね……）

（あとは……）

（どうお母さんがもちこたえてくれるかだけど……）

聡子が審査員席の方を見やると、審査員たちの食べるペースはゆっくりめらしく、まだスープを黙々と食していたりするのが目に入った。

やがて中央に坐る理事長が合図を送ると、係のものが審査員席のそばにやってきた。審査員席の中央に坐る理事長はうなずき、その係に小声でなにやら耳打ちをしていた。それに続いて、両脇の二人も、その係になにやらつぶやいている。

どうやらそれが協議のようなものにあたるようだが、拍子抜けするほどあっさりと協議は終了した様子である。おそらく味の評価について異論や対立のようなものはなく、評価判定についても、三者の意見はあっさりと一致したのだろうということがみてとれた。

三人の話を聞いた係のものが司会者のところに行き、耳打ちをしてメモのようなものを渡した。司会者はそのメモをみて立ち上がり、マイクのところに歩んでいった。

「それでは！」と司会はマイクに口を近づけて宣した。「判定の結果が出たようです。審査員を代表して、相撲協会の鵠羽末理事長に判定結果をうかがいましょう!」

指名されて理事長は席から立ち上がり、設置されたマイクのそばまで歩いてきた。

続いて係のものがマイクを鵠羽末理事長に手渡し、理事長はマイクに口を近づけて「あー」と音声の入り具合を試していた。

会場内に響く声が出るのを確認して理事長は、マイクを口に近づけ、「鵠羽末です」と挨拶した。「本日は、ちゃんこ美食対決の審査員として呼ばれてまいりました」

その挨拶を聞いて、千代楽親方は本当に情けなさそうな顔をして、目をつぶり眉を顰めていた。聡子は隣りにいる父親のその表情をみて、本当に理事長に対して、妻が余計な仕事を持ち込んだことを申し訳なく思っているのだろうと感じた。

「ただいま食したちゃんこは、どちらも非常によく手間をかけ、よくつくりこんだ、たいへん美味なものでした。私の長い角界人生でも、これほどの味に比肩するものは、そうそう食べたことがありません。普通のちゃんこは、稽古を終えて力士たちが食べるものですから、そんなに味付けに凝ったものは普通はつくりません。あくまで素材のよさを生かし、栄養バランスがよく力がつき、腹を満たせるものであるのが何より優先されるからです。ですから、こういう料理判定には、現役の力士にやらせるのは不向きでしょう。彼らまず腹がふくれるかどうかを基準にしますから、味のことは二の次で、お腹がふくれるものをよしとするのがほとんどだと思います。私も現役時代ならそうでした。しかしこうして引退して角界の理事などに携わる仕事をするかたわら、徐々に体力の衰えを感じる昨今、食べるものも、腹がふくれるものよりも健康によいもの、おいしさで心を満たすようなものがよいという風に判断するところの重点が変わってきた感があります。だからこそ、今日のこういう場に呼ばれたのだろうと愚考いたしますが、そういう点では、今日の貴重な場を与えていただいた皆様に感謝の意を表したい」

聡子はその挨拶を聞いて、あまり威張らない理事長の謙虚なもの言いになんとなく好感のようなものをいだいた。相撲の世界をみていても、上に立つ大人がえらそうにしているのをときどき目にするが、この理事長はそういうタイプではまったくなさそうである。

「その上で審査員としては、両者の味や工夫について、評価するにいたる理由や根拠を述べるべきところですが、あいにくと、私は、そのような表現をするわざに長けず、そういうのを表す言葉をあまり知りません。相撲の技や決まり手であれば、テレビで解説をつとめたこともあり、必要に応じてその解説をすることもできますが、料理の評価については、そのような訓練や修行をうけたためしがないもので、個々の料理の味わいについて微細に評価する言葉をもちません。それで、単刀直入に、どちらのちゃんこが優れていたと判定されたかという結果だけを簡単にご報告申し上げようと思います。その判定については、三者の満場一致が得られ、判定の違いも異論もなかったので審議自体もさきほどほんの短い話し合いで終了しました。判定結果は……」

そこで一旦理事長は言葉を切り、耳をそばだてていた聡子はごくりと唾をのみこんだ。

「すぐれていたのは、松波さんがつくられた方です。満場一致です」

その結果を聞かされて、壁際に立っていた聡子の母はがっくりと首をうなだれた。

予想どおりの結果とはいえ、聡子は母親の心境を案じて、母の方を見やった。

「しかしながら、今回の勝負はちゃんことしての勝負であると聞いております」と理事長は言葉を続ける。

まだ続きがあるのかと聡子が顔をあげると、続けて予想外の言葉が理事長の口から飛び出してきた。

「ある理由により、松波さんをこの対決の勝者とするわけにはいかないものがあります。したがって、この勝負は、千代楽部屋の夫人の勝利と判定させていただきます」

「えっ⁉」という声が各所から洩れ、どよめきが会場内を走った。

あまりにその言葉が意外だったからである。千代楽親方も呆然とした様子で目を大きく見開いている。

「その理由を今からご説明申し上げます。ちゃんこというのは、本来、料理としての定義や規定で区切られるものではありません。角界の力士、角界のものがつくる料理が何であれ、ちゃんこなのです。引退した力士が営んでいるちゃんこ屋は全国にいくつもありますが、いずれもが引退した力士や、元角界に身を置いていたものの営むところで、角界に無関係だったものは、いかにちゃんこのような料理をつくろうとも、それをちゃんこと名乗ることはできません。その点では、相撲部屋のおかみである千代楽さんのつくられたものは定義上ちゃんこにあたりますが、相撲部屋の関係者ではない松波さんのおつくりになったものは、それがどんなに美味であろうとちゃんことは言えない。この言葉の定義に即して、松波さんをちゃんこの勝者とするわけにはいかないのです」

「なんだ、それはー」という異論の声が、どこからともなくあがったのが、聡子の耳に飛び込んできた。

「もちろんこの結論に不全感をおぼえ、納得できない方もおられるかもしれません。しかしこの結論は、私たち三名の審査員の総意でもあります。私だけでなく他のお二人も、角界をよく知り、角界に通じるものとして、この結論に同意しておられます」

「ふぉっふぉっふぉっ」という聡子の母の高笑いのようなものが聞こえてきた。「要するに私の勝ちってことね。プロセスはどうあれ、この対決の勝者はこの私ってことですよね」

「いいえ！　勝者は私よ！」と松波が声を張り上げた。

「無駄な悪あがきはおよしなさい」

「理事長！　その判定はある重大な点を見落としています。そしてその見落としが修正されれば、再び軍配は私に上げられることとなるはずです」

松波が理事長の前に立ちはだかり、大声でそう宣したので、理事長は興味深そうな顔つきで松波をねめつけた。

「ほう。その見落としとはいかなるものですかな？」

「私、松波美穂子は、横串部屋の親方と昨年婚約し、今月には入籍をしました。正式な披露宴はまだこれからですが、戸籍上いまの私は、横串部屋の親方の夫人です。つまり、まがうかたなき角界のものの一人です。その私がつくったものですから、これはちゃんこになるでしょう？　違いますか、理事長。もしご不審なら、いま手元に婚姻届けの書類もあります」

「ほう」理事長は興味深そうにメガネを直した。「たしかにそういうことなら、さきほどの判定は覆さなければなりませんな。あの料理がどちらもちゃんこということなら、軍配はあなたの方に上がります」

「そ、そんな……」そばで聞き耳を立てていた佳代子は、呻き声のような洩らした。「バカな……」

聡子は先日横串部屋を訪ねたときに、祝賀会の準備のようなものがなされていた光景を見たのを思い出した。あのとき用意されていた祝賀会で、横串親方の結婚相手としてお披露目が予定されていたのは、他ならぬこの松波美穂子だったのだ。

「ホッホッホッ、だから言ったでしょう、私が負けるはずがないって」松波の高笑いが会場内にこだまする。

「負け……私の負け……」がっくりうなだれていた親方夫人はその場にへたりこんでしまった。

「潔く負けを認めなさい」近づいてきた松波が高みから見下ろすように親方夫人に言葉を投げかける。

「あなた……」肩を震わせつつ親方夫人は松波を見上げて言った。「最初から、こうなるとわかって、仕組んでいた……?」

「さあ。それはどうかしらね」

たまらず聡子は席を立って、ひざをついてうなだれている母親のそばに駆け寄った。

「お母さん」

「聡子……」

「お母さん、元気だして、お母さん。ちゃんこ勝負に負けても、私の大事なお母さんなんだから、ね、こんなことでくじけないで、ね、お母さん?」

第5話 四十八手見立て殺人

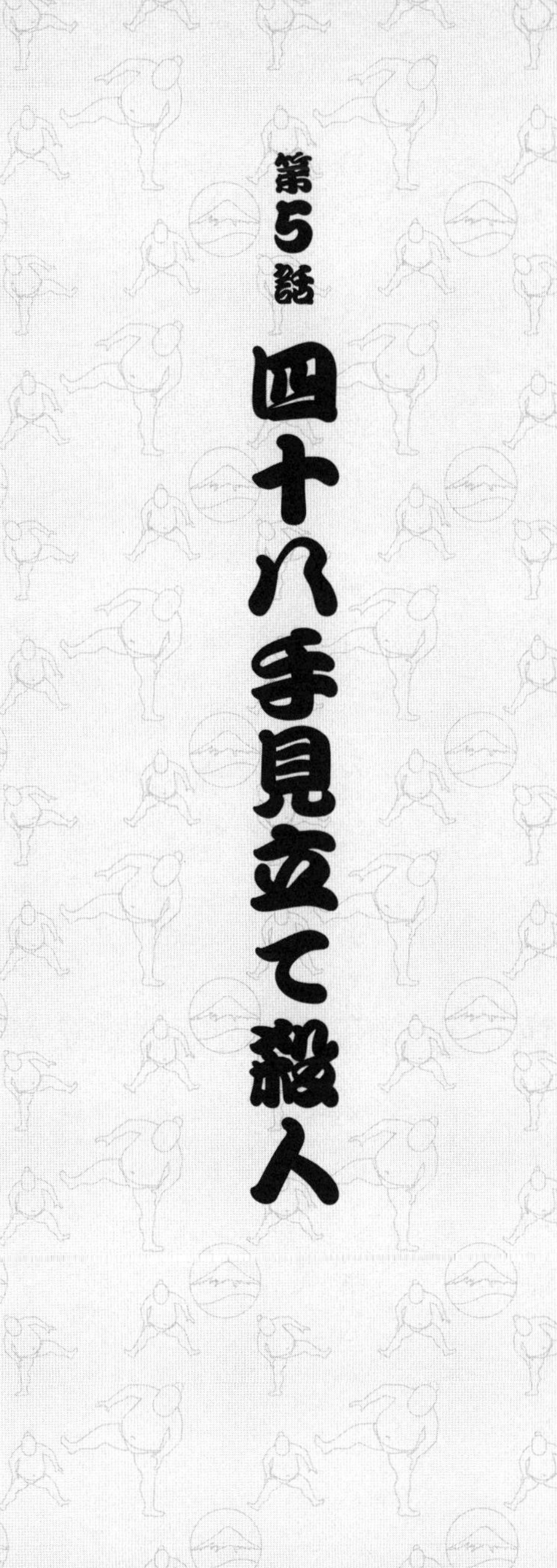

世間を騒がせた角界で発生した大量連続殺人事件が収束してから約半年がたっていた。角界は平和を取り戻し、激減した力士は新弟子や若手によって補充され、角界はまた以前のような活動をとどこおりなく再開させていた。

「それで世界は平和になったかというと……」朝食の席で新聞を読みながら聡子が言った。「また物騒な連続殺人事件が起きているみたいで、世間が平和になったとはとても言えないわよねぇ」

聡子が言っている事件とは、半月ほど前にはじまった猟奇連続殺人事件がこのところたて続けに起こっているのを指していた。一回目の事件は七月二十日、東京の池袋駅近辺の路上で二人の若い男が絡みあうような形で殺されているのが見つかった事件で、この事件を皮切りに連続する事件が発生していた。被害者は二人とも二十代前半の都内に住む大学生で、互いに同じ大学に通う友人で、アニメショップで購入したグッズをもっていた。何者かに背後から殴打されて昏倒し、刃物のようなものでめった刺しにされ失血死していた。

二番目の事件はその一週間後、中央線の中野駅近辺で発生した。殺されたのは、一人は会社員の男性（三十五歳）、もう一人は近所に住む無職の男（三十九歳）であった。会社員の男性は、駅近くの書店で本を購入して歩いていたところを背後から何者かに襲われたと思われる。無職の男は常時その近辺を徘徊していたことが目撃されているが、被害者の会社員の男とは面識があったらしい形跡は見つからず、二人の被害者の間に接点らしいものは見つかっていないという。死体が発見されたときの状況が、最初の事件と酷似していて、二人ともめった刺しにされた後、互いにだきあうような形にされている状態で見つかったという。

三番目の事件はさらにその一週間後、お茶の水と秋葉原の中間あたりの路上で二人の男性の死体は発見された。前二件と同じく刃物で全身を刺され、死因は失血によるものとされた。二人の死体は絡みあうような体勢で発見された。被害者の二人の男性に接点らしいものは見つからず、年長の男性（四十歳）は秋葉原で買い物をしてお茶の水方面に向かう途中であり、もう一人は近くの予備校に通う浪人生（十九歳）で、お茶の水近くの予備校の授業をうけた後、秋葉原に向かう途中だったとみられる。

この一連の事件は、犯行手口がよく似ていることなどから、警察は連続事件である可能性が高いとみて、捜査体制を強化しているという。

＊

多発する猟奇連続殺人事件を報じる新聞を読みながら聡子が言った。「このところ、また殺人がたくさん起きているみたいで、物騒よねぇ」

「まったく」と母親の佳代子もうなずいた。「外を歩いていても、物騒な気がしてならないし、聡子やうちの家族の誰かが狙われやしないかと思うと、本当に気が気でならないわ」

「でもこの事件では狙われているのは男性ばかりよ。女性のあたしたちは、大丈夫じゃない」

「そんなの、まだわからないでしょう。それにまた、部屋の力士たちが狙われでもしたら大変だし……」

「でも、この事件はそういうのじゃなさそうよ。この事件がうちらにとってまだマシなのは、角界絡みじゃないらしいところね。去年は、力士がいっぱい殺される事件が多発して、うちの部屋だけでなく、相撲界全体が本当に大変だったじゃない。それに比べて今年は、まだ現役力士は一人も殺されていないみたいだから、去年よりは少し平和になったと言えるんじゃない？」

「それがそうとばかりも言っておられんのだ」苦虫を嚙みつぶしたような表情で千代楽親方が言った。「今度の連続殺人事件が、去年相撲の世界で多発した殺人事件と関連があるんじゃないかという説が出回っているようなんだ」

「え、どうして？」きょとんとして聡子は聞きかえした。「去年たくさん起きた事件は、犯人がみな捕まっているんでしょう。犯人がまだつかまっていない、未解決の事件があったってわけじゃないでしょう」

「それはそうなんだが、あの一連の事件の背後には、糸を引く黒幕がまだ別にいるんじゃないかという説がまことしやかに囁かれていて、世間にはその説を信じているものが結構いるらしい」

「まあ中にはそんな人もいるかもしれないけれど、でもいまのこの連続殺人事件は、報道でみるかぎり、若い男性ばかりが連続して殺されていて、力士が狙われたり殺された事件じゃないでしょう？　どうしてこの事件が、相撲界と関係を取り沙汰されたりしているの？　被害者の中に、力士でないにしても相撲の関係者が混ざっているとか？」

「いや、そうじゃないんだが、昨日警察からうちに電話がかかってきて、そのとき聞かされた話では、この連続事件は、被害者でなく、殺され方に相撲が関わっているんじゃないかという話なんだ」

「殺され方に相撲が？　どういうことよ？」

「一応警察から説明を聞いたが、ゴチャゴチャして何ややこしそうな話でな。わしはこみいった話を長々と聞かされるのにはうんざりなので、こういう話題に向いているやつを代わりに応対させた」

「というと……」聡子は首をぐるりと反転させて、部屋に隅に坐っている幕下力士の方をみやった。

「お父さんの代わりに、御前山？」

「はい」御前山は眼鏡を直しながら、にやりと笑みを浮かべた。「親方に頼りにされちゃあ仕方がありません」

「相撲で結果を出せないなら、他の面で少しはなにか貢献しておかないと、この部屋でのあなたの存在意義が失われちゃうものね」

「たしかに私の相撲での成績はいまひとつふるいませんが、こういう事柄への対応に長けているとなると、これはこれでひとつの存在価値を私に与えるものと言えるのではないでしょうか」

「前口上はいいから、はやく説明して。この事件がどう相撲と関連があるというの？」

「詳しく話せば長くなりますが、かいつまんで要点だけご説明申し上げましょう。昨日電話で聞いたところでは、この事件の相撲との関連性をみいだしたのは、警察の捜査に協力している女性の犯罪心理学者の方だそうです。数日前の秋葉原で死体が見つかった事件の現場検証に、犯罪心理に詳しい専門家として呼ばれた際に現場の死体の様子をみて、これはひょっとして、相撲の決まり手の見立てなのではないかと気づいたそうなんです」

「相撲の決まり手？　どういうこと？」

「現場に落ちていた白いロープのようなものが被害者の腰に巻かれていて、相撲のまわしに似ているという話になったときに、その犯罪心理学者は、その被害者の組ませ方が、相撲の決まり手の形ではないかと思いついたそうです」

「どの相撲の技？」

「たしか〈送り出し〉ではないかとか言っていましたね。それで、以前の二つの事件も、もしかして共通性があるんではないかと現場写真をみせたところ、どちらも相撲の決まり手の技の見立てがあるのではないかということになったそうです。その決まり手は、たしか〈つりだし〉と〈足取り〉だったかな。それでにわかに、この連続殺人事件が、去年発生した角界での連続力士殺害事件との関連性が取り沙汰されるようになったようです。それともうひとつ、現場には相撲の決まり手ではないかと思わせる手がかりが残されていまして、最初の事件のときに現場のそばの路上に、赤いスプレーで〈1／48〉と書かれていたのが見つかっているそうです」

「四十八分の一？　分数ってこと？」

「それだけでは意味が判然としませんでしたが、二番目の事件現場のそばに残されていたのは、〈2／48〉という文字。三番目の現場に残されていたのは〈3／48〉の文字。それで、これは連続殺人事件の数字を示すものだろうという解釈説が正しい可能性が高くなりました」

「ちょっと待って。ってことは、この事件の犯人は四十八連続殺人事件を起こそうともくろんでいるわけ？　一回で二人殺して、合計で九十六人も殺そうというつもりなの……？」

「ええ、そんなべらぼうな数、現実離れしているとしか言えないですが、実際のところ、三連続二人殺しの事件は生じているわけでして……」

「それで、その数字がどう相撲と結びつくというの？」

「相撲の決まり手が、もともと明治期に国技として定まったときには、四十八手でした。これのもとになったのが、元禄年間につくられた『相撲之図式』という六冊本で、その中に書かれているのが四十八の決まり手です。その名残りでいまでも相撲の四十八手とかいう表現が残っています。もっとも決まり手のルールはその後改変されて、新しい決まり手がどんどん追加されましたから、昭和に入ったときには七十近くに増え、現在ではおよそ八十ほどの決まり手が採用されています」

「なるほど、四十八手という言い方は聞き覚えがあったけど、もとは相撲の決まり手の数だったわけね」

「ええ、その殺人現場に残されていた分数のような書き込みについても、今のところ報道では流されていません。ですから、この相撲の決まり手の見立てではないかという説は、捜査関係者の一部しか知らされていない情報のようです」

「ふうん、それでお父さんのところに警察から電話がかかってきたわけ？」

「そういうことです。相撲の技の見立てではないかと言い出したのは、特に相撲の専門家とか角界関係者というわけではなく、相撲に関してはファンではあるが素人の見立てになるわけで、角界の専門家の意見が聞きたいとのことで、それで去年殺人事件の発生したときに何度も警察に世話になったとうちの部屋に電話がかかってきたというわけです」

「なるほど、大体事情はわかったわ。でも、どうしてお父さんの代わりにあなたが警察の相手をしているのよ」

「わしはいろいろと忙しいんじゃ」と千代楽親方が口をはさんだ。「その点、出世も見込めんこいつは、そんなにたくさん稽古をすることもないから、ヒマを持て余している。それにこやつは、無駄に知識だけは詳しい。江戸時代から現代までの相撲の決まり手の変遷や何やらは、わしよりはるかに通じている。だから、この事件の対応を任せるのにはうってつけの人選ということになる」

「おまかせください」どん、と御前山は自分の胸を叩いて言った。「この使命においても、この御前山、みごと親方のご期待にこたえてみせましょうぞ」

「ああ。期待しすぎない程度に期待しているよ」

「なんという、ありがたい、はげましの言葉……」

「それで、また、警察の人、ここに来るの?」

そう聡子が訊くと、御前山はうなずいた。「ええ。相撲の技の見立てになっているかどうか、電話越しに聞いた情報だけではなんとも断言できなかったので、じかに現場の写真をじきじきにみせてもらうことになりました。それをみた上で、本当に相撲の技になっているかどうか判定させてもらいたいと伝えてあります。そろそろその件で警察から電話がかかってくる頃合いのはずなのですが――」

そう御前山が言っている最中に電話のベルが鳴り、電話器のそばにいた親方夫人が電話をとった。

親方夫人は電話越しに相手の用件を聞き、応対している。

「はい、はい、おります……いま代わります。お待ちください」

親方夫人は、そばまできていた御前山に受話器を手渡した。

「警察からよ」

「来ましたか。かわりましょう」

御前山は受話器をうけとり、「御前山です」と名乗った。

最初は穏やかにうなずきをかえしていた御前山の表情がにわかに険しくなり、気色ばんだ様子で「本当ですか、それはっ⁉」というのが聞こえてきて、はたから見ていた聡子にも、これはただならぬ事態が生じているのを感じさせた。

「また事件が……⁉……　はい、すぐにまいります。そちらに……」

というような声が聞こえ、どうやらまた事件が発生したという内容らしいのがわかる。

電話を切った御前山の顔が心もち青ざめ、険しい表情になっているのをみて、聡子は、

「なんて言ってきたの？」と訊ねた。「また、事件が起きたって……？」

「ええ、まだ報道されてはいませんが、ついさっき三十分ほど前に、また二人の殺された男性の死体が見つかったそうです。今度もまた同じように、二人が絡みあうような形にされていたようで……」

「また起きた。ってことは、その事件、ずっと同じ曜日に起きているってことじゃない？」

「そうですね、今日は土曜日、四連続でこの事件は金曜日の深夜から土曜日の未明の時間に起こっているようです。いま連絡があった事件も、発見されたのはついさきほどですが、死亡推定時刻からすると、殺害されたのは、今朝の明け方近くの時間だろうという話です」

「場所はどこ?」

「荒川区の、埼玉との県境に近い、荒川の河川敷だそうです。そしてまた、4/48という赤いスプレーの書き込みが見つかったそうで、同じ犯人によるものだろうと断定して間違いなさそうだと警察はみているようです」

「そう。今までの事件は、ずっと繁華街かそのそばで起きているから、そういう場所で起きる連続事件かと思っていたけれど、必ずしもそうでもないようね……」

「でもやはり殺されていたのはともに二十代の男性、アニメグッズを持っていたそうです。被害者の共通性はありそうですね……」

「犯人は、アニメおたくを狙う連続殺人鬼……?」

「ええ、どうも、その可能性が高そうです」

そのとき、玄関のベルが鳴るのが聞こえた。

「もうおいでなすったかな」御前山は予期していた様子で、応対に出ようとするおかみさんをとどめて、「自分で出てきます」と言った。

聡子も御前山の後について玄関に出てみると、予想どおり、警察の人が二人門のところに来ていた。

「ああ、中西警部補どの」

その顔を認めて御前山は挨拶をし、聡子も中西警部補の顔を思い出した。以前にこの部屋で殺人事件が生じたときに捜査にきて、いろいろと訊問して回っていたこまめな警部補だった。去年会ったときより若干脂ぎったのか、あるいは疲労がたまっているせいか、少し老け込んだようにもみえた。

「電話で簡単に事情を説明しましたが、本日また連続事件らしいものが発生しました」

　中西が事務的な口調でそう説明すると、御前山はうなずいた。

「ええ、うかがっています」

「前田さんは、相撲の歴史やその技や決まり手にはかなりお詳しいと、こちらの親方よりご紹介にあずかったのですが……」

「恐縮です。私、自分で相撲とりをやりながら、もうひとつ、相撲研究の方も志しておりまして、私としては両方からのアプローチが相撲道を究めることだと考えております」

「なるほど、相撲道ですか。それで、今日おうかがいしたのは、取り沙汰されている連続事件で、被害者二人が組み合っている形が、犯罪心理学者の糸谷先生の意見では、相撲の決まり手の見立てになっているのではないかという説を唱えておられます。糸谷先生は、ファンとしては大相撲に詳しく、相撲の歴史の知識もおありの方ですが、相撲のプロの方ではないので、その判断はやはり専門家に相談してみないとわからないところがあります。その説が本当かどうか、警察の側で判断がつきかねるので、専門家に見立ててもらおうということになって、その適任者として前田さんに白羽の矢が立ったというわけです」

「重ねて恐縮です。大学の教員や教授で、相撲の研究をしておられる先生もいて、私より詳しい方など探せばいくらもいると思いますが……」

「そうかもしれませんが、私も昨年、こちらで起きた事件の捜査の際に前田さんの話をうかがって、力士にしてはいろいろなことをよく勉強しておられる方がいると感心したことがありましたから、今度の事件では是非前田さんのお力添えをいただきたいものだと思います」

「いや、まあ、そういうことでしたら、私としても、協力するのにやぶさかではありません。しかし、電話で聞いただけでは、被害者の組まされかたが相撲の技の見立てになっているかどうか聞かれても何とも言えません。現物の、現場の写真でもみせていただかないことには……」

「そう思いまして、今日は、事件現場の写真や資料などはお持ちしました。部外秘の資料ですが特別におみせいたしますので、それをごらんになって判断していただきたいかと」

「はあ、なるほど。でも今日は事件が発生して、その現場にこれから向かうという話ではなかったですか？　先に、その写真の検討をした方がいいですか？」

「あまり時間がありませんが、これから車で現場に向かいまして、ここからですと、三十分足らずで着けると思います。その車内で、現場の写真資料などを見ていただこうかと――」

「なるほど、そうした方が時間の節約になりますからね」

「というわけで、これから現場においでいただけますか？」

「わかりました。五分ほどでまいりますので、少しだけ身支度をしてまいります。少々お待ちくださいますか」

「五分ですね。わかりました」

「あの、あたしもついていっていいですか？」横にいた聡子が口をはさんだ。「あたしも後学のために、その現場をみてみたいんですけど」

「すみませんが」困ったような笑みを浮かべながら、中西が穏やかな口調で言った。「原則的に関係者以外にみせられるものではありませんので……」

「ああ、いや、この聡子くんは探偵見習いの優秀な人材でして」と御前山が聡子の頭に手を置いて言った。「是非彼女も同行させてやってください。その方が何かと調べやすい面がある」

「はあ、まあ、そうおっしゃるなら、特別に、ということで」

あっさりと中西が折れたところをみると、以前に御前山と意気投合する交流でもしていたのだろうかと聡子は勘繰りたくなった。

「やったー。じゃ、あたしも荷物とってすぐ行けるようにします」

やれやれ、と言いたげに中西は肩をすくめた。

＊

中西警部補が用意してきたワゴン車に御前山と聡子は乗り込み、後部座席に並んで坐った。中西警部補は、御前山に四種類の封筒を渡した。

「これが今度の事件の、一番目から四番目までの現場をうつした写真です。不鮮明なものも混じっていますが、ご容赦ください」

「今日起きた事件の写真がもうあるのですか？」

「一部転送されたものをプリントしたものですが、うつりのあまりよくないものが一枚あるだけなんで、これはごらんになっても、あまりよく判別できないかもしれません。現場には連絡してあって、あと一時間くらいは、現場の遺体を片づけずにそのままにしてあるそうなので、これから現場に急行して、その光景をじかに見ていただきたいのです」

「わかりました。では、移動している時間に、その現場の写真を拝見することにします」

「では発車します」

中西警部補は助手席に乗り込み、部下の巡査らしい人物が運転席に坐って、車を発進させた。

御前山が灰色の封筒から大判にプリントされた写真をとりだした。カラーのものと白黒のものがあり、全部で約二十枚ほどがクリップで束ねられている。

「これが一番目の事件の写真か……」

「どれどれ。ふうむ」

もっともらしく学者然とした仕種で御前山はその写真の束に見入り、隣りの聡子は横から首を伸ばして、その写真を覗き込んだ。一般のテレビでは報道されないような、生々しい、血の跡もうつっている現場の写真だが、聡子自身は、耐性がついたのか、その手の写真を見ても、さしたる心理的動揺も影響も覚えなくなっていた。

「これが〈送り出し〉、ねえ。そうみえなくもないかな?」

御前山は、クリップを外して、束の一番上にあった大判のカラー写真を一枚手にとって、逆さにしたり裏からみたりして、あれこれと観察していた。

聡子がみたその写真は、血まみれのむごたらしい二体の死体が抱き合うように横たわっている姿である。一人は横向きに倒れ、両手を前にだらりと投げ出している恰好である。もう一人がその背後から、相手にもたれかかるようにやはり横向きに倒れている。だらりとのばした左腕が、もう一人の腰のあたりにかかっている。

相撲の技名を全部覚えているわけではないが、〈送り出し〉は比較的よくある決まり手なので、聡子にも大体見当がつく決まり手である。

「これが〈送り出し〉だとすると、逆向きになった相手を後ろから押し出すように土俵の外においやった感じ……？」と聡子は感想を述べた。

「そうですね」と御前山がうなずく。「そういう形で送り出しが決まることはあるので、その恰好に近いと言えば、近いのですが、ただ、こんな風に送り出される力士が後ろ向きになることは多くないのですよ。たいていはもっと横に向いたくらいの形で送り出される。この組みの形は、送り出しにないわけではないが、送り出しの中のよくある形とは言えないものです」

「うーん、なるほど。でも、送り出される相手がもっと相手側を向いている状態にするのは、寝かせた状態ではちょっと難しいんじゃない。だから、こんな風に、二人を同じ方向をみている恰好に寝かせたんじゃないの？」

「まあ、一応そうみえますね。しかし私が二人の男の体をいじって、送り出しの決まり手状態をつくれと言われたら、もっとうまくつくれますね。こんな風に後ろから押す形にはしない」

「まあ、そのあたりは、相撲のプロと、素人の犯人の力量差ってのがあるんじゃないかな……？」

「そうですね、そうかもしれません」御前山は重々しくうなずいた。「では、二番目の事件の写真にいきましょう。こちらは……〈つりだし〉といわれたやつですね」

「〈つりだし〉、ね。それも割合よくある決まり手よね」

聡子が思い浮かべたのは、相撲でよくある決まり手としての〈つりだし〉の普通の形である。一方の力士が他方の力士をもちあげて、土俵の外に運び出す決まり手である。

「どれどれ。うむ、こんな形か」

御前山が二つ目の封筒からとりだしたのは、やはりむごたらしく殺された二人の男が血まみれでだきあうように倒れている写真である。

一番目の事件の写真では、一方が他方を後ろから抱くような形で互いに同じ方向に顔が向けられていたが、今度の事件では、二人は向き合い、体の形としては、まるで恋人のように抱き合っているようにみえる。

右側の男は両腕を左側の男の腰のあたりに回していて、その体型はまるで、右側の男が左側の男を抱きかかえようとしているかのようだ。左側の男は首を後ろにややのけぞらせて、背中を後ろに反らせ気味である。左側の男の足が両方とも上半身の腹部あたりの方に持ち上げられ、逆V字型に曲げられて、その右足は、右側の男の腰の下あたりに乗っていた。その左足は、右側の男の体の下敷きになって、どうなっているのか写真からではは っきりとは確認できない。

「なるほど、これが〈つりだし〉か。しかし、ちょっとつりだされる男が足を上げすぎですね」

御前山がそう感想を洩らすと、その写真をまじまじと観察した聡子も同意してうなずいた。

「そうね。〈つりだし〉にしては、相手の力士が足を上に上げて折り曲げているのが、ちょっと不自然ね」

「そうですね。もちあげられた力士が足をバタバタと泳がせることはよくありますが、こんなに上の方まで足をたたんで上げることってあまりないでしょう？」

「そうね。こんなに足を上に折り曲げなくても、伸ばした状態でも両手を相手の腰のあたりに回していれば、〈つりだし〉の決まり手の恰好になるのにね」

「大体私も似たような感想です。これで〈つりだし〉に見えなくもないが、〈つりだし〉を見立てにするなら、もう少し自然な恰好があったはずだと思います……。では、次のにいきましょう。次は、〈足取り〉ですか」

「〈足取り〉？」聞き慣れない技名を聞かされて、聡子は首をかしげた。「その決まり手は、あまり知らないわね」

「それは無理もありませんね。この決まり手は、めったに出ませんから。大体、およそ八十ある決まり手でも、たいていの場合、よく出る決まり手の二十種で九割以上が占められます。他方、十年に一回か二回しか出現しないレアな決まり手がいくつかあります。〈足取り〉はそこまでレアな決まり手ではないですが、そうそう出現するものでもありません」

「どんな体勢になるものなの？」

「要は相手力士の片足をとってもちあげるような形にして、倒す決め技ですね」

「相手の足をつかむのは反則にならない？」

「足をとることは禁止はされてません。ただ、実際の取組では足をとってもちあげるような体勢にはなかなかなりにくいわけで、決まり手になることはごく少ないですね」

三つ目の封筒からとりだされた写真は、やはり血まみれに倒れている二人の男がうつっていた。二人の男の描く形はカタカナのトに似ていて、一人の男がもう一人の男の両大腿部のあたりをかかえ、そのつきだされた尻をもちあげるような形をして横たわっている。

（なんかこれ……）

（相撲の決まり手というより、後背位の性交している体位みたいな……）

そう思いはしたが、女子高生として御前山に口にするのはややはばかられる感想だったので、聡子はそれを口にするのはひかえた。

「まあこの恰好なら、足取りにはみえますね」御前山がそう言ったのが聡子には少々意外だった。

「え、だって、〈足取り〉っていっても、こんな後ろ向きに足を持ち上げる体勢になるのって、難しくない？」

「それは難しいですし、実際の取組ではめったに起こらない体勢です。でも、だからこそ、〈足取り〉の決まり手は出にくいんですよ。〈足取り〉が決まり手になるとしたら、こんな風に後ろ側から相手の足を持ち上げるような形になることはおかしくありません。この体勢なら、〈足取り〉の決まり手を描いているといわれて、そんなに異論はないですね」

「そういうものなの」

御前山はもうひとつあった、薄い封筒を開き、中にある写真を眺めて言った。

「四番目の今日の事件のは、写真のうつりが不鮮明なので、なんとも言えません。これは、今から直接現場を見せてもらうのを待ちましょう」

聡子もその写真を見たが、うつりの悪い白黒写真で、人が写っているのがおぼろげにわかる程度のものだったので、その写真をもとに、見立てや相撲の技をみいだすのは難しそうだった。

　聡子は御前山の方を向いて、

「それで、三つの事件の現場写真をみた感想というか総括としてはどうなの、相撲研究家の御前山先生としては」とひやかし口調で訊いた。

「そうですね。これらが相撲の決まり手の見立てになっているかどうかという警察側の問いに関しては、積極的に肯定するほどではないというところですかね。一枚目とか二枚目の写真をみると、その決まり手の形にするなら、もう少し体位をうまく変えられると思いますし。しかし、そうではないと否定するほどの強い根拠もない。相撲の決まり手の見立てをやっているという説を唱える人がいたら、そうかもしれないという程度には同意できるものがあります」

「なんだか玉虫色の、あいまいな意見ね。白黒はっきりしないというか」

「世の中、往々にして断言できかねる事柄というのには出くわすものですよ。聡子さんも、大人になったら、たぶんそういうことがより実感できるでしょう」

「急に大人ぶって説教みたいなこと言わないで。さっき先生と呼んだのは、ほんの冗談だったのに」

「いやそれはわかってますよ。ただ、現場に残されていた1／48、2／48といった数字列まで加味すれば、相撲の見立て説は信憑性を増します。相撲は元禄年間より永らく四十八手の決まり手を標準としてきました。ですから四十八手というのが添えられているなら、相撲の技の見立てである蓋然性は高くなると言えます」

「なるほど、そういうものかしらね」

そういうことを喋っているうちに、ワゴン車は現場付近に到着したようだった。

車が止まり、助手席に坐る中西が後ろを向いて言った。

「着きましたよ。おりてくださいますか」

*

聡子らを乗せた車は川に沿って走る道路の脇に止められた。その周囲には、立ち入り禁止のロープが張られ、警察車両や救急車が止まっていて、野次馬めいた見物人が何人も周囲にたむろしている。

聡子は、その周囲の光景をみて、重大事件が生じたらしいことがうかがえる現場の真ん中にやってきたのを実感した。

「こちらです」

中西警部補の先導で、御前山と聡子は、まとわりつく野次馬の集団をかきわけて進み、荒川の河川敷へ通じる階段を下った。歩きながら中西は、懐の無線連絡機をとりだして、何やら指示を送っていた。

向こう側にはゆったりと流れる荒川の水面がみえ、広大な河原は一面が草や灌木が生い茂っている。川寄りの一帯に、急ごしらえのテントのようなものが張られているのがみえ、その周囲に大勢の人が集まっているのがみえてきて、たぶんそのあたりが目的地となる現場なのだろうと見当がついた。

草が生い茂る中を突き進むと、足に草がまとわりつくので聡子は、

（しまった……）

（こんなところに来るんだったら、手足に虫よけを塗って来るんだった……）

と後悔した。

中西は御前山と聡子を連れて、その現場の中央部に突き進み、簡潔に、

「中西だ。相撲の専門家を連れてきた」と述べた。

「あら中西さん」その現場にたたずんでいた、背の高い、すらりとした体型の、白いスーツを着て紅色縁の眼鏡をかけた女性が、中西の到来に真先に反応した。「そちらが相撲の専門家さん？」

「ええ、糸谷さん。こちらが千代楽部屋に所属している御前山こと前田さんです。相撲の歴史や技名に詳しい方で、いま頼んでお連れした次第です」

「そちらのお嬢さんは？」鋭い眼光を放ちながら、その女性が聡子の顔を覗き込んで訊く。

聡子は少々気押されるものを感じながら「崎守聡子です」と挨拶した。

「御前山が属している千代楽部屋の親方の娘で、いつも、その行動をともにしているもので、今日はここについてきました」

「そうなの。あまり関係のない人まで、こんな現場に連れてくるのは望ましいこととは思えませんが、中西さん？」

「いや、まあ、崎守さんと前田さんは、去年の事件捜査のときに何回かご一緒して協力してもらったことがありますから、まあ、なんといいますか、知った仲というやつですよ」気楽そうな口調で中西

がそう応じた。

「そういうものなのかしら」

「こちらは、さきほど少し話をした犯罪心理学者の糸谷先生です」中西は、御前山たちの方を向いて紹介した。「犯罪事件の心理についてご教示をいただき、これまでも何度か、犯罪捜査に協力いただいております。今回の連続事件が、相撲の技の見立てになっているのではないかという説を最初に唱えたのが、この糸谷先生で、今日前田さんにおいでいただいたのは、その説が正しいかどうか検証していただくためです」

「糸谷先生は」と御前山が言う。「相撲にはお詳しいんですか？　一般には、なかなか相撲の決まり手のひとつひとつまで判別できるほどに通じている人は少ないものですが……」

「さほど通じているというわけではありませんが、前々から相撲観戦は趣味にしておりまして場所中は必ずテレビでは相撲をみますし、東京で場所が開かれるときは、よく観戦に行っております。今年になってからも、マス席で十回ほどみていますし、先場所の優勝決定戦のときは興奮して座布団を土俵に投げたりしました」

「ははあ、それで相撲の技の知識もおありなんですか？」

「ええまあ。専門とはちがうのですが、スポーツの歴史などにも興味はもっていまして、相撲の歴史についても自分でいろいろと調べたりしたことがあった関係で、技の名前がひととおり見分けられるくらいの知識は持ち合わせております」

「なるほど、そういうことですか」

御前山は納得したようにうなずいていたが、聡子はその様子をみて、何か腹にふくむところがありそうに思った。

（御前山……？）

（もしかして、この犯罪心理の先生を怪しんでいる……？）

「今回の事件も、やはり相撲の決まり手の見立てなんですか？」

「ええ、そのようです」と糸谷はうなずいた。

「それはどのような……」

「現場をみていただく方がはやいでしょう」中西はそう言って御前山の腕をつかんだ。「こちらです」

＊

青いブルーシートが敷かれたところに御前山と聡子は案内されて連れてこられた。その近辺は鑑識員と警察の関係者らしい人の姿しかなく、ちょっと離れたところに集まっていた人たちの多くも近寄らせないように見張りが立って番をしている。

中西警部補は、そのブルーシートのところまで来てしゃがみこみ、そのシートをもちあげた。

「前田さん、ごらんください、いかがですか？」

ガバッととりのけられたシートの下には、さきほど写真でみた光景と似た、二人の男の惨殺死体が横たわっていた。

聡子は、うっと小声をあげて口をおさえた。さきほど写真でみたとはいえ、生々しい実物をみせられるのとはわけがちがう。去年も何度か人の死体には遭遇したが、こんなむごたらしい死にざまを間近でみせられたのは初めてのような気がした。

御前山は眼鏡を直し、早速興味深そうに死体の様子を観察し始めた。

左側に倒れている男が、右側の男の右足をかかえるようにもちあげて、ほとんど自分の右肩に乗せるようなところに相手の右足のくるぶしをもってきている。左側の男は右手で、相手の男の右足をかかえ、もう一方の左手を右側の男の胸部におさえるような形で置いていた。

「ふむ。興味深いですね。たしかに相撲の決まり手のようにもみえますが……」

二分ほどじっと観察した後、御前山が口を開いた。

「糸谷先生もやはり、今回も相撲の技の見立てだとお思いですか？」

「ええまあ、そうですね」

「して、今回はどの決まり手ですか？」

「それは前田さん、あなたの方が詳しいでしょう。現役の力士の方ですもの」

「この体勢にどんぴしゃりの決まり手は思い当たりませんね。近いものならいくつか思い当たるのがありますが、もしかして、〈わたしこみ〉ですか？」

「それです、それ！　私もこれは〈わたしこみ〉ではないかと思っていたところなんです」我が意を得たりという風に糸谷はうなずきを返した。

「ねえ、御前山」聡子は御前山の体をつついて言った。「その〈わたしこみ〉っていうのは、さっき

みた〈足取り〉とどう違うの？　この体勢も、なんだか足をとっている体勢にみえるから、やっぱり

さっきみた足取りと大差ないように思うんだけど……」

「たしかに、一見すると、〈足取り〉と〈わたしこみ〉は、技が決まったときの体勢で似ているところがある。どちらも相手の足をかかえこみ、もちあげたりしているからだ。ただし、腕の使い方が違う。〈足取り〉の場合は、ほぼ両腕を使って相手の足をかかえるのに対し、〈わたしこみ〉の場合は、片方の腕で相手の足をとり、もう片方の手で相手の喉のあたりをおさえるんだ。この二つの決まり手は、おおまかには似ているが、片方の腕の位置するところが異なる」

「ふむ、なるほど。この体勢だと、片方の手で相手の胸をおさえているみたいね」

「しかし私が疑問に思うのは、そこです。これがもし〈わたしこみ〉の決まり手なら、この男の左手は、相手の男の胸部ではなく、もっと上の、喉か顔のあたりをおさえこんでいないといけません。これを〈わたしこみ〉というのは、ちょっと左手の位置が低すぎると思えるのですが……」

「でもそのくらいは、腕の置きかたの誤差の範囲内なのでは……」と糸谷が応じる。

「まあたしかにそうかもしれませんが、ときに……」

御前山は、その死体のそばに落ちている、壊れた松葉杖を指さした。

「この松葉杖は最初からこの現場にあったものですか？」

「ああ、たしかそうだと思う」と中西がこたえた。「現場に急行して最初に撮った写真にも写っていた。その松葉杖は、遺体発見現場のすぐ横に落ちていた。この事件に関連したものかどうかは不明で、事件発生より前の時点でここにその松葉杖が置かれていたかどうかについては、まだわかっていない」

「なるほど、なるほど。大体わかりました。この事件の構図が大体みえてきましたよ」

「大体みえたというと、どういうことですか？」

「この事件、ほぼ解決できたも同然ということです」

「えっ、そんな、まさか、まだ捜査が始まったばかりの段階ですよ……」

「ひとつ確認のためにお聞かせ願いたいのですが、ときに糸谷さん」

御前山に名指されて、糸谷はびくっと体を硬直させた。「はい！」

「失礼を承知でひとつ質問させていただきたいのですが、この事件の発生したとされる被害者の死亡推定時刻のあたり、糸谷さんはアリバイをおもちですか？」

（やっぱり……）

その御前山の言を聞いて聡子は内心、自分の勘があたっていたのを感じた。

（御前山は、この糸谷先生を疑っている……）

（でも……）

（解決できたも同然ってことは、もう犯人までわかってるってことかしら……）

（今までの情報だけで、糸谷さんが犯人であると特定できるものなのかしら……？）

「それでしたら」と糸谷のそばに立っていた中西警部補が代わりにこたえた。「私どもの方で調査済みです。捜査関係者に関しても、その身元やアリバイを洗っておくのは、警察の仕事の常道です」

「それで、アリバイはあるんですか？」と御前山が問いを重ねる。

「はい。糸谷先生は、この事件だけでなく、ここまでに生じた三事件のときにも、しっかりしたアリバイをおもちです。糸谷先生は、監視カメラつきの入退出者が完全に記録されるマンションにお住まいでして、昨晩も自宅にお戻りになってから、今朝出勤されるまでの間はずっとマンションにおられたことが、そのマンションに残っている管理記録で確認されています。他の事件発生時も同様でした」

「そうでしたか」それが予期した答えであるかのように御前山は平然とうなずいた。「わかりました。中西さん、ちょっとこちらに来てもらえますか」

「え、何でしょうか？」

「中西さんだけに今から自分の気づいたことをお話しします。正確には、名前までは特定されないものの、今回の事件の犯人と思われる人物がどのようなものかについて、私にわかったことをお伝えします」

中西は当惑している様子だったが、御前山に言われたとおり、そのそばに来て、御前山に耳打ちをされた。

「えっ、えっ⁉」

中西は耳打ちされた内容を聞いてちょっと驚いた様子で、

「いや、しかし、それは……」と小声でつぶやいていた。

「ちょっと」と聡子は御前山の肩をたたいた。「隠し事しないでちゃんと説明しなさいよ。何がわかったというの？」

「痛い、痛いです。聡子さん。今から順序立てて説明しますから」

「現場についたと思ったら、もう解決編が始まるとは思わなかったわ」

「自分は探偵役ではありますが、超能力者ではないので、犯人が誰かを指摘するところまではいけません。しかし大体の真相は見抜くことができました。それをこれから説明します」

御前山が語り始めたので、その場にいた一同は固唾をのんで、その言に耳を傾けた。

「私は、この現場にかけつける前に、中西警部補から殺人現場の写真をみせてもらいましたが、その時点で既にこの一連の事件につらなる、見立てに関する違和感というかひっかかりのようなものを覚えました。そしてその違和感が、真相への予感へとつながり、それがこの現場に来たことで確信へと変わりました」

御前山がもっともらしい口調で語っているのが、聡子には説得力をもって響いてきて、内心で御前山がもしかして有能な探偵に突然変異したのだろうかと訝った。

「まず今回の事件ですが、もしこの二人の被害者が相撲の決まり手の見立てだとすると、たしかにさきほど話していたような〈わたしこみ〉がもっとも近いことになるでしょう。それに異論はありません。しかし、そばに落ちていた松葉杖も勘案すると、これはまったく別の見立てになっているのではないかという疑念がわき起こります。しかもその松葉杖は折れて壊れていました。これは〈松葉くずし〉の見立てを犯人がしているというメッセージではないでしょうか?」

「松葉くずし?」

「そうです。四十八手と名づけられているもので有名なのは、相撲の決まり手の他にもうひとつあります。男女の性交の体位を示す四十八手です。この体位は、相撲の〈わたしこみ〉よりは、性行為の際の〈松葉くずし〉の方に近い。もし〈わたしこみ〉なら左側の男の手が相手の喉のあたりにふれていないといけないのに、その手は相手の胸のあたりに置かれている。これは、〈わたしこみ〉ではなく、松葉くずしを意味しているととる方が自然です。現場のそばに落ちていた松葉杖がそれを裏づけてもいます」

「松葉くずしってどういう体位なの？」と聡子が質問する。

「それを説明するのは少々ためらわれるところがあるのですが、仰向けになった女性の片足を男性が持ち上げ、そこに自分の足を交差させるような形で交合する感じですね。図に描くとこんなところでしょうか」

御前山は、足下の砂地に足で線を引き、即興で簡単な図を書いてみせた。もっともその図はずさんすぎて、聡子がみても、何を表しているのか判じかねるしろものだった。

「では、さかのぼって、第三の事件をみてみましょう。それは、こういう体位の二人の写真でした」

また御前山は、足下の砂地に図を描いてみせた。

「これは、〈足取り〉という相撲の決まり手ではないかといわれました。たしかにその体勢に近く、そうみえないことはない。しかしこれが男女の結合の体位を示すものだとすると、これは別の見立てであるのが割合すぐにわかります。それは、〈つばめ返し〉です」

「〈つばめ返し〉？　それ、佐々木小次郎の剣技なんじゃないの？」

「佐々木小次郎にもあったかもしれませんが、性交の体位の四十八手にもあります。後背位のひとつで、男性が女性の片足を上にあげさせ、腰を大きく突き出した体位です。そちらの方が、この体位にぴったりくることがわかるでしょう」

「〈つばめ返し〉の見立てといったら剣豪の世界のような気がするけどなぁ……」

　そう言いながらも聡子は、御前山の説明に納得がいくものを感じていた。彼女自身、さきほど車中で現場写真を覗き見したときに、相撲の決まり手というよりは、男女の交合の体位のようにみえると思ったのを思い出す。恥ずかしいので口には出さなかったものの、今の御前山の説明を聞くと、そのときの自分の感じ方が正鵠を射ていたように思えてくる。

「順にさかのぼって、二番目の事件ですが、これは、相撲の決まり手としては、〈つりだし〉とされました。先の〈足取り〉は割合珍しい決まり手ですが、〈つりだし〉はそんなに珍しくありません。しかし私はこの体位の見立てだというのにも少し違和感を覚えました。それよりこれは、性交の四十八手の体位のひとつ、〈立ち鼎（かなえ）〉とみる方が自然です。これは四十八手の中でも比較的有名な方ですが、実行は割合と難しめの体位です。というのもこれは男女ともに立ったままの体位だからです。男女が向き合って立ち、男性が女性の片足を持ち上げて交合します。そうみた方が、この被害者の体勢としても自然です」

　また御前山は、砂地に図を書いて説明していた。

「なるほど……」と中西警部補も、御前山の説明に納得した様子で、深くうなずいている。

「そして一番目の事件です。これは〈送り出し〉とされました。この〈送り出し〉もよくある決まり手で、テレビの相撲中継を視聴していれば、何回もこの決まり手がアナウンスされることを見たことがあると思います。ですが、私は、この被害者たちの体勢が、〈送り出し〉というのは、やや不自然に思えるものを感じていました。そしてこれも性行為の体位とするなら、もっと自然なものがあることに気づきました。四十八手のうちの、〈うしろやぐら〉というやつです」

「〈うしろやぐら〉……？　今度は将棋の陣形みたいな名前ね」

「ええ、たしかに将棋にも矢倉囲いという守り方の陣形がありますからね。〈うしろやぐら〉というのは、やはり立ってするもので、後背位の結合を立ってやるものと言えるでしょう。こんな形になります」

　また御前山は、足下の砂に線を書いて示した。

「なるほど……」

「世の中に四十八手といえば、相撲の決まり手の他に、男女の性交の体位にもあるものなのに、ことさらに相撲をもちだし、明らかに不自然なものまでこじつけて相撲の決まり手に解釈していることに私は、不自然な、作為のようなものを感じました。そのときに私は、糸谷先生への疑念をもつようになりました。学者であるならば、四十八という数字に絡んだ見立てとして、相撲のみならず、男女の結合の体位についても、可能性として想定すべきです。それなのに、糸谷先生はそれをなさらず、最初から相撲の見立てと決めつけて、その解釈を警察にも押しつけようとしておられる節がある。それは、いま現場に来て、遺体のそばに折れた松葉杖が落ちていて、犯人が明らかに〈松葉くずし〉を意味する見立てをしようとしているにもかかわらず、ことさらに松葉杖の方を無視して、また相撲の技での解釈で押し通そうとなされた」

「それはほら」糸谷は言い訳するような口調で言った。「今あなたに説明されてみれば思い当たるところがないではないけれど、そちらの四十八手のことなんて、完全に念頭になかったわよ」

「しかしさきほどの松葉杖が見つかったときの私とのやりとりとその反応をみても、糸谷さんは、明らかにもうひとつの見立て、松葉くずしの存在に気づいている感触がありましたよ」

「そんなの、感触っていうだけでしょう。何の論拠にもなりはしない」

「それはそうですが、ともかく、私の話を続けます。私は犯人がどういう人物かまではつきとめてはいませんが、世のいわゆるおたくたち、アニメなどが好きな男性を狙って殺していることからして、そういう連中を憎悪するものが起こした連続殺人事件なのだろうと推測します。そして四十八手の見立てを残していっているのは、セックスにとりつかれた狂気のなせるわざにも思えますが、殺した男性たちをさらに侮辱して辱めたいという意図があるようにも感じられます。そして一連の事件が、四十八手の見立て連続殺人であることを犯人はまったく隠そうとせず、むしろ前面に押し出して、強くアピールしている感じさえ認められます。それについては、犯人がいまだ特定されるには至っていないものの、犯行の特徴と共通性、その見立てアピールについては、今述べたような点で明白なところがあるように思います。ところが」

　御前山はそこで一旦言葉を区切って、糸谷の方を見やった。

「一連の犯行は、明らかに性交の四十八手を指し示しているにもかかわらず、そこにおられる糸谷先生の介入と解釈によって、これが相撲の決まり手のものであるとみなされるようになった。それはなぜか。ひとつの可能性として、糸谷先生自身が犯人で、自分のやっている見立て連続殺人を警察にはねじ曲げてうけとってほしいと思っているから、という真相を考えてみましたが、この説はどうにも筋が通りません。自分で見立てアピールをして自分でその解釈をねじ曲げるという行動は不自然だし、その動機に説明がつきません。ここで私は、別の仮説を組み立てました。もしこの一連の事件が、糸谷さんの身内か知り合いが起こしている事件で、糸谷さんがその犯人を知っているとしたらどうか。そして糸谷さんが、この事件の犯行をなしている人物の発覚をおそれているとしたら、どうか。その場合、糸谷さんには、この事件の解釈をねじ曲げる動機と必然性があることになります。

というのも、この一連の事件を相撲の決まり手の見立てだとした場合、世間は明らかに、世を騒がせた、去年生じた角界での連続殺人事件との結びつきを思い浮かべるでしょう。何より世間の目を逸らす効果が見込めます」

「つまり、一連の事件を相撲の見立てによるものだとしてしまえば、まだ黒幕がいるのではないかとされる角界で発生した連続殺人事件との関連に目を向けさせることができ、ミスリードができるってこと？」

「ええ、そのとおりです」と御前山はうなずいた。「いかがでしたか、私の推理は？　糸谷先生？」

「そ、そんな、私は……ただ……」

青ざめた顔の糸谷は、たじろいだ様子で二歩、三歩と後ろに退いた。

その反応をみて聡子は、御前山の推察が的を射ているのだろうという確信のようなものを感じた。

「私がさきほど中西さんに耳打ちしたのは、そのことです。糸谷先生がかくまいたくなる誰か身近な人――彼女の家族か、診察している患者か誰か――にこの事件の犯人がいる可能性が高いのではないかという自分の推測です。それが正しいという保証はまだありませんが、現時点での私は、その推測がたぶん正しいはずだと確信しております」

「前田さんのおっしゃることは、証拠に裏づけられたものではありませんが、事態を説明する説得力はそれなりにある説です」と中西が応じた。「その線でも捜査を進めることをお約束いたします。その結果については、また、わかり次第ご報告申し上げます」

「よろしくお願いします」そう言って御前山は軽く黙礼した。

*

それから数日後。

中西警部補から御前山あてに電話がかかってきて、御前山が述べた推測が正しかったことが実証された。

連続殺人事件の犯人として逮捕されたのは、糸谷節子の助手を勤めていた鬼怒淑子という女性であった。世の中のいわゆるおたく、アニメやマンガの愛好家たちが性的にけがれた存在だと信じる狂信的な信念の持ち主で、そういう男たちを見つけては天誅と称して殺害し、それに性交の体位を示す見立て工作をして回っていたという。

また、事件に立ち会ったときの説明から洩れていたことだが、第一の事件のときには現場付近に折り紙で折られたやぐらがあり、二番目の事件には、金属製の釜、三番目の事件にはツバメの巣が遺体のそばに落ちていたという。それらはそれぞれ、御前山の推測通り、〈うしろやぐら〉のやぐら、〈立ち鼎〉のかなえを意味する金属製の釜、〈つばめ返し〉のつばめを見立てたものとして犯人が現場に残したものらしかった。

その話を聞かされて聡子は、事件の真相に寒々しいものを覚えたが、素直に御前山を誉めたいとも感じ、

「今回はあなたが名探偵だったわね、御前山」と感想を伝えた。「普段は推理力に長けたマークの方が探偵役をつとめるのに」

御前山は眼鏡を直しながら、気取った声で言った。

「なに、これはほんの実力の一端をお見せしたにすぎません。私が最初から実力を全開していたら、聡子さんをはじめとする周りの人たちがついてこられなくなるおそれがありますからね。私は学びました。平均程度の思考力しかない連中を相手にするには、向こうがこちらにあわせるのでなく、こちらが向こうにあわせる必要があるのだと。言ってみれば、デチューンが必要なのだと。それが今度の事件で私が得た最大の教訓です」

第6話 虎党パズル

旅行会社で企画されているミステリー・ツアーのひとつとして、いま世間で人気力士となっている「トラチャン」こと幕ノ虎とタイアップする「トラチャン・ツアー」というのをやりたいという話が千代楽部屋に持ち込まれたとき、最初、千代楽親方は、あまりいい顔をしなかった。

「相撲とりの本分はあくまで土俵の上にある。そこから外れたことを、現役の力士にやらせるのは好ましくない」

そう言って親方はその申し込みをはねつけようとしたが、説得に訪れた旅行会社の担当者は、そういう返答があらかじめかえってくるのは予期していた様子で、やわらかい口調ながらも身を乗り出し、

「いやしかし、現役で活躍中の力士にとっても、土俵がすべてというわけではないでしょう。ひと時代前の力士なら相撲をとっているだけでよかったかもしれませんが、今はどの世界でも販売促進に自ら努力しないとモノが売れない時代です。そういう時代だからこそ、貴重な、稼げるキャラクターになっている、おたくの幕ノ虎さんを活用すべきときではないでしょうか」と迫った。

そう言われて親方もしばらく腕を組んで、少し考えている様子だった。

「ふむ――まあ、力士にとって、勝負の世界で勝つか負けるかだけがすべてとまでは言わないが、その本分から外れたことをやるのは、やはりあまり好ましいとは思えない」

旅行会社の企画を持ち込んだ人間は、その程度の反応は計算済みの様子で、親方への説得はなおも

粘り腰だった。

「マークさんは推理力にもすぐれていて、去年起きた事件のいくつかでは、その解明に貢献し、探偵のような役割をつとめられたとも聞いています。その評判もあいまって、謎解きミステリー・ツアーのゲストとしては、いまうってつけの人材なんです」

ツアーへの協賛費用と謝礼として千代楽部屋にも相応の報酬を支払おうという提案に、千代楽親方は少々心を動かされた様子だった。どのくらいの金額になるのかと訊ねて、最初に提示された金額には親方は渋い顔をしていたものの、二度目に提示された額にはかなり心がなびいた様子で、その上に条件次第でさらに報酬を出すという提案には体を前のめりにさせ、はたからみても親方がだんだん乗り気になってきているのは明らかだった。結局、さらにオプションをつけてよい条件を上乗せするという旅行会社の話に親方は最終的にうなずき、千代楽部屋としてその話に乗ることが決まった。

「まあ、うちの部屋の財政事情は、決して楽とは言えないからな」

契約を結んだ後、親方は自分に言い聞かせるようにそう言っていた。

その交渉の場に同席したわけではないが、どんな企画が千代楽部屋に持ち込まれているのかについておおまかに知らされていた聡子は、その交渉がひとまずまとまり、旅行会社の担当者が帰った後で父親に、

「そのミステリー・ツアー、あたしも行きたーい」と言い出した。

「おまえはまた、何を言い出すんだ」親方は眉を顰め、面倒なことを持ち込むなとでも言いたそうに聡子をにらみつけた。

「だって、そのツアー、マークがメインになる企画で、マークが行くわけでしょう？」

「ああ、それはそのとおり。そのツアーに参加したものは、人気力士の幕ノ虎と親しく接したり話したりできるというのが売りとなる企画だからな」

「マークはもう、だいぶ日本語を使えるようになってきたけど、まだところどころ不自由なところがあるから、あたしが一緒にいた方が絶対に便利だし、何かと役に立つわよ。部屋でマークの言葉に一番接して、通訳の役割をやっているのがこのあたしなわけだし。あたしが同行して、マークの言うことの通訳係をうけもつのが、そのツアー企画にとっても望ましいことだと思うけれども、ちがうかしら？」

「旅行会社の方で、英語のわかる通訳は手配できると言っていたぞ」

「でもそんな人より、気心の知れたあたしの方が、よりうまくマークの言葉を訳せるわよ」

「むー。しかしなー、おまえとマークだけでそんな旅行に行かせるのは親として心配でもある。三回ほど予定されているツアーには、わしが同行できるのとできないものがある。わしが同行する回のにおまえがついてくるというのなら、まあかまわんか」

「えー、お父さんもそのツアーに行くの」

「来月の連休に二泊三日で行くことになるこのツアー、わしも同行することになったから、その回の分なら、おまえ一人分の参加を願えば席は確保できるかもしれん」

「わーい。来月の今頃は、学校も休みになっている期間だからちょうどいいわ。あたし、マークと一緒にそのツアー行く」

「連れて行けるとまだ確約はできんぞ。一応聞いてみるだけだからな」

「うん、お願い、お父さん」

＊

　というわけで、その翌月。聡子は、幕ノ虎ことマーク・ハイダウェーと、父親の千代楽親方とともに、参加者七人の「トラチャン・ツアー」二泊三日の旅行に出向くことになった。

　その旅行に行くにあたって、聡子は、ちょっとおしゃれな値段の張る服を着たいから買ってくれないかと父親にねだったが、その要望は却下された。

「おまえはあくまでこのツアーのゲストのゲスト、脇役ともいえない随伴者にすぎない。主賓でもない人間が、このツアーで一番目立つ服を着ていたら場違いというものだ。節度のある、おとなしい服装でいなさい」というのが、聡子の父の託宣だった。

　あまりわがままを通すわけにもいかないと聡子は思って、それ以上父親に服をねだるのはやめておくことにした。

　ツアー当日、指定の空港についてみると、既にツアーに参加する七名の客と、旅行会社からツアーコンダクターとして、このツアーのまとめ役を担当している長塚という男性の姿があった。長塚は、ツアーの前日に千代楽部屋を訪ねてきて、このツアーに関する説明と注意事項を語っていった。そのとき聡子も長塚の話を聞いていたので、空港の待合場所でたたずんでいる彼の姿はすぐに認知できた。

企画されているツアーでは、他の回では参加者が二十名を超える盛況となっていたが、このツアーの参加者は七名と少ない。なぜ他のツアーのときより参加者が少ないのかと長塚に聞いてみたところ、今回は、ミステリーの謎解きを組み込んだ特別編のために参加者がしぼりこまれたと長塚は説明していた。

長塚は、千代楽部屋の一行がやってきたのに気づいて手をふり、声が届く範囲まで近づいたところで、近寄ってきて挨拶をした。一行が参加客のいる場所にまでやってきたときに長塚は、「こちらの皆さんが今回のツアーに参加してくださる方々です」と紹介した。

聡子が見回すと、そこは大勢の待ち合い客で混み合っていて、年も背格好もバラバラで、雑多な人が集まっていた。その集団の中で、このツアーの参加客だけを見分けるのは、一見したところ難しそうだった。その場所は、他の空港利用客も周りに大勢いて、その場に坐って雑誌を読んでいたり、手持ち無沙汰でヒマそうにしていたり、携帯電話をいじったりしているのが目につく。

長塚が「みなさん、幕ノ虎関と親方のご一行が到着です」とアナウンスすると、ツアー客は気がついて顔をあげ、長塚のいる方に集まってきた。

やってきた七人ほどの集団は、夫婦らしい一組を別にすれば、一人客として申し込んだ者たちばかりのようだった。

「まず、そこにおられるのが、岸本さん」長塚は、親方らの方を向いて、順に、近い側から紹介をし始めた。「大阪で飲食店を経営しておられるとか」

関西の球団の帽子と、虎縞のシャツを着た、肌の浅黒い中年の男が「岸本です。よろしゅう」と挨拶した。歯がやや出っ張り、上向きの鼻をして、少し特異な容貌をしている。少々アルコールの匂いを漂わせている感があり、先ほどまで缶ビールでも飲んでいたような雰囲気である。

「それから、その隣りにおられるのが秋月さん」

「秋月です。大学の理学部で助手をしております」

挨拶したのは、空色のシャツをきて、銀色フレームの眼鏡をした男性で、どことなく知的な空気を漂わせていた。年齢はみたところ、三十歳くらいにみえる。この場にいる中で一番賢そうな空気を感じたが、一人だけ場違いな参加者であるような感じが聡子にはした。

「そのお隣りにおられるのが、菰田夫妻。今回のツアーでは唯一の、御夫婦で参加の方です」

「菰田キヨです」先に挨拶したのは、夫人の方だった。年齢はそろそろ七十歳といったあたりだろうか、細い目をさらに細めて、人のよさそうな笑顔で聡子たちに微笑みかける。「こちらが主人の菰田テツ」

その隣りにいた、その旦那らしい人物も少し会釈をした。夫人より少し年長にみえ、髪の毛は白髪まじりだが、頑健で筋肉質の体をしているようにみえ、体力は充分にありそうな様子だ。

「それからその向かいにおられるのが、川端さん」

紫フレームの眼鏡をして、灰色のスーツに紺色のネクタイをしている。一見会社員風にみえるが、油断なくあたりをうかがい、眼光人を射るようで、なにか裏の稼業でもやっていそうな雰囲気を感じる。

「川端哲弥です」そう言って川端は軽く頭を下げた。

「そのお隣りにいるのが内布施暁美さん」

ロングのヘアをして、厚めの化粧をして、紫色のスーツを着ている女性が聡子たちに軽く挨拶した。会社でバリバリ仕事をこなしているOLのようにもみえるが、何の仕事をしているのかわからない気もする。少し謎めいた雰囲気を漂わせている女性である。

「私、誰よりも熱心な幕ノ虎関のファンなんです」と述べたあたり、相当熱心なマークのファンであることがうかがえた。「虎党の党首と呼んでくださっていいです」

「さらにその隣りにいらっしゃるのが、角野佳子さん」

派手そうな内布施と対照的に、こちらは地味そうな服を着た小柄な女性である。おずおずと挨拶をした様子からして、人見知りをする性格か、引っ込み思案なのか、人づきあいをあまり得意としないタイプのように思われた。質素で清楚な服装をしていて、ずっと親元で大事に育てられてきた娘さんという印象があった。

ひと通り紹介が終わったとき、川端のもっていた携帯電話が鳴り、「失礼。ちょっと外します」と言って、川端は場を離れていった。

「かわいらしいお嬢さんとご一緒できて、うれしいですわ、ワッハッハッ。どないです、今晩はいっぱい一緒にいきまへんか？」

岸本が角野にちょっかいをかけてくるので、角野は嫌そうな顔をして、

「岸本さん、奥さん、いらっしゃるんでしょう？　こんなことをなさっていると、奥さまに叱られませんか？」

「ええ、カカアはおりますが、うちで番しとりやす」

　聡子は、ぶしつけな岸本の誘い方に少し不快感を覚えたが、角野の対応は、そんなに嫌がっていそうにもみえなかった。角野が本気で嫌がってそうなら、割り込んで止めに入ろうかと思っていたが、そうでもないような感じがするので、ここは静観することにした。どちらかというと、その二人のやりとりは、気心の知れた仲同士の会話であるようにも感じられた。

（もしかして……？）

（角野さんって、岸本さんと、以前から知り合いだったのかしら……？）

　そこへ、横から内布施が口をはさんできた。

「岸本さん、あなた、ちょっと食べすぎじゃないの？　おなかが結構ふくらんでる体型になってるよね？」

「ああ、これか」岸本はそう言われて、上衣を少しはだけてみせた。「この下は腹巻があって、大事なものを巻きつけてますから、腹が出とるように外からみえるんですわ」

「腹巻って、この季節にちょっと暑くありません？　私も海外旅行で財布を身につけるときには、お腹に巻いたりしたこともありますが……」

「ああまあ、いろいろとあるんですわ。仕事上、いろいろと商売敵みたいなのもおって、いつ襲われんともかぎらんのでね。それで、バッグや持ち物を奪われたときでも、本当に大事なものは身につけておこうということでね」

「はあ、そうなんですか……」

聡子は、そのやりとりを、少しはらはらしながら見守っていたが、岸本がそれ以上角野に言い寄ったりはしなかったので、ひとまずホッとした。

ひと通り客の紹介と挨拶がすみ、川端も戻ってきたところで、千代楽部屋からやって来た者たち——千代楽親方、マーク、聡子も自己紹介をした。マークが挨拶したときに、内布施が「きゃー」という声をあげたところからして、彼女は相当に熱心なマークのファンとみえる。

「そして私が、このツアーのコンダクターをさせていただく長塚と申します。皆様よろしくお願いします」

最後に長塚が挨拶して、互いの紹介の場を締めくくった。

「搭乗は約三十分後になります。みなさま、はぐれないように私についてくるようにしてください」

＊

指定の飛行機便に搭乗しようと空港内を移動しているとき、周囲の様子をうかがいつつ、スーツ姿の川端がこっそりと、千代楽親方に近づいてきた。

「千代楽親方」

「?」

千代楽親方が振り向くと、川端は懐にしのばせた黒い手帳を親方にみせた。それは警察手帳だった。

親方は少し驚いた様子で、太い眉をつりあげた。

「警察の方……？」

「しっ。他の方には黙っておいてください」

「しかし、なぜ……？」

「私がこのツアーに加わったのは、極秘調査のためです。このツアーの参加者に、いま私どもで内偵中の、ある事件の有力な関係者がいる可能性が大きいからです」

「それは」親方はあたりの様子をうかがいながら声をひそめて訊いた。「誰のことですか……？」

「それは、今は伏せさせてください。伏せる必要がなくなったとこちらで判断したときに、お伝えすることがあるかもしれません。今その情報を伝えると、その人物がマークされているのを感知して、不要な警戒心を喚起させるおそれがある」

「ではなぜ、今そのことを私に？」

「あなたはこのツアーの直接の参加者でないものの、このツアーをとりしきる側に回るだろうお方だからです。私がこのツアー中、自由に捜査のために動き回り、こっそり立ち回ったり、見張りや尾行などをしたりするのを見すごしていただきたいのです。私の今後の調査のためには、あなたにだけは、この身分を明かしておいた方が何かとやりやすくなりそうだと考えてのことです。このことはご内密に願います。そして自然にふるまって、怪しまれないようにしてください」

「わかりました。しかし内密といっても、娘の聡子には知られてしまったようですが」

「え？」

聡子は父親にぴったりくっついて寄り添うように歩いていたが、近づいてきた川端からは死角に入っていて、聡子がすぐそばを歩いているのを見落としていたようだ。

「あたしも聞いた、今の話」聡子が明るく、小声で言った。「でもお父さんと一緒にあわせる。注意する。他言はしないと約束する」

川端は少し唇の端をゆがめ、しくじったというような表情をしたが、すぐににこやかな顔をして聡子に語りかけた。

「ああ、頼むよ。では、一旦私はこれで」

そう言って川端は、二人のそばを足早に離れていった。

「ねえお父さん」川端が去ったのを見届け、聡子は父親に話しかけた。「今の話、どう思う？」

「さて、そう言われても、何ともわからんの」

「あの刑事さん、ホンモノよね？」

「それはそうだろう、たぶん。ああいう警察手帳はそう簡単に偽造できるものじゃないし」

「でもお父さん、ホンモノの警察手帳って実物みたことあるの？」

「それはないかもしれんが、テレビドラマでよくみるやつだろう。あれはたぶんホンモノだろう。いや待て、去年殺人事件の調査でうちに警察が来たときにはみせてもらっているじゃないか」

「とすると、あの刑事さんが怪しんで内偵しているのは、ツアー客のうちの、誰だと思う？」

「そんなの、わかるわけないだろう。まあ今の参加者の中では、菰田という夫婦はないんじゃないかな。二人して犯罪をしているような雰囲気じゃないし。でも他はわからんな。それぞれ怪しそうなところがあると言えばありそうだし、一癖も二癖もありそうな人物もいたような気がするし」

「まあ、そうよね。怪しいと言えば、みんな怪しくみえる気がするわ」

「しっ、こんな話をしているのを他の人に聞かれたらまずい。もうこの話題はやめにしよう」

誰かに自分たちの会話を聞かれていないかを警戒して周囲を見回し、聡子はうなずいた。

「そうよね、やめるわ」

＊

そして彼らを乗せた飛行機が目的の空港に着いたのが、約二時間ほど後のことだった。

空港で待機していたバスに乗り込み、一行は、宿泊施設のある建物に到着した。その建物には、このツアー主催者が用意した係の者が三名待機していた。

一行が泊まる宿泊所は、三階建てのコンクリート造りの建物で、入口付近からみると、観光案内施設かなにか公共施設の建物のような印象だった。中に入ると、広いロビーと受付窓口のある事務室があり、やはり何かの施設の建物のようにみえる。長塚の説明では、この建物の宿泊所は二階より上にあり、共同浴場や遊戯場なども設置されているとのことだった。一階のロビーをぬけると、会議室が数室並んでいて、食堂もある。

到着した一行は、建物のロビーで今後のミステリー・ツアーのスケジュールについて、長塚から簡単な説明をうけた。その日の晩に説明会とビデオ鑑賞で、謎の提出がなされ、翌日の午前中に庭園でアイテム探しイベント、午後には山登りと宝探しイベント、そして夕食後に限定犯人探しゲームという予定が組まれている。

建物のそばにある庭園は、元は近接する遊園地のアトラクション用の迷路が設けられていたところで、隣接遊園地が閉園したときに、その敷地までを買い取り、今はミステリー・ツアーのイベントなどで用いているという。かつてのアトラクション施設跡であることから、現在その場所は通称〈迷路庭園〉と呼ばれているそうだ。元はもっと広い敷地に広がっていたものの、いま庭園の東側の方は閉鎖されているそうだ。

ロビーで長塚によるひと通りの説明が終わり、後は夕食時まではフリータイムであると告げられたときに、立花というツアー主催者側の男性がやってきて、長塚に何やら耳打ちをした。

「……なに……花粉症……？」

断片的にそういう言葉が、聡子の耳に入ってきた。

「よし、わかった。そういうことなら、今から下見に……」

長塚が立花にそう言っているのは、割合はっきりと聡子の耳にも届いた。

（花粉症って、何のことかしら……？）

長塚は、ロビーで椅子に坐っている参加者たちを見回し、

「すみません、皆様、ひとつお伺いしたいことができました。皆様方の中に、ひどい花粉症をおもちの方などはいらっしゃいますか？」

予期せぬ問いかけに一同の間にざわめきが広がった。

「花粉症……」「なんだ、それは……」などという声が洩れ聞こえる。

一同を代表して岸本が、「花粉症って、それは一体どういう関わりがありまんのや」とかすれ気味の声で質問した。

「いま会場の設置をしている立花から聞いたところでは、この外にある〈迷路庭園〉が、明日のアイテム探しイベントの会場に使われる予定なのですが、杉の木がありまして、その下あたりは結構花粉が舞っているそうなんです。それで、下見をした二人のスタッフのうち、立花は平気だったのですが、もう一人の森本というのが花粉症もちのためか、その並木のところに来て激しく咳き込んだりしておりまして、まあその場を離れると割合ケロッとしてすぐ回復したと言っておりましたが、あの様子だと、お客様の中に森本のような症状を呈する者がいないかと思いまして、質問させていただいた次第です」

「わしは平気やと思うが、いま花粉症って結構おるからなぁ」

そう岸本が言うと、隣りにいた秋月もこくこくとうなずいている。

「今や国民病といわれるほど花粉症をわずらっている人は多いですから、十人いたらその中の何人かは花粉症の人がいても不思議ではありませんね」と秋月が応じた。「ぼく自身は、たぶん大丈夫だと思いますが」

「私は花粉症もちの一人です」と菰田テツが言う。「春先になると、病院で薬をもらってマスクをしております。しかし家内の方が花粉症に関しては深刻でして、本人が外出しなくても、花粉を浴びて帰宅した家人がいるだけで激しく咳き込んだりしています」

「ええ、どうもアレルギー体質があるらしくって、私……」と菰田夫人が言う。「夫婦して花粉に激しく反応するもので、花粉の濃い季節は本当に外出するのがつらくなります」

「私も花粉、ダメ」内布施暁美が声をあげた。「春になると病院で花粉症対策の薬とかもらったりしているんだけど、効き目がそんなに大きくなくって。でもまわりにそういう子、結構いるよ。この子もそうらしいし」

内布施が「この子」と言って指しているのは、その隣りに坐っている角野佳子だ。

「角野さんもそうなんですか？」

「ええ、たぶん」と角野はこたえた。「私、花粉に反応するんじゃないかと思います」

「おお、こうみると、やっぱり多いな、花粉に反応する体質なのは。で、川端さん、あんたはどうなんや？」

岸本に水を向けられ、川端は眼鏡をいじりながら、

「そうですね。反応しなくはないという程度ですね。花粉が濃い季節になると、鼻がむずむずしたり、目がくしゃくしゃしたりするのはありますが、さほどひどい反応があるわけではありません。ごく微弱な反応ありというところですか」

「ということなんやけど、それで、どないするんや？」

長塚は一同を見回し、慎重そうに言葉を選んで言った。

「今は花粉が飛び散る真っ盛りの季節ではないはずですが、まだ花粉症を警戒しないといけない季節です。その杉並木の直下に来ると、花粉症もちの方は反応をしてしまうようだというのが森本からの報告にありました。皆様、下見をかねて、その場所にこれからおいでくださいますか。そこで皆様方

地蔵
閉鎖エリア
橙色の道
紫の道
銀色の道
小崖
藍色の道
緑の広場
灰色の道
赤の道
白の道
小屋
ベンチ
赤の道
入口

の反応をみて、明日のイベント会場の使い方について再考しようかと思いますので――」

「つまり、わしらが花粉にどれくらい反応するかをみて、会場の使い方を考え直そうかというところかいな? みなさん、どないします?」

岸本にそうふられて、特に嫌がる様子をみせるものはなく、「なら下見にそこにいってみましょう」と内布施が応じたのに皆がうなずいていた。

「マーク! マークも行く?」と聡子は声をあげたが、近くにマークの姿は見当たらなかった。角野が言うところでは、千代楽親方とともに階上に昇っていったそうである。

(まあいいか……)

マークを誘うのはあきらめ、聡子は、その下見ツアーについていくことにした。

*

〈迷路庭園〉と名づけられたそこは、元は遊園地のアトラクションの迷路だった名残りで、入るところは、左右にトーテムポールめいたカラフルな門柱が立っていて、遊園地らしい入口のデザインになっていた。

その入口のところまで来て、菰田夫人が「私は、ここまででいいです。ここで待ってます」と言い出した。

「中に入ってみないのか?」と菰田氏が聞くと、夫人は、

「ここの中は、相当濃く花粉が舞ってそう。たぶん私、中に入ると気分が悪くなるわ」と言う。

「そうですか、では、その辺のベンチにでもお座りになってお待ちください」

長塚が入口そばにあるベンチを指し示し、菰田夫人は、そこに歩いていって腰掛けた。

他のひとたちは、長塚の案内でその庭園の中に入った。灌木と植え込みの木で道が区切られ、中が迷路状になっているのがわかる。

「明日みなさんにこの庭園で探していただくのは、いま私がもっているようなカードです」

長塚が示したのは、十センチ四方ほどの長方形のビニールに入れられた、黒枠に数字が書かれたカードだった。

「いま私がもっているのには数字の『0』が書かれていますが、明日庭園には1から10までのカードが一枚ずつどこかに隠されているので、皆様にはそれを探していただきます。一枚見つけたら戻ってきてください。迷路庭園のイベントは、カードを探して見つけることです。手に入れたカードの数字は、次の屋内イベントのときのクイズでまた使います」

「一枚見つければええんか。二枚以上見つけたらどないすんの」と岸本が質問した。

「一枚見つけたら、それで御帰還ください。かりに二枚目を見つけても、それは他の人のために、そのままにしておいてください」

「なら、早とり競争というわけではないんやな」

「ええ、皆さん一人あたりに一枚以上隠されているはずです。自分の見つけたカードの数字が何かで、次の展開が変わってきますが、その次のイベントでは皆さん一人一人が一枚ずつカードを入手されるのが前提になっています」

　一同は長塚の説明に耳を傾けている。

「それで、この庭園の中に、二カ所ほど、杉の木がたっているところがありまして」と長塚が説明する。

「その下に来ると、花粉症もちの森本は、反応が出てしまうと言っていました」

〈迷路庭園〉の中を歩いていくと、上下の高低差があり、道が坂になっているところもかなりあるようだった。

　道の左右に、溝のような白い色の鋪石が埋め込まれている。それを指して長塚は、

「この〈迷路庭園〉は、道ごとに色の名前がついています。入口から入ったこの主通りは〈白の道〉という名前で、庭園内ではそれぞれの道の色名にあわせて、ああいう鋪石が埋め込まれています」と説明した。

「この白いのは別の色のもあるんですか？」と聡子が質問する。

「別の道に入ると、また違った色の道になります」

　左右に立ち並ぶ木々にカラスがとまって飛んでいたりするのが目につく。

「このへん、結構カラスが多いんですか？」聡子は、隣りを歩いている長塚にそう訊ねた。

「あー、ちょっとまた駆除対策をしないといけないところなんですよね」と長塚が応じる。「どこかこの辺りの木に巣がつくられているかもしれないので、巣の除去作業をしないといけないかもしれないんですが」

「うちの近所にも最近増えてるんですよ、カラス」角野がぼやくように言う。「ゴミを漁ったり、袋を破ったりして。本当、迷惑して困ってます」

「都市部で結構繁殖しているみたいだからねー」隣りの内布施がひやかすように言った。

まっすぐにしばらく進んだところで左手に上り坂となっている道が分岐していて、その分岐のそばに灰色の標識がついた木の札が立てられていた。

「庭園内にあるいくつかの道のエリアは、アトラクションとして使われていたときの表示設備をひきついでいます。その灰色の標識から分岐している道が、〈灰色の道〉と呼ばれるエリアで、そちらの歩道に灰色の印がずっとつけられています。他にも、いくつかの色の道がこの先にあります。まずは、この灰色の道から入ってみましょうか」

長塚は先導して歩き、一行を左手に分かれる道の方に進ませた。

「この道はちょっと上り坂になっているので気をつけてください。この先は、行き止まりになりますが、ちょっと行ってみましょう」

進む道の左右にある石畳は灰色の色が塗られていて、そこが〈灰色の道〉であることを示しているのがわかる。

その道を登っていくと、ゆるやかに右側にカーブし、左右に植木が並んでいた。登った先に、ブロックが積まれた、高さ三メートルほどの急ごしらえの塀が立っている、工事現場のようなところに行き当たった。

「この先は、元は第二迷路庭園につながる道でした。中の設備が結構荒廃しているので、現在閉鎖中です」と長塚が説明する。

向かって正面にその塀が並び、右手にはガードレールのような低い柵があって、下を見下ろせる、ちょっとした見晴らし台のような場所になっている。

「今はここが突き当たりとなっていますが、以前は、この〈灰色の道〉は、この奥の第二庭園にまで通じていました。そこの右手の、ガードレールそばから見下ろせる下の道が、この庭園内では〈藍色の道〉と呼ばれるエリアです。先ほどの道にまで戻って、まっすぐ行って下りて進んでいったらたどりつけるところです」

長塚は、そのガードレールめいた柵の方に歩み寄り、その下を見下ろした。下方は、コンクリートの枡目状のフレームが積まれた、ちょっとした崖のようになっていて、ほぼ垂直に真下が見下ろせた。一同がその木の向こうにあるガードレールめいた柵越しに下を覗き込むと、四メートルほど下に、行き止まりになる庭園内の道があるのがみえた。

「この下にあたる〈藍色の道〉が、さきほど申しました、花粉が飛ぶ杉があるところのひとつです」と長塚が言う。「後でこの下にも行ってみます。ここは、実際の崖というほどの高さではありませんが、庭園内の名称では〈小崖〉と呼ばれているところです。それからあちら側ですが、塀の向こうは庭園の閉鎖エリアになっています」

長塚はガードレール側から道の方に戻ってきて、正面の方角にある柵の方を指さした。そちらに視線を戻すと、正面の塀は、左方向にずっと伸びているのがみえる。だいぶ先の方まで塀がずっと張りめぐらされていて、塀の向こう側には立ち入りができないようになっているのがみてとれる。塀のそばに立っている木に、工事に使うためのものか、物干し竿のようなものが二本ほど立てかけてあった。

長塚が塀に沿って左手の方を示した。そこには、先に続く細い路地のようなものがあるのがみえる。

「あちらの方に小道がありまして、これは〈銀色の道〉と呼ばれるところです。銀色の光沢がだいぶ落ちてしまって、今の状態だと色の表示が灰色とあまり変わらないので、〈灰色の道〉の一エリアにまとめられています。その道は、ちょっと進んだところで行き止まりになります」

「その〈銀色の道〉を行くと、どこに出るんですか？」と角野が質問する。

「この奥にある第二庭園が稼働していた頃は、その第二庭園内のエリアに通じていたのですが、今はこの先は行き止まりで、それより先は封鎖されています。ただし、この〈銀色の道〉も、明日のカード探しの開催場内にはあたりますので、カードが置かれている可能性のある場所のひとつではあります。あちらはそんなに奥行きもないので、今日は行ってみるのは省略することにして、引き返します」

長塚に先導され、一同はもと来た道を戻り、灰色の標識があるところまで戻ってきた。それから今度はさきほど歩いてきた〈白の道〉をまっすぐ進む側に入った。ゆるやかに下りになっている道をしばらく進んで、道が二股に分かれたところに出た。やはりそこには標識があり、右手の道の方に赤い色をした札のようなものが立てられていた。

長塚が向かって右側の分かれ道の方を指して、

「この分岐道は、〈赤の道〉と呼ばれていて、しばらく進むとまたこの〈白の道〉と合流します。ですからどちらを進んでもこの先にある〈緑の広場〉には出られるのですが、さきほど申した、杉並木の、花粉があるところは、この〈赤の道〉の中にあります。ここから右の側に進んだ先にあります」

と言った。「その杉並木をみるために、右の側に入って進みましょう」

　長塚が分岐道の右側に入り、一同がついていく。やはりその道にも、左右には、赤い色をした石畳が張られている。

　進んでいき、数メートル進んだところで、左右に杉の木らしい大きな木が二本立っているのがみえた。聡子は特に反応をしなかったが、参加者たちの多くが咳き込んだり、くしゃみをし始めた。

「あかん、これはあかんな」岸本自身は、言葉どおり、特に花粉反応を示さず、周りの人間たちが花粉に反応しているのをみてそう言った。

「岸本さんは、花粉は平気なの？」

　咳き込む内布施にそう言われて、岸本は、

「わしは平気みたいや。体質なんやろか」と応じる。

「私もダメです。鼻水も出そうです」角野は苦しそうに顔をしかめ、とりだしたティッシュペーパーで鼻をかんでいた。

　川端は、最初のうちは、特に反応を示していなかったが、やがてゴホゴホと咳き込み始めた。

「私も、やっぱり反応があるみたいだ」と川端は、ポケットからとりだしたハンカチを鼻にあてながら言った。

　見回した感じ、参加客の中で、特に反応を示していないのは、聡子は別にして、秋月と岸本の二人のようだった。

「秋月はんは平気なんでっか？」

岸本にそう訊かれて、秋月は首をかしげて、

「ええ、ぼくは全然、その大丈夫みたいです」とこたえた。

「なるほど、やはり反応される方が多いですね」長塚が一行を見回しながら言った。「さっ、はやくここをぬけてください。ここをぬければ大丈夫だと森本も言ってました」

長塚が言ったとおり、その杉の下をぬけると、ウソのように、一行のくしゃみや咳はストップした。

「どうやらあの木の真下だけが、濃い花粉エリアになっているようです。もう一カ所、この先にある〈緑の広場〉を越えたところにある、〈藍色の道〉に花粉を出す木があるんですが」

「えーもういいわよー。花粉に反応あるのは充分わかったし」

内布施が口を尖らせていたが、岸本は、

「せっかくやさかい、そこもみるだけみてみようや」と言う。

「どうしますか？　そちらに行くのはやめてもよいのですが」と長塚が言うと、岸本は、

「かめへん、かめへん。せっかくやから、庭園の中を一通り全部みしてもらいましょ」と言う。

「はあ、じゃあみてみることにしますか」

その下りの道を進むと、左側からの〈白の道〉と合流したところに、やはり赤と白の色がついた標識が立っていた。

「ここが〈赤の道〉と〈白の道〉が再合流するところです」と長塚が説明する。

「赤の標識がここと、あそこの入ったところの、二カ所に立っているんですね？」と聡子が訊く。

「そうですね、この〈赤の道〉のふたつの入口に立っていますね。さっきの〈灰色の道〉は、先が行

き止まりなので標識があるのは一カ所でしたが、この〈赤の道〉は、分岐してまたその先に合流するところがあるので、二カ所あります。こちらが南の赤の標識、ここに入ったときのが北の赤の標識ですね」

その合流したあたりから少し進んだところに、緑色の標識が立っていた。そこはほんのちょっとした広場のようになっていて、そこが長塚の言う〈緑の広場〉らしかった。

「ここから進んだ先が〈緑の広場〉で、この先にいくつかの分岐道があります。ですが、そこに行く前にちょっと、ここに合流する〈白の道〉をさかのぼってみましょう。そちらの道の脇に、この庭園内で詰め所とでも言うべき、小屋のような建物があります」

〈白の道〉を広場とは反対側の、入口側の方向に少し進むと、上り坂になっている左手に、アメリカ開拓時代の丸太小屋を模したようなデザインの屋根がかかっている、くすんだ色の柱が四本立っている小屋があった。小屋といっても、あずまやのようなつくりで、四方の柱が屋根を支え、中は吹き通しになっているつくりである。

長塚がその建物を指して、

「明日、アイテム探しをしている間、マークさんが参加可能なら、あの場所で詰めていただこうかと考えています」と説明する。

「ふうん。あたしも見学に来たら、あそこで待機しておけばいいのかな」と聡子が言うと、

「そうですね」と長塚はうなずいた。「マークさんと一緒におられるのでしたら、あそこでイベントを見学されたらよいのではないかと思います」

聡子はうなずき、「そうさせてもらうわ」と応じた。

そのあずまやは、テーブルとベンチがあるだけで、殺風景なつくりだったが、日陰で涼しく、休むにはよさそうな場所だった。

（明日ここで待機していることになるとしたら……）

（水筒に飲み物を入れてもっていくとして……）

（時間つぶしになるゲームかなにかもってきた方がいいかも……）

などと、聡子は頭の中で、明日入り用になりそうな物を算段していた。

「では、〈緑の広場〉の方にまいりましょう」

長塚が合図して、一同は、小屋の前から引き返し、いま来た道を戻って〈白の道〉の坂を下り、さきほど赤の道と合流した標識の前をさらに通りすぎて、〈緑の広場〉に到達した。

〈緑の広場〉と呼ばれた場所は、実際のところ、普通の広場と呼ぶには小さな区画だった。およそ十メートルほどの直径をした円形の広場があり、周囲をぐるりと円周に沿って芝生の植えられたエリアで囲まれて、円弧状に並べられた煉瓦のブロックで縁取られていた。そこから、放射状に四本ほどの道が伸びている。ひとつは、一同がやってきた〈白の道〉が合流するところで、そこに立っている標識は、〈白の道〉の側からみれば緑色、〈緑の広場〉の側からみたときには白色の表示となるのだった。

その緑と白の標識を起点として、そこから反時計回りに、藍色の標識、橙色の標識、紫の標識があり、それぞれが分岐点を示している。

「この藍色の標識の先が、〈藍色の道〉で、さきほど〈灰色の道〉を行って、上から眺めた道の突き当たりになります。そして、この道の先が、もう一カ所の、花粉杉があるところです」

「うえー、もう花粉はこりごりだなー」

内布施が舌を出しながらそういう姿は、聡子にはどことなく、暑さにあえいで舌を出す犬を思い起こさせた。

「こちらでお待ちくださっていても結構ですが」

そう長塚は言ったが、岸本が、内布施の背中を叩いた。

「まあそう言わんと、一緒に行こうやないか」

内布施は少し嫌そうな目で岸本をみやったが、岸本は気にせず「ガハハ」と笑っている。

彼女はため息をついて、「はあ、まあ、行ってみるだけ行ってみましょうか」と言う。

「そうこなくっちゃ」

長塚が広場を横切って、藍色の標識のある〈藍色の道〉へと入っていったので、一同はその後につづいた。

藍色の標識の先の道に行ってしばらくは一行は特に反応を示さなかったが、奥の崖にぶつかる少し手前の場所まで来て、そこでは花粉がたちこめているらしく、さきほどと同じように咳き込む反応を示し始めるものが出た。左右に立っている巨木に花粉の源泉があるらしかった。

「ゲホッ、ゲホッ、こんなの、たまらないわよ」内布施は目をおさえ、激しく咳き込んでいる。

「コホコホ、まったくです」と角野も応じる。

川端はハンカチをとりだし、鼻をかんで、くしゃみをしている。岸本は平然とした様子でいる。

聡子と秋月は特に花粉に対する反応はなく、激しい反応を示す人たちをみて聡子は少し驚いていた。

「ここは行き止まりですが、この道の途中に花粉を出す杉の木があります」と長塚が説明する。

「花粉はまずいな、あかんて」岸本がひやかし口調で言う。

「ええ、その点は考慮します。ところでこの場所が、さきほど、〈灰色の道〉の奥から覗き込んだところの下にあたります」と長塚が説明した。

その崖のそばに大木が立ち、見上げると、さきほど下を見下ろすところにあったガードレールが、垂直に切り立つ〈小崖〉の上にあるのがみえた。

「ああ、あそこね」

そこに来るまでに下り坂を通ってきていたが、あらためて見上げると、これだけの距離を下りたのかと思える高さがある。

「ここはかなわないわ、長居は無用でしょう」内布施が目から涙を流しながら、苦しそうな声で言った。

「では、ここから離れましょう」

「そうですね。はやく引き返しましょう」角野が、やや鼻づまり気味の声で言った。

長塚に促され、一同は行き止まりの道を引き返し始める。

「あの木のあるところのそばに近寄らなければ問題ないご様子でしたので、明日のイベントでのアイテム探しは、この杉があるところの二カ所には近づかなくてすむように配置します」

長塚がそう説明すると、一同は納得したようにうなずきをかえした。

*

一行は元来た道を引き返し、〈緑の広場〉に戻ってきた。長塚がその広場の、ほぼ中央に立って、一同に説明する。

「あとは、ここにつながる道は、そこの紫色の標識のある道と、橙色の標識がある道ですが、このふたつは奥でつながっています。どちらかから入って行けば、道なりに進んで、もう片方の側に戻ってこられます。では、橙色の側から行きますか」

長塚の後に一行はついて行くと、橙色の標識から分岐している道は、うねうねと右に左に道が曲がっていく。道の脇に、気温をはかる百葉箱が置かれていて、お地蔵さまが並んでいるところもあった。地蔵があるあたりで、道の左右にある舗石が橙色のものから紫色に変わっている。道の左右は植木で区切られていて、地蔵のあるエリアの奥には、塀のようなものが立っているのがみえ、さきほど長塚の説明で聞かされた、〈迷路庭園〉の閉鎖区画がこの奥にもあるのだろうということをうかがわせた。道はゆるやかな円弧状を描き、徒歩で二十分ほど歩いたところで、紫色の標識のある〈緑の広場〉の分岐道に戻ってきた。

「これで、この庭園内のエリアはひと通りみたことになります」と長塚が説明した。「閉鎖中のところも含めれば、もとはもっと大きなエリアがこの〈迷路庭園〉になっていましたが、今は使えるエリアがこれだけということなので、明日のイベントは、その中で開催することにします」

長塚の説明に一同はうなずいた。

「では、戻りましょう」

〈緑の広場〉から白／緑の標識のある〈白の道〉に戻り、先ほど少し見学した小屋の前を横切るところを進んでいく。

「そこが先ほど少しみた小屋ですね。」

道の左手にある小屋を示して、長塚がそう説明する。

「あたしも、明日はマークと一緒にここで待機するわ」

聡子がそう言うと、長塚は「そうですね」とうなずいた。

その〈白の道〉をしばらく進み、赤い標識がみえてきたところで、左側からの道と合流した。左側から合流した道が、行きしなには通っていった〈赤の道〉で、途中に花粉を出す杉があったところだ。

そこからまっすぐ進み、灰色の標識を今度は右手にみて、そのまま進むと、じきに門がみえてきた。

門のそばまで近づいてくると、菰田夫人が気づいて立ち上がり、「あなた」と駆け寄ってきた。

夫人は、夫のそばにまで来て、「ゴホゴホ」と咳き込み始めた。

「おまえ、大丈夫か？」菰田氏が心配そうに声をかける。

「べ、べつに平気だけど、あなた、花粉浴びてきたのね」

「ああ、今しがた杉の木の下を通ってきた」

「これは、濃い花粉……まずいわ、咳が出る」

また咳き込み始めた菰田夫人の背中を夫がさすってやる。

「奥さん、花粉症が他の方よりひどい方なんですか」と長塚が訊く。

「そうですね。家内は、人が花粉を浴びてきているのを吸うだけで過敏に反応する方でして……」菰田テツは、長塚にそうこたえ、妻の方を向いて、「この調子だとおまえは、明日のこのイベントには参加しない方がいいかもしれないな。中には花粉をまきちらす木があるみたいだから」と言った。

「大丈夫、そんなにひどくないから。ちょっと咳が出るだけなんだけど、やめておいた方がいいかしらね、ちょっと考えておくわ」

「なあ、ところで、明日のカード探しのことやけど」と岸本が大きな声を出した。「はやとり競争ではなくて、この庭園の中で皆がそれぞれにカードを見つければええんやろ。いま下見したところでは、いくつかの道に分かれているさかい、まずはそれぞれが探索する場所を受け持ちとして割り振っておかへんか？」

「なるほど」と秋月がうなずいた。「それはいい考えだと思います」

「それで、自分の担当場所をひと通り探した上で見つからなかったら、他の場所に移動することにしたらええと思うんや」

「そうですね」と内布施もうなずく。「担当場所の割り当てを決めるのは、合理的なやりかただと思います」

「花粉の出るところにはカードは隠さないという説明があったさかい、その場所は除外して、他の道をそれぞれ担当として割り振ればええと思うんや。いまそこにみえてる、〈灰色の道〉は誰の担当にする？」

「じゃあ、そこはまずあたしがやることにして」と内布施が応じる。「その奥の〈銀色の道〉まで一人で受け持っちゃっていいかしら」

「そらええやろ。それで、さっきの広場では、紫のと橙のと藍色の標識のがあったけども、秋月はんはどないします？」

「ぼくですか。まあぼくは花粉が平気な方だったので、花粉がある道だった藍色の方を担当しましょうか」

「でも花粉のある側はカードは置かれないんでしょ」

「では、〈紫の道〉の方を調べることにしますか」と秋月がこたえた。

「角野さんはどうします？」

「では、私は、その〈橙色の道〉の方を調べます」

「それでいいでしょう」と秋月がうなずいた。「調べているうちに、ぼくの担当エリアとぶつかることになるかもしれませんが。それで、岸本さんはどうするんですか？」

「わしか？　わしは、あの〈緑の広場〉のへんをまず捜索することにするわ」

「そこって、まず絶対にカードがありそうなところですね」

「それを言うなら、あの小屋のあたりもカードがありそうやろ。小屋の近辺は誰の担当にする？　川端さん、やりますか？」

「そうですね。では、自分はそのあたりの担当ということで」と川端がこたえる。

「では、そこはそうゆうことにして」と岸本が言う。「あと菰田さんの奥さんは、まずこの入り口近くの場所の担当でどないでっしゃろ？　それと、花粉のあたりをよけることにして、あの小屋の裏手を通る〈赤の道〉のあたりを菰田さんに担当してもらうことにして」

「そうですね、家内も、奥まで入らないですむところなら、カード探しに参加できると思いますし、私どもはその担当で結構です」と菰田がこたえた。

＊

もし雨天になれば、屋外でのイベントは中止になると聞かされていたが、幸い、翌日は天気がよく、朝から陽が燦々と照り輝いていた。

普段より早めに起きた聡子は、父親を起こしに行ったが、案の定まだ眠っていて、聡子が無理やりベッドからひきずりだして、なんとか着替えをさせ、ようやく朝食の席につかせることができた。

聡子と隣りでもしゃもしゃとごはんを食べ、味噌汁をすすっている父親の姿を横目でみるに、まだボーッとしている感じで、頭が働いていない様子だ。

「お父さんは、今日は〈迷路庭園〉には行かないの？」

聡子にそう聞かれて、千代楽親方は頭をぽりぽりと掻いた。

「ああ、うん。わしはちょっとまだ疲れがぬけないから部屋で休んでる。おまえはマークと一緒に行ってきなさい」

父親の様子を観察するに、今はこれ以上は無理に外に誘い出すのは難しいように聡子には思えた。

「わかった。無理しないでね。あたしは、マークと一緒に行ってくるから」

「ああ、気をつけてな」

　ロビーに行ってみると、先に朝食を終えたマークが長椅子に坐って英字新聞を読んでいるのがみえた。

「グッモーニング、マーク」

「ハイ、オハヨウゴザイマス、サトコサン」

「マーク、だいぶ日本語がうまくなってきたわね」

「サトコサンノシドウノタマモノデス」

「たまもの、なんて難しい言葉もよく使えるようになったわね。ちなみにタマモノってどういう意味か知っている？」

「ラウンド・シング。マルイモノデス」

「うーんと。ちょっとちがう気がするけれど、まあいいか」聡子はやれやれとため息をついた。「もうすぐ集合時間ね。マーク、行きましょうか」

「オーライト」

　十時かっきりに玄関ホールから出てみると、ちょうど参加者一行が集合しているところだった。

「全員そろいましたね」一同を長塚が見回して言った。「では行きましょうか」

　青空を見上げ、聡子は「いい天気になりましたね」と声をかけた。

「ええ」と長塚がこたえた。「風も全然ないですから、庭園内の花粉もまきちらされることはほぼないでしょう」

「ということは」と内布施が応じる。「あの花粉を出す木の真下にでもこないかぎりは、花粉は大丈夫ということよね」

「ええ、たぶんそうだと思います」と長塚はうなずいた。

長塚に先導され、建物を出て一行は〈迷路庭園〉の入口のところまで来た。

長塚は入口の前で立ち止まり、一同の方を向いて言った。

「この〈迷路庭園〉では、皆様の人数分、昨日お見せしたカードがどこかに隠されています」長塚が昨日みせたカードをまた手にして説明する。「昨日下見をした際に、皆様方の中に花粉症の方がかなりおられることがわかりましたので、庭園内の杉の木のあるところのそばにはカードは隠されていないように配置しました。庭園の中では、花粉エリアには近づかずにすむようにしてあります」

「そういう話やったな。ほな、カード探しがんばろか」

「私は庭園の外で待機しておりますので、何かありましたら、ご連絡ください」

長塚はそう挨拶して、門のそばにあるベンチに腰をおろした。

「よーし、ほな、いこか」

先頭に立った岸本の掛け声とともに、一行は〈迷路庭園〉へと入って行った。

*

〈迷路庭園〉に入ってすぐ、菰田夫人が、道の脇にしゃがみこみ、「あらあら、あなた」と呼びかけた。

「どうした？」

菰田氏が訊くと、菰田夫人は茂みの中に手をつっこんで、何かをひっぱりだしていた。

具合でも悪くなったのだろうかと聡子は振り向いたが、菰田夫人は得意そうに見つけたカードをかかげている。

「わたし、もう見つけちゃったわ」

「はやいな。おまえは昔から勘がよいというか、目ざといというか」

「奥さん、勘がよすぎですよ」と秋月が言う。

「菰田さん、大したものですね」角野佳子が菰田夫妻に微笑みかける。「もしカードを見つける早さを競うコンテストだったら、優勝は菰田さんということになります」

「あらまあ」そう言われて菰田夫人はまんざらでもない様子だ。

「じゃあもうおまえは見つけたことだし、先に戻ってるか」

夫にそう言われて、菰田夫人は立ち上がり、まわりを見回した。

入口にほど近い、茂みのそばにあるベンチを指さして、

「あそこで坐って待っているわ。奥に行くと、昨日みたいに花粉の濃いところに行き当たりそうだし、あなたがカードを見つけてここまで戻ってきたら、一緒に帰りましょう」と言う。

「そうか」夫の方の菰田がうなずいた。「じゃあなるべく早く見つけて戻ってくるとしよう」

ベンチに腰をおろした菰田夫人を残し、他の一行は前へと進んだ。

しばらく進んで左手に灰色の標識がみえてきたところで、内布施が、

「昨日の打ち合わせでは、私が、あの〈灰色の道〉の方の担当ということでしたよね」と言う。

「ああ、そうやったな」と岸本がうなずく。

「では、私は、あの道の方を探しに行ってきます」

「おう。健闘を祈ってるで」

内布施は一行と別れて、灰色の標識のある分岐道の方へと入っていった。

そこからさらに先に進んで赤い標識のある、二股に分かれる道のところに来て、角野が右側の道を指さして、

「たしかこの先は、花粉杉のある道だったよね」

川端がそれにうなずき、「たしかそうだった」

「なら、こっち側に行くのはよしましょう。花粉のあるところは避けましょう」

角野のその言に全員異論がない様子だった。

今度は角野が先頭に立ち、一行は左側の〈白の道〉へと進んだ。

下りになっている道をしばらく行ったところで、右手に休息小屋がみえてきた。

聡子がマークの袖をひっぱり、

「マーク、あたしたちはあそこ。あそこで待機してればいいって、長塚さんが言ってた」と言うと、
マークはうなずいた。

その建物は、長塚の言い方では「小屋」とも「あずまや」とも呼ばれていたが、たしかに小屋と呼んでもいいし、あずまやと呼んでもよさそうな建物だった。四方に柱が立って屋根を支えているが、道に面した側には壁がなく、開放的なつくりになっていた。中の広さは、せいぜい十畳くらいのもので、テーブルと椅子があるだけだった。

聡子とマークは、中央にあるテーブルをはさんだ椅子に腰をおろした。聡子は用意してきた水筒をとりだし、テーブルの上にコップを二つ置き、それぞれにお茶を注いだ。時間をみると、午前十時半を少し回ったところだった。

「レッツ・プレー・ショーギ、ジャパニーズ・チェス」

そう言いながらマークは、持ち込んだマグネット盤の将棋をとりだして、テーブルの上に置いた。

「将棋？　そんなものを持ってきたの。あたし、ルールは知ってるけど、そんなにやれる方じゃないのに、将棋なんて」

「ドント・ビー・ソー・ハンブル。ユー・アー・マイ・ショーギ・ティーチャー」

マークにそう言われて聡子は、以前に何度かマーク相手に将棋の手ほどきをしたことがあるのを思い出した。

「えー、あたしが将棋の先生ってか。まあ指してもいいけど、じきに将棋力でもマークに追い抜かれちゃうわね。うちの部屋にあたしよりずっと強い将棋指しがいたと思うよ。力士の醍武岳とか」

「ダイブダケ？　オー、ライト。ヒー・イズ・マイ・ショーギ・マスター」

「マスターって、もう将棋やったことあるのね、醍武岳と」

「イエス・ウィ・プレイド・ショーギ・トゥギャダー・メニー・タイムズ」

「そんなに指してたのか━。さぞ強くなってるでしょうね」

盤に駒を並べ終わり、聡子とマークは将棋を指し始めた。

じきに盤上の戦況は膠着し、指し始めて三十分か四十分くらいが経過した頃──。

「いかがですか」

そう声をかけながら、川端が聡子たちのいる小屋の中へ入ってきた。

川端が現れたのは、小屋を出て広場の方におりる道のそばにある茂みの方からだった。その茂みのある方は、灌木に覆われて、聡子たちのいる場所からは見えなくなっていた。

「川端さん」聡子は振り向いて言った。「カードは見つけられたんですか?」

「たった今、この小屋のそばの茂みの中に隠されているのを見つけました」

川端はそう言って、『7』の数字の書かれたカードを示してみせた。

「この〈迷路庭園〉の中の何カ所かに隠されているとなると、そのひとつは、この小屋かその周囲にあるだろうとあたりをつけたら、どんぴしゃりでした」

「なかなかよい勘をしてらっしゃる」

「いやそれほどでも。ところで、他にここにカードを探しに来た人はいませんでしたか?」

「うーん、みてないような気がします。まあこちらに来てお茶でもいかがですか? 水筒にいれてきた飲み物がありますので」

「そうですか、ではいただきます」

聡子はもうひとつあるコップをとりだし、そこにお茶を注いで、川端にさしだした。

外の方を向いて、出されたお茶に口をつけていた川端が、「おや！」と突然声を上げた。

「どうかしましたか？」

「いまそこの、広場の角のあたりで人が揉み合っていたような……」

聡子たちのいる小屋から〈緑の広場〉につづく道が視界に入り、わずかに〈緑の広場〉の一部が視界に入る。そこから藍色の標識のある角が、木に覆われつつも少しみえる。他の〈緑の広場〉から出ている分岐道は、そこからはみえなかった。

川端が指さしたのは、その小屋からみえる、〈緑の広場〉の方角で、藍色の標識がわずかにみえるあたりだった。

「えっ？」

聡子はその方角に目を凝らしたが、川端のいう人影のようなものはよくわからなかった。藍色の標識のそばの木にカラスが何羽か群がってとまっているのがみえた。

そのカラスたちが突然羽音をたててバサバサッと、その木から飛び立ったとき、その木の向こうに黒い影のようなものが横切ったような気がした。同時にそちらの方向から、バサッと何か音が聞こえてきたような気もした。

「いま人が倒れたような、誰かが動いていたような感じはありませんでした？」

川端がそう言うので、聡子は首をかしげ、

「うーん、カラスが飛び立ったとき、誰か人が来たような気もしましたけど、よくわかりません」

「あの木の向こうに誰かいて、いま倒れたような感じがしました。はっきりとはわかりませんでしたが」

「そうですか、もしかしたら人がいたのかもしれませんね。あたしも人影がちらりとみえたような気がします」と聡子は応じた。

「とにかく行ってみましょう」

「そうね、マークも行こう」聡子がマークに声をかける。

「オーケイ」とマークも立ち上がった。

*

いやな予感がわきおこってくるのをこらえて、聡子はマークにしがみついて、小屋の前を通る坂道を下って、〈緑の広場〉の方へ近づいていった。小屋を出てしばらく進んだところで、広場の端に倒れている人の足のようなものがみえてきた気がして、聡子は息を飲んだ。

「マーク……あれ！」

険しい顔をしたマークは、わかっているという風にうなずいて、聡子の髪をなでた。

川端も異変に気づいた様子で、聡子たちを追い越して、駆け足で広場の方に向かった。

そしてこちらに背を向けた川端が広場の端でかがみ込んでいるのが見える。

聡子たちもすぐにそこに到着し、なにがあるのか覗き込もうとしたが、川端が、

「見ない方がいい」と聡子の視界を体でさえぎった。

「何ですか、それ？」

聡子は、体で覆い隠そうとする川端をふりきり、横に回って覗き込んだ。

そこには――

血を流し、横たわっている岸本の姿があった。帽子が半分顔を隠していたが、土色の肌とうつろな眼を目にして、聡子はもう死んでいると直感した。

「オー」と隣りのマークも息を飲み込んでいる様子だ。

息を吸い込んで後、聡子は大声を発した。

「キャーッ！」

それは〈迷路庭園〉全体に響きわたるかのような大音響だった。

「サトコサン、シッカリ」

マークは聡子の肩をがっちりとつかみ、聡子は少し（痛い……）と感じた。

川端も少し動転していた様子だったが、すぐに気を取り直した感じになり、懐から携帯電話をとりだして通話を始めた。何やら川端が通話で喋っているのが聞こえるが、聡子の耳にしかとは聞こえなかった。

通話を終えてから川端は、聡子たちの方を向いて、

「近くの警察に来てもらうように通報しました。今からおよそ二十分程度でこちらへかけつけられるようです。それまで現場の保全をやっておくように、と言われました」

（それまで……）

（この死体のそばにいて、番をしていろって……？）

聡子は、去年角界を襲った連続殺人事件に何回か実地に立ち合っていたから、死体を間近でみるのはこれが初めてではない。それどころか残虐に殺された死体を間近に見たことさえ複数回あったのだが、だからといって死体を目の当たりにするのに慣れたとか恐怖心が薄らいだということはまったくない。むしろ以前にもまして、いま目の前にいる、つい少し前までは元気そうにはしゃいでいた岸本の変わり果てた姿が、何ものにもましておぞましくおそろしく感じられた。

「マーク」

ひざが震え、聡子はしばらくマークにしがみついていた。

「サトコ」わかっているという風にうなずいて、マークは聡子の髪をなでた。

倒れている岸本のそばに血痕のついた煉瓦のブロックが落ちていた。広場の縁取りをしている芝生エリアとの境目に置かれているブロックのひとつが、外されてそこに移動しているのがわかる。

川端はそのブロックをひろいあげて、

「これが兇器か……」とつぶやいた。

聡子が悲鳴をあげてから二、三分して後、紫色の標識のある道から、秋月が戻ってきた。

つづいて小屋の裏手を登る、〈赤い道〉の方から菰田テツもやってきた。

「今のは、何ですかな？」

こちらに近寄りながらそう訊いた彼は、やがて倒れている岸本に気づいて、

「こ、これは……⁉」と駆け寄ってきた。「どうなさったのですか、急病ですか？」

かがみこんで岸本の手首に自分の手をあてていた川端は、その手をはずして首を振った。

「脈が途絶えていますから、死亡しているとみられます」

「死んでいる……なぜ⁉　発作でも起こしたのですか？」

「いえ、後頭部に殴られた痕のようなものがあります。事故の可能性もあるかもしれませんが、この傷口の状態からすると、背後から何者かに殴られて昏倒した可能性が大きいかと存じます」

川端が冷静な口調でそう言った。

「じゃあ、まさか、何者かに、殺された……？」

「その可能性が否定できません」

「死体の扱いに通じていらっしゃるような口ぶりですが、もしかして、その方面の仕事をなさっている方ですか？」

そう訊かれて川端は少し戸惑った様子で、視線を宙にさまよわせたが、やがて何か決心したようにうなずいて立ち上がった。

「もう隠していてもしょうがないと思いますので」そう言った川端は、懐から警察手帳をとりだして、おおっぴらにみえるように示した。「こういう者です」

「警察？」と菰田はその手帳をにらんで、剣呑な声を出した。「なんで警察の人が私たちのツアーにいるんですか？　身分を明かさず、潜入捜査でもしていたんでしょうか？」

「実を言いますと、そのとおりです。私が内偵していたのは、いまここに倒れておられる岸本氏なのです」

「えっ、この岸本氏を?」

「はい。岸本氏は、違法な薬物や禁止物品の密輸に関与していた疑いがもたれていました。数カ月彼の内偵を続けていたのは、彼の取引相手を割り出し、つきとめるためです。岸本氏が申し込んだこのツアーは、そういう相手との接触の場になるかもしれない——そうにらんで私も身分を隠して、このツアーの参加客になった次第です」

(そうか……)

川端のその話を聞いて聡子は、何か腑に落ちたような気がした。なんとなく川端が警戒し、様子をうかがっている相手が岸本でありそうな感じを、空港で川端が警察の者として内偵しているという話を聞いたときから感じていたためである。

「それで、このツアー中に捜査の収穫はあったんですか?」秋月がそう質問する。

それとほぼ同時に、菰田が、「岸本さんが殺されたのは、その密輸関係絡みの動機のせいでしょうか?」と言った。

「それはまだ何とも言えません」川端は重々しく首を振った。「この事件が、私どもが捜査していた案件と関わりがあるのかどうかも、現時点では不明ですし。とにかく、今はこの事件に対処するのが先決です。建物に戻って、旅行会社の人たちにもこの事件発生を知らせた方がいいですね。先ほどこの地区の警察に連絡をしたところ、今から十五分後くらいに到着するとのことですので、私はそれまで現場保存につとめ、この周囲を簡単に調べておこうと思います。どなたか、あの宿泊所の方にこの事件のことを知らせに行ってもらえますか？」

「じゃあ」と聡子が名乗りをあげた。「あたしが知らせに行ってくる」

「サトコサン、イクナラ、ジブンモイキマス」とマークが応じたが、聡子は首を振った。

「マークはここにいて、現場を見張っておいて。あなたなら、事件の背後にあるものがすぐにわかるかもしれないから。あたしは宿泊所に知らせてきたら、すぐにまたここに戻ってくるから」

「オー」

「じゃあ私が一緒に行こう」と菰田テツが言った。「お嬢ちゃん一人では心細いかもしれないからね。それに、入口付近で待っているはずの、うちの家内にも知らせに行かなくちゃならん」

「わかりました」と川端はうなずいた。「では、菰田さん、お願いします。あと、菰田夫人以外に、まだ角野さんと内布施さんもこの場にみえておられませんので、姿をみかけたら、このことを伝えてもらえますか？　内布施さんは、まだ、あの〈灰色の道〉のあたりでカード捜索中なのかもしれませんが……」

「角野さんは、〈橙色の道〉を行った先で、カードを探している姿をちらりとみているから、あの道の奥にいるのは間違いないと思う。じきに戻ってくると思う」と秋月が言う。

「わかったわ」と聡子はうなずく。「もし内布施さんに会ったら、ここに来るように伝えておいた方がいい？」

「そうですね。一旦ここに皆集まってもらいましょう。警察が来たら、事件のことをこのツアー参加者の一人一人に質問がなされると思いますので、その心づもりをしておいてください」

川端が簡潔に、そう言った。

*

聡子は菰田と連れ立って、入口に戻るために〈白の道〉を進んだ。左右の分かれ道があるのを前にして、聡子は深く考えずに左側の〈赤の道〉を行こうとして、菰田に制止された。

「それ、そっちは、花粉がある道でしょ。そっちを通ると、花粉が来るもので……」

「ああ、そうでしたね、あたしは平気なもので、気づきませんで……。あっちの道ならいいんですね？」

「ええ、あっちは花粉のあるところを通らないので……」

うなずいて聡子は、右側の〈白の道〉の方を選んで坂を登った。その上り坂の道をしばらく進むと、さきほどまで聡子たちが待機していた休息小屋が左手にみえる。

その小屋の前を過ぎたあたりに、向こうからやってくる菰田キヨの姿があった。

「菰田さん！」

「おまえ！」

「あらまあ、何かあったのかしら。こちらの方で何か声が聞こえたから、見に来てみたのだけれど」

「聞こえましたか、それは、あたしが……」

小声で聡子が説明しかけたが、菰田テツがそれを遮り、

「おまえ、大変なことが起きたんだ」と勢いよく発声した。

「まあ、それは……？」

喋りかけていた聡子はここは夫に任せた方がいいだろうと判断して、口をつぐんだ。

菰田テツが妻にひと通りの事情を説明した。

「わしはこれから宿泊所本館の長塚さんのところに知らせに行ってくる。おまえは、この先の広場に下りておいてくれるか。川端というのが、本職は刑事だそうで、いま場をとりしきっているから」

「わかったわ。じゃあ広場に行ってる。また後でね」

「ああ、また後で」

そこで一旦菰田夫人と分かれ、夫人は〈白の道〉の坂を下りて、広場の方に向かって行った。二人は〈白の道〉の坂を上り、赤の標識のあるところと灰色の標識があるところを過ぎて、門のある入口に近づいた。そのとき、入口の方からこちらにやってくる長塚の姿がみえてきた。

二人の姿を見つけて、長塚は少し離れたところから、大声で呼ばわってきた。

「何かあったんですか？　見回りに来たものから、何やら様子がおかしいと聞いて、やって来たのですが……」

「それが、大変なことが起きていてね」菰田テツが、深刻そうな声で言った。

「一体何ですか？」

聞きながら長塚は駆け寄ってきて、聡子たちの間近にまで来た。

「殺人事件ですよ、殺人事件」

「殺人ですって？」菰田の言葉を聞いて、長塚は表情を変えた。「どういうことです？　説明してください」

そう促された菰田テツが、さきほど遭遇した状況を手短に説明する。

「そんな、ことが？　警察に連絡は伝わっているのですね？」

「ええ、そのはずです。それに川端さんが、これまで身分を隠していましたが、警察の方らしいので、いま現場の保全などをやってくれているはずです」

「とにかく、ちょっとそこに見に行きます」

「では、私どもも一旦あちらにまた戻りますか」

菰田にそう言われて聡子はうなずいた。

「そうですね、長塚さんに知らせたら、一旦あそこに戻るように川端さんからいわれていますから」

「では一緒にまいりますか？」

「ええ。一旦あそこに戻りましょう」と聡子は言った。

＊

聡子が入口の方に歩いていったのを見送り、マークは、倒れている岸本の体のまわりをじろじろと観察した。

聡子たちが出ていったてからほどなくして、〈白の道〉の方から菰田キヨが〈緑の広場〉やってきた。

「さっき道で主人と会って、簡単に話は聞いたわ。まあなんと、大変なことに……」

「そうでしたか」と川端がうなずき、菰田キヨに聞いた。「それで今ご主人はどちらに？」

「本館の長塚さんのところに、このことを知らせに行くと言ってました。じきに戻ってくると思います」

「そうですか、わかりました」

そこへ、橙色の標識の道から角野が広場にやってきた。

「何かあったんですか、こちらで声がしましたけど……」

「まあまあ角野さん。大変なんですよ」と菰田キヨが話しかける。「岸本さんが、大変なことに……クシャン！」

話の途中で菰田キヨが大きくくしゃみをした。

「あらやだ。このへん、花粉があるのかしらねぇ。また、くしゃみが出るようだわ、クシャン！」

「大丈夫ですか、菰田さん」角野が駆け寄って、菰田キヨの背中をさする。

「あらありがとう。ちょっと花粉があるとね、敏感に出てしまうのよ、クシャン！」

「それで、岸本さんが……えっ⁉」

角野が倒れている岸本の姿を目に止め、絶句している。

「どうしてこんなことに……？」

「それはまだわかりません。今から調べるところです」重々しい声で、倒れている岸本のそばにいる川端がこたえた。

「コレ、ナニデショウ？」

マークは、広場の柔らかい土になっているところの上に、くぼみのような跡がついているのを見つけた。その跡は、藍色の標識のある道の方へと向かっていて、何かをひきずったような跡のようにもみえる。

その指摘に川端も気づいて近寄ってきて、マークが指さしている地面の跡を観察した。

「たしかに何かをひきずったような跡がある……」川端はじっとその跡を観測し、続いてそれがつづいている方角に首を向けた。「この跡は、あちらの〈藍色の道〉の方につづいている。もしかして、この遺体をひきずった跡か？」とつぶやいた。

横にいた秋月も、そのあとを観測し、

「たしかに、そのようにみえますね」と同意を表明した。

「では、もしかして、この跡に沿って、この遺体がひきずられて運ばれたのかもしれません。この跡の行き先を見にいってみましょう。ついておいでになる方はおられますか？」

川端が〈藍色の道〉の方を指さしながら言った。

「あそこは、花粉のある下の道なので行きたくありません」と角野が言う。「あそこに行くと咳き込みますし」

「ぼくは、花粉は平気ですので行きます」と秋月が言う。「川端さんは大丈夫ですか？」

「私は軽度ですが、反応する方でね。マスク代わりにハンカチで口をおさえていきます」

「ワタシモイキマース」

マークがそう応じ、三人は、藍色の標識のある分岐道の方へと進んで行った。

　何かをひきずった跡のようなものは、標識のそばあたりまでは視認できたものの、そこから徐々にうすらいで確認できなくなった。道の表面やその周囲をつぶさに調べても、それ以上その跡はたどれなくなった。

「ふむ、このあたりの地面が広場より若干かたくなっているためか」ひざまずいて地面を手でさわりながら川端が言った。「ここで跡は途切れて、これ以上はたどれませんね」

「しかしこの奥からひきずられてきたのかもしれない。この奥までみてみましょう」と秋月が提案する。

「そうですね。行ってみましょう」

　川端と秋月とマークの三人は、〈藍色の道〉に入り、花粉のある木の下を通って、つきあたりまで進んだ。ハンカチを口にあてている川端が、木の下を通るときに若干咳き込んだが、マークと秋月は平気な様子だった。

「道には、跡のようなものは見当たりませんね」

　下の地面を観測しながら、秋月がそう言うと、川端もうなずいた。

「たしかに、何も見当たりませんが……」

「うん！　あれは？」

　奥の小さな崖になっている突き当たりのそばの地面に、赤いしみのようなものがみえるのを秋月が気づいて指さした。

「これは……血？」

駆け寄って秋月がひざまずいて観測する。川端もその横に駆け寄り、地面に飛び散る赤いしみのようなものをまじまじと観察した。

「チ、ノヨウデスネ」とマークも追認する。「エニワン・オーズド？」

「これがどんな血か、あるいは何かの赤い液体なのか、簡易検査キットがあれば調べられますが、いま手元にはありません。みたところ、血のようですね、人の血のようにも思えます」

「人の血だと断じられますか？　動物か何かの血である可能性は？」秋月が眼鏡を直しながら川端に質問した。

「それはわかりませんが、まだ乾ききっていないように見受けられますので、新しめのものだと思われます。あの遺体の血かもしれませんね」

「それと、この辺をみてください。このあたりにも何かをひきずった跡がありますね」

地面にある跡のようなものを指さして秋月が言うと、川端はうなずいた。

「たしかに、このあたりにそういう跡があって、血が落ちているとなると……」

「もしかして、岸本さんが襲われた現場はここで、この場に倒れた体をあちらにひきずって運んだということでしょうか？」

秋月のその言に川端はうなずいた。

「ええ、たしかにその可能性がかなりありますね」

「オー」マークは興味深そうに地面についた跡をまじまじと観察している。

「この跡はすぐに消えてしまいかねないから、撮影しておくことにします」川端は懐から小型カメラをとりだし、付近の写真をとっていた。「これで視認できるものとしては残せるでしょう」

　そのとき、彼らの上方から声がした。

「あれー？　何か起きたんですか？」

　見上げると、崖の上からこちらを見下ろしている内布施の姿があった。灰色の標識のある分岐道を進んだ、〈小崖〉の上側に彼女は立っていた。

「内布施さーん。ちょっと大変なことが起きてるんです」秋月が、手を口にあてて大声で言った。「下りてきて、〈緑の広場〉の方に来てもらえませんか？」

「何が起きたの？」

「広場に行けばわかります」

「わかった。すぐ行くわ」

　そう言った後、内布施の姿が見えなくなった。

「私たちも一旦戻りましょう」

　川端の提案に、他の二人もうなずいた。

＊

　戻る途中、川端は路上になにか痕跡がないか再度調べている様子で、這うように地面に頭をこすりつけて、ほぼ四つんばいで進んでいった。マークと秋月も川端につきあい、路上になにか痕跡がないか確認しつつゆっくりと進んだ。

〈緑の広場〉に戻ってみると、岸本の倒れたあたりに人が集まっていて、マークたちがさっき出ていったときよりも人数が増えていた。聡子と菰田テツが戻り、内布施も戻ってきていて、長塚の姿があり、さらにスーツ姿の背の高い男性と、鑑識員らしい青い制服を着た男がいた。その鑑識員らしい人物はひざまずいて、倒れている岸本の体を調べている様子だった。

スーツ姿の男が、川端たちが戻ってくるのに気づき、片手をあげた。

「連絡いただいて参上した、刑事一課の山崎と申します。川端さんでいらっしゃいますか？」

「ええ、さきほど連絡したものです」

山崎という男性と川端は、警察手帳をみせあい、名刺を交換して、互いの所属を確認している様子だった。

ひと通りの事情を川端が説明し、山崎はうなずきながらメモをとっていた。十分ほどかけて川端は、この場で行なわれていたイベントについての話から、今朝方の動向と、今にいたるまでの経緯を、わかる範囲でかなり丁寧に山崎たちに説明した。

その話が一段落したところで山崎は、〈藍色の道〉の方を向いて、

「それで、その道の方に、血のようなものがあったんですね？」と確認した。

「ええ、いまみてきたところ、この道の奥、突き当たりの近くに、血痕のようなものと、何かをひきずったような跡が見つかりました。あの血痕が、この被害者のものだとすると、ひょっとすると犯行現場は、この広場ではなく、奥の方で、そこから遺体をひきずってここに移したものかもしれません」

「もしそうだとしたら、なぜそんな、死体を移動させるようなことをしたんでしょう？」

「さあ、それはまだなんとも……。それで、そちらは何かわかりましたか？」

性急そうな口調で川端からそう訊かれて、山崎は少し戸惑った様子で首をかしげた。

「まだここについて間もないので、ほんの簡単な調査を始めたばかりです」

「死因とか死亡推定時刻について、ある程度目星はつきましたか？　慣れた鑑識員なら、死体をさっと調べただけで、およその死亡推定時刻の目星がつくものだと聞いていたりしますが」

「どうかな、いま鑑識をしてくれている青田くんは。さっと見ただけでわかるか？」

山崎にそうふられて、青田と呼ばれた鑑識員は立ち上がり、山崎に近づいて何か耳打ちをしていた。

山崎はその話を聞いて、何度かうなずき、「よしわかった」とこたえた。

「いかがです？」と川端が訊くと、山崎は、

「いましがた鑑識員から聞いた話をふまえて、簡単に説明します」とこたえた。

「詳しいことはまだなんとも言えませんが、ざっと調べたところでは、死亡しているのが確認され、頭蓋の後ろ側が陥没骨折しているのが観測されました。後頭部に傷口があり、かなり出血があることから、死因は後頭部の打撃ないし殴打によるもので、事故の可能性が完全に排除はできないものの、他殺の疑いが濃厚という見立てでした。遺体のそばに落ちていた、血痕のついた煉瓦のブロックが、遺体の傷口の形状とも一致していて、あれが兇器とみてほぼ間違いなさそうです。死体がまだ温かく、体温が残っていることなどから、死亡推定時刻は、現在から一時間以内だろうと推定されるようです。検屍解剖をすればもう少し死亡推定時刻を厳密に割り出せると思われるものの、おおまかな見立てと

してはそんなところで、おそらく検屍解剖しても大きくその推定時刻から動くことはないだろうとの見立てでした」

「ふむ、死亡推定時刻が一時間以内というのは、特に情報として新たな付加価値はないですね」川端はうなずき、慎重に言葉を選んでいる様子で、ゆっくりと一語一語かみしめるように言葉を発する。

「われわれはほんの少し前にこの岸本氏が生きて話をしているのを目撃しています。その鑑識の死亡推定時刻によらずとも、この岸本さんが死亡したのは、一時間以内であるのは推測できます。それ以上、厳密な死亡推定時刻をしぼりこむのは無理なんですかね？　つまり、死亡後二十分以内であるとか、三十分以内であるとかまでは特定できませんか？」

「遺体の体温と死後硬直の度合いだけでは、およその推定しかできませんから、それ以上の厳密な特定は無理のようです。ただし、かなり体温が残っていることからして、一時間以内と言っても、時間がもっと現在に近い可能性の方が大きいとも鑑識医が見立てています。断定はできないものの、死亡推定時刻は三十分以内である可能性の方が大きいという話です」

「なるほど。わかりました」

「この庭園内に監視カメラのようなものは設置されていないんですか？」山崎が、長塚の方を向いてそう訊いた。「監視カメラがあって、犯行がうつされていれば、犯人の特定なども容易でしょう」

「あいにくとそういう設備は、この庭園内には設置されていません」と長塚がこたえる。「唯一、入口のところには以前は稼働していた監視カメラがありますが、あれも今は休眠状態なので、この庭園には作動している監視カメラはありません」

「わかりました。もし何か監視カメラのデータかそれに準じるものがあれば、後でみせていただきたいのですが、なければ仕方ありません」と山崎はこたえた。「それでと。この場に関係者が勢ぞろいしているようなので――宿にとどまっておられる方は別にして――、ひと通り話をお聞かせ願いたいですが、その前にまず、その、道の奥で見つかったという血痕について調べさせてもらいましょうか」

「さっき自分が見てきたばかりですが、やはりまず自分の目で確認されるのがよろしいでしょう。まだ乾ききっていない新しい血のようにみえたので、早めに確認しておいた方がよいでしょう。あちらです」

川端がそうこたえ、山崎たちに行き先を示した。山崎という刑事と青田という鑑識員が、藍色の標識のあるところを横切り、〈藍色の道〉の奥の方へ歩んで行った。

聡子はもっと間近で遺体を観察しようかと、そのそばに近づき、首を伸ばしていたが、川端に制止された。

「皆さん方は、遺体にはふれないようにお願いします」

数分ほどして、鑑識員と山崎が、〈藍色の道〉の方から戻ってきた。鑑識員の手にある小さなガラス板のようなものに、どうやら採取した血があるようだった。

「たしかに血痕がありました。ルミノール反応もあり、人間の血液であると思われます」と山崎が言う。

「そうですか。その落ちていた血液は、この遺体と同じものでしたか？」

「それは後で詳しく調べてみないと、今はなんとも言えません。ＤＮＡ鑑定をすれば、誰の血液であるかは特定できますが、その検査は今すぐここでやるわけにはいかないものです。ただ、簡易検査で、この岸本という人の血液型はB型であるのがわかっていて、この道の奥で採取された血液も、やはりB型であることはわかりました。現時点で断定はできないものの、血液型が一致していることからして、亡くなった岸本氏のものである可能性が高そうだと見受けられます」

「なるほど、わかりました。それで、どうでしたか、ひきずられた跡のようなものはみられましたか？

遺体をあそこからここに運んだ痕跡のようにみえませんでしたか？」

「あれはたしかに、遺体をひきずって運んだ跡かもしれないと思えるものがありましたが、断定はできません。もし犯行現場がここでなくあそこの方で、遺体がひきずり運ばれたとしたら、それで何か推測できることや、何か浮かび上がってくることがありますか？」

「それなんですが、ひとつ考えられるのが花粉症との兼ね合いです」

「花粉症？」

「はい。ここの道の奥に行く途中にある杉の木の下は、花粉がもうもうと舞っていて、花粉に反応する人は、敏感に反応して、咳き込んだり鼻水が出たりくしゃみが止まらなくなったりするようです。このツアーの参加者には、その花粉症に悩まされている方が大勢いらっしゃいます」

川端は、一行の花粉症の状況を簡単に説明した。ツアーの参加者のうち、亡くなった岸本は別にして、秋月とマークと聡子は全然無反応で平気だが、他の参加者は大なり少なり花粉症をもっていることを説明した。

「なるほど。とすると、ツアー参加者としては、花粉に無反応だったのは、亡くなった岸本さんと秋月さんのお二人で、その他の方々は、大なり小なり花粉の木の下にくると反応される方ばかりだったということですね」

「ええ、そうなります。となると、もし殺人現場がこの広場でなく、花粉の木の下を通る、あの突き当たりだった場合」と川端が言葉を継いだ。「そこで花粉に反応しない岸本氏と会っていた人がいるとしたら、それはやはり花粉に反応しない人物だった可能性が高いのではなかろうかと思えてきますな」

　自分のことを指されているのに気づいて、秋月がさっと顔色を変えた様子なのがうかがえた。

「そんな、なんで、私が……!?」

「花粉の下を通った後、他の方々は、結構何分にもわたって、咳き込んだりくしゃみをしたりしていました。秋月さん以外の方が、あの〈藍色の道〉の奥にいたとすると、その後の時間に、花粉への反応が出てきそうなものなんですよね……」

「川端さん。あなた本気が私を疑ってらっしゃるんですか……?」秋月が気色ばんだ様子で川端をにらみつけた。

「いや、もちろん、まだそう断定できると決まったわけではありません。あくまで可能性のひとつとして、現時点でわかっていることからすれば、そうも考えられるのではないかということを申し上げただけです」

「その点については」とそれまで黙って聞いていた内布施が声をあげた。「もしかして確かめられるデータが手に入るかもしれません」

「どういうことです？」

「ここに来る途中、岸本さんと雑談をしていたときに、岸本さんが腹巻をしていた話が出たのは覚えておられますか？」

「ああ、そういえば、空港での自己紹介のあと、岸本さんがそんな話をしていたね」と秋月がこたえる。「ぼくは覚えているよ」

「あたしもその話を聞いたのは覚えています」と聡子も言った。

「あの後、昨晩夕食の後に少し岸本さんと雑談する機会がありまして、そのときに、またその、岸本さんがしている腹巻の話になったんです。岸本さんは、結構いろいろとあぶない橋をわたる仕事をしている関係で、もしかすると、命を狙われるような危険が身に及ぶかもしれない。そのときに備えて、腹巻に常時録音をしている携帯電話を身につけていると言ってました。五分おきにデータは上書きされるそうですが、倒れたり死んだりしたときはそこで上書きがやむ仕組みだそうです」

「なんと。そんな高性能の携帯電話を彼がもっていたのですか？」川端が驚いた様子で言った。

「その携帯電話は、奥さんから浮気を疑われないように、常に自分の位置情報もトレースできるようになっていると言ってました。ですから、さきほどの話にあった、遺体がここから運ばれたのかどうかも、もしかしたら、その情報を調べられれば特定できるかもしれません」

「そんなものを被害者が所持していたのですか」山崎は鑑識員の方を向いて、「そういえば、さっき、遺体の腹部の巻物があるといって調べて、中の物を検分しかけていたな。あれのことか？」

「ええ、そうでしょうね」と鑑識員の青田がうなずいた。「さきほど遺体を検分したときに、腹巻の中に携帯電話があったのが確認されています」

鑑識員は、赤いマジックで何やら記号と数字が書かれたビニール袋をとりだし、その中にあるメモをひらげてみせた。その中には、被害者の持ち物一覧リストらしいものがあり、財布や小物類の他に、携帯電話もそのリストに入っていた。

「下着の下の、きつく巻かれた腹巻から見つかったものです。遺体には着衣の乱れはみられず、服の下の持ち物を他のものがいじったりとりだしたりした形跡は認められませんでした。さきほど簡単にその腹巻を検分したところでは、外から外されたり着せられたりした形跡は見当らず、犯人あるいは第三者がこの腹巻の内部のものをいじったり出し入れした可能性はほぼなさそうとみてよいかと思います」

鑑識員は、聡子たちがいた小屋の方を指さして、

「さきほどあの小屋で、とりだした携帯電話のデータの簡単な解析を行なっていました。いくつかわかったことがありますので、そちらにおいで願えますすか」

＊

一同は、鑑識員の先導のもと、聡子たちが待機していた小屋に赴いた。

中のテーブルにはテーブルクロスのような布がかけられ、ノートパソコンが置かれ、いくつかの周辺機器が置かれていた。小屋には他にも二人の鑑識員がいて、周囲の指紋採取などの作業を行なって

いた。

鑑識員は、テーブル上に広げられた、ビニールシートの上に置かれた腹巻を示し、

「この腹巻が腹部にがっちりと巻かれていて、中には十万円ほどの入った財布とカード類、およびこの携帯電話が入っていました」と説明する。「この携帯電話の中のデータをさきほど調べかけていたところです」

「そこにあるデータがとりだして読めたんですか？」と川端が質問する。

「幸いロックがかけられていなかったので、パスワードを解析する作業などはなくてすみました。さきほどからいくつかのデータを調べていたところですが、とりあえず録音した音声の再生はできそうです」

鑑識員の示す携帯電話は、ケーブルをつたってテーブル上のノートパソコンに接続されていた。鑑識員が、そのパソコンを操作して、携帯電話に入っていたという音声の再生が可能になっているのを、画面を示して説明した。

「音声録音時間は、午前十一時二分から七分の計五分間となっています。その時間は、大体の死亡推定時刻と一致する時間帯です。では、再生してみます」

音量を上げ、ザーッという音とともに、何やら判然としがたい雑音のようなものが入っているのが聞こえた。五分間の録音が終わる直前に「ウッ！」といううめき声のようなものが聞こえたのが、唯一、はっきりした音声が録音されているとわかるところだった。

「この『ウッ』という声は、岸本のものか？」山崎が青田に質問する。

「それは今ここですぐにはわかりませんが、岸本氏の音声データが得られれば声紋の鑑定で特定できると思います。この機器を被害者がずっと身につけていたとするなら、その音だけは近いところで出されている音なので、おそらく被害者本人の発した声だろうと推定はできます」

「この『ウッ』という声をあげたのが、犯行の時刻ということになるのか？」

「それも断定はできませんが、その可能性は高そうです。正確な時刻で言うと、今日の午前十一時六分三十秒ですね。ピンポイントのしぼりこみで、秒単位まで犯行時刻が特定されるのは、とても珍しいケースです」

「そこで録音が止まっているということは、被害者が死んだら、録音が止まる仕組みになっていたということか？」

「詳しく解析はしていませんが、この機械は、激しくゆさぶったりぶつかったりする衝撃が加わると、そこで録音を残すような仕組みになっているように見受けられます。被害者が後頭部を殴られ、『ウッ』といううめき声を洩らし、地面に倒れたときにその衝撃で録音が止まったとみると、筋は通ります」

「なるほど、そういう仕組みか」

「しかし周囲の音を拾えるマイクがついているわけではありませんから、この機器だと、ほぼ本人の声しか拾えないですね。近くで会話している人がいても、その音声まで判別するのは困難です」

「その録音されている期間、被害者は誰かと会話している？」

「いえ、聞いた感じ、特に会話している様子はないので、黙っているところをいきなり背後から襲われて、後頭部を殴られて昏倒したものと推測されます」

「そうか。襲われる直前の、犯人との会話などは入っていないのか。それがあれば、有力な手がかりになりえたのに、残念だ」

「そうですな」と山崎も相槌をうつ。「殴られたときの『ウッ』という声だけでは、犯人特定の手がかりはないに等しい」

「ただ、そうはいっても、この録音の時間が犯行時刻と推定されるわけですから、偽装工作などがあれば話は別にしても、ピンポイントで犯行の時間が決められるのは有力な手がかりといえます」

「なるほど、たしかにそうですな」

「それと、もうひとつ、これに連動してこの携帯電話の位置情報を示すアプリがあります」

「たしか岸本さん、奥さんから浮気をしないだろうかと怪しまれているので、位置情報を奥さんに常に発進して遠くからでも監視できるようにしたとか」と内布施が声をはさんだ。

「その位置情報が読みとれますか」

「このアプリは今でも生きていて、この携帯電話を動かすと、場所の移動を追従してくれるようです。それで、ここで読みとれるこの一時間以内の動向なのですが――」

「それも読みとれたのか」

「はい、こちらをごらんください」

鑑識員が示したのは、パソコン上の画面で、そこに表れていたのは、グシャグシャした糸のもつれみたいな図だった。オレンジ色の点灯しているところがあり、それがゆっくりと画面の中で動いているのがみえる。

「この動きの位置は地図と重ね合わせることができます。こちらに情報を表示します」

パソコンの表示画面をみていると、魔法のようにするすると、動いている線が付近の地図と合致するように動かされていった。

「これをみてもよくわからん。結局どうなっているんだ？」

「この携帯電話は、今でも位置情報は発信していて、常に最新の一時間の位置情報をトレスできるのですが、これをみると、『ウッ』といううめき声をもらして、あの広場で倒れて動かなくなって以降、こちらで携帯電話を腹巻からとりだすまでの間、現場から動いた形跡はありません。ずっとあの場にとどまっています。ですから、遺体を移動させたという説は、成り立ちません。ただし、腹巻におさめられていた携帯電話が体から離されていた場合があるとすれば別になりますが」

「なんだって？　遺体は動かされていない？　それはたしかなのか？」

「はい。ここの携帯電話に残された情報を信じるかぎりは、そうなります」

「しかし、だとすると、それもおかしいことになる。なぜなら、あの道の奥に、遺体のものらしい血が落ちていた。それともあれは、被害者とは無関係な血液ということがあるのかな？」

「さきほどあの道で採取した血液ですが、正確な鑑定はまだされていないものの、簡易調査したところでは、血液型がB型で一致しているほか、血液の粘度などおおまかな特徴の一致がみられますので、まず同一人の血液である可能性が高そうであるとは言えます。そんなに古い血液ではなく、この一時間以内かそこらに生体から採取された、新鮮な血液の特徴を示しています」

「だとすると、あちらの血が被害者のものである可能性が高く、殺人現場があそこでなく、あの広場である以上、血をあの道の奥にもっていってばらまいたのが犯人の所業であるとみるのが有力になるのか？」

「そうですね。無関係な第三者がそれをやったとは考えにくいですし、犯人があそこにもっていたとみるべきでしょう」

「でも、離れた場所に犯人が血液をまいたとしたら、どうやってあの道の奥にまで血液をもっていったんだろう？　犯人は手頃な容器でももっていたのか？」

「それについては」脇にひかえていた鑑識員が声をあげた。「あちらの道の近辺の草むらを捜索していたところ、こんなものが落ちているのを見つけました」

そういって鑑識員がさしだしたのは、ビニールにくるまれた白い紙コップだった。ありふれたタイプの紙コップで、形はひしゃげていて、中に赤い血の跡のようなものがついている。

「ふうむ」川端は、その紙コップをまじまじとながめた。「こんなものが落ちていたということは、やはりあの血は犯人があそこに運んだということか。この紙コップから指紋などの痕跡は見つかっていないのか？」

「いえ、さきほど調べたところでは、指紋は検出されませんでした」

「とすると、これが誰の持ち物かを特定するのはむずかしそうだな。こんな紙コップなら、どこにでも売っていそうだし」

長塚が、その紙コップをながめて、

「そのタイプの紙コップでしたら、あの建物に設置されている自動販売機に付随して置かれているもののように見えます。断言はできませんが、館内では見慣れたタイプのもののように思います」と言った。

「そうですか。じゃあ、あの施設に泊まっていたものなら、誰にでも入手が可能ということになりますね。ふむ、この遺留品をたぐって犯人にたどりつくのは難しそうですな」

「そうですね」と山崎もうなずいた。

「とすると、なぜ犯人とおぼしき人物がそんなことをやったのか？　その理由がまず問題になるが、同時に、あそこに血液をもっていける機会があったのは誰か？　ということにもなる。この事件の容疑者は、この殺人が起こったときに、この庭園内にいた人たちということになる」

「おっしゃるとおりですね」山崎が川端の言に同意を示した。「ではお一人ずつ、事件発生当時、どこで何をしていたかを順に聞かせてもらいましょうか」

＊

「まずお一人ずつ訊問をさせていただく前に、簡単に、私が聞いた、状況把握について述べておきます」

山崎が一同を見回して言った。

「この〈迷路庭園〉と名づけられた場所で、どういう催しがなされていたかは、さきほどこのツアー開催のコンダクターをやっておられる長塚さんから、あらましをうかがいました。皆さん方が今朝の十時を過ぎた頃にこの〈迷路庭園〉に入って、カード探しのイベントを始められたことも聞き及んでいます」

一同に話が伝わっているのを確認するためか、山崎は一旦言葉を切って、その場で話を聞いている参加者たちの顔色を順に、一人ずつ眺め回していた。

「そのイベントの最中に事件が発生したのは、皆様もご存じのとおりです。最初にあそこの、岸本さんが倒れておられる現場に駆けつけたのは、ここにおられる川端さんと、崎守さん、マークさんのお三方でした。そのときの発見の経緯については、さきほど川端氏の方からも説明があったので、その場におられなかった皆様も、そのあらましはお聞き及びかと存じます。そして」

また山崎は一旦言葉を切り、テーブルの上に置かれたコップの水をひとくち飲んだ。

「事件が発生した午前十一時頃、この〈迷路庭園〉の中におられたのは、このツアーに参加されている方たちだとうかがっています。とすると、犯行時刻に岸本氏のそばにいることができたのは、普通にみれば、この〈迷路庭園〉でイベントをなさっていた関係者の方々ということになります。もちろん岸本さんを殺害したのが、外部の者である可能性が完全に排除できるわけではありません。この〈迷路庭園〉自体が完全に外と隔絶した状態にあったわけではありませんし、まだ隅々まで調べ尽くしたわけではありませんから、どこかに侵入ルートがある可能性はあります。いま同行してきた捜査員たちに、庭園の中を調べさせている最中です。もし外部との出入りがあった痕跡が見つかったり、誰か人が隠れていそうな場所が見つかれば報告が来るはずですが、今のところそのようなものがあったとの連絡はうけておりません。さしあたりは、この〈迷路庭園〉の中は、おおまかには閉ざされた環境にあって、その中で生じた事件であると考えられます。おわかりいただけますかな？」

一同は沈黙のうちに、山崎の言っていることにうなずいた。

「およそ十人ほどの参加客がこの庭園の中を歩いているときに、誰の眼にもふれずに、この〈緑の広場〉まで来た人が、岸本さんを殺害し、また人目につかずに外に脱出するのは、非常に難しいと言わざるをえません。外部の者、特にこの庭園内で何が行なわれているのかをまったく知らないものが、もしこの庭園に入り込んできたら、どこをどう動けば人目につかずに移動できるかも皆目見当がつかないと思います。こっそりこの庭園に入った人物が、この〈緑の広場〉まできて、また外に戻っていくのを、参加者があちらこちらにいて動き回っているこの庭園内で実行するのは、きわめて困難です」

「でもそれを言うなら」と聡子が口を開いた。「参加者だって、いつどこで別の参加者に出くわすともかぎらないから、やっぱり、人目につかずにこの犯行をするのはかなり難しいと言えるんじゃないかしら？」

「それはおっしゃるとおりです」と山崎はうなずいた。「ですが、昨日のカード探しの割り振りで、各参加者にはそれぞれの捜索担当場所が割り振られたと聞いております。その担当の割り振りがなされている間は、それぞれが持ち場にとどまるだろうという予想がたつので、その間なら、人目につかずにすばやく犯行を行なうスキのようなものがあったとみることができます」

（つまり……）

（この刑事さんは、殺人の容疑者は、あたしたちの中にいると言いたいわけね……）

自分も容疑者に加えられているのは不本意に思うものの、山崎のその推論は、聡子としてもおおむね同意できるものがあった。この状況を鑑みるに、岸本を殺した犯人は、事件当時庭園内にいたはずなのだから、容疑者となるのは、この庭園にいた参加客か関係者の可能性が極めて高いということになるだろう。

（どこかにみえない人が隠れていたり、透明人間がいたというのであれば別だけれど）

（普通に考えれば、たしかにこのイベントの参加メンバーの中に犯人がいることになる……）

山崎は続けて、

「皆さんが、この庭園に入られたのは、午前十時過ぎの、およそ十時十分くらいの時間であったと聞いています。その時刻以降の、皆さんの動向について、ひと通り話をお聞かせ願いたい」

（つまり……）

（あたしたちのアリバイ調べというわけね）

まず水を向けられたのは、聡子とマークで、二人は、庭園に入場して以降、〈白の道〉の坂のところの脇にある小屋にずっといたと証言した。ということは、二人が口裏を合わせて互いのアリバイを偽証しあっているのでないかぎりは、二人のアリバイは成立し、犯行の機会はなかったことになる。

つづいて川端が、事件発生前に聡子たちの小屋に現れるまでの間は、その小屋のそばでカード探しをしていたことを証言した。

山崎は、

「カード探しにはそれぞれの持ち場があったと聞きましたが、それはどんなものだったんですか？」

と訊く。

川端は、今日の参加者たちが、昨日の岸本の提案により、まずカード探しの場所を分担することになっていたと説明し、そのとき決められた割り振りについても説明した。

「とすると、参加者たちは、小屋に詰めていたマークさんと崎守さんを除いて、それぞれの担当捜索場所に出向いていたことになるわけですね？」

「ええ、そのはずです」と川端はうなずいた。「そのために、しばらくは広場に人が来ないだろうとの予測もたてやすかったのではないかと思います。ランダムに人が動き回る状況ならば、人目につく危険性が高く、犯行をこの場で行なうのはリスクが高まったでしょうが、さしあたりは他の人が来ないだろうと犯人は計算して、あそこで犯行に及んだのではないかと思います」

「それで、その間に川端さんはどうされていたのですか？」

「私は、その小屋の付近の茂みや灌木のあたりでカード探しをしていて、三十分くらい捜索した末、ようやく木の上の方に隠されていたカードを見つけました。それから、小屋の中に赴き、こちらのお二人と合流しました。それで、外を眺めていて、この広場の方を見たら、何やら怪しげな人影が横切ったような気がしたもので……」

「そのときは、こちらの崎守さんたちと一緒にこの広場の方を見ていたのですか？」

「ええ、そうでした」

あらためて聡子は、川端とともに、そのことが起こったときの経緯を説明した。

「ふむ、確定的とは言えませんが、そのとき広場を横切った影のようなものが、犯人だった可能性があるわけですな」

「そうかもしれません。でもはっきりと人の影がみえたわけではありませんが」

「わかりました。そのときのおよその時刻は、さきほどの崎守さんの話でもうかがったのですが、より正確な、分単位での時間はわかりませんか?」

山崎にそう訊かれて、川端は首をかしげた。

「分単位までの正確な時間は覚えていません」

「その、目撃があった頃合いは、大体犯行があった時間に近いものと推定されます。さきほど被害者の遺品にあった録音のデータが正しければ、分秒単位まで犯行時刻が特定されているわけですが……」

「ええ、それはわかりますが、こちらはそのときの正確な時間を分と秒単位まできっちり把握はしていないので、およそ近似している時間帯であるとくらいまでしか今のところ言えません」

「そうですか、わかりました。それでさきほどの調査でわかったことからすると、犯人は犯行をおかした後、被害者の血をあの道の突き当たりにばらまいたと推定されます。なぜそんなことをしたのかは不明ですが、どういう可能性が考えられるでしょう?」

「あの血が犯人の意図としてわざとまかれたのか、それとも予期せぬアクシデントか何かが起こってあそこに血がこぼれ落ちてしまったのか、その二つで可能性が変わってきますね」川端が冷静な口調で述べた。

「ええ、そのとおりですね」と山崎はうなずいた。「さきほど調べた携帯電話からとりだしたデータがなければ、犯行場所の厳密な特定が難しかったために、岸本さんの死体の移動がされた可能性を考えないといけなかったわけですが、あのデータがあるために、ひとまず死体の移動はなされず、犯行現場はあの広場の、発見現場と同一であるとみなしてよさそうということになりました。だとすると、あの〈藍色の道〉の奥にまかれていた血が岸本さんのものだとした場合、予期せぬ事故かトラブルであそこに血がまかれた可能性は低いとみなしてよいのではないでしょうか。もし岸本さんの移動が確認されていたのなら、手傷を負った岸本氏があの道の奥で血を流した可能性も考慮しないといけないところでしたが、あの移動データからして、それはありえないことはわかっています。となると、あの血がまかれたのは、岸本さん自身に由来する事故やトラブルの可能性は低く、犯人の側の作為である可能性が高いことになります。犯人が予期せぬアクシデントであそこに血をまいてしまった可能性もあるかもしれませんが、自らの犯行工作の一貫として、あそこに血をまいた可能性の方が高そうにみえます」

「なるほど、たしかにそうですね」と川端も同意を示した。「となると、どういうことになりますか？」

「ひとつ考えられるのは、殺人が行なわれたのがあの広場でなく、あの〈藍色の道〉の突き当たりであることを犯人が偽装したかったためではないかと考えられます」

「しかし、あの場所に行くには、花粉を出す木の下を通らないといけません。もし花粉に反応する人があの下を通って往復したとしたら、その後で咳き込んだりしていたはずです」

「そうでしたな。そうすると、花粉に反応しないのは、この中では崎守さん、マークさんと、参加客の中では秋月さんということになりますか」

山崎がそう言ったので、一同の視線が秋月に集まった。

秋月は当惑した様子で目をぱちぱちさせていたが、疑惑の目を向けられているのに気づいて、

「そんな、ぼくはやってません！」と抗弁した。

「もちろん、これだけで秋月さんがやったと決められるものではありません。それにあの道の奥に血をばらまくには、もうひとつのやりかたがありそうです」

「もうひとつのやりかた？」

「あの血の跡は、小崖の際にあったので、〈灰色の道〉を進んだ先の、上方の道の方から血を垂らすだけなら可能ではないかということです」

「あ……なるほど」と秋月はうなずいた。

「そうみると、この事件、ちょっとややこしそうですね。犯人が何やら工作をたくらんでいる感がある」と川端が感想を述べる。

「あの場所はたしか上の道から見下ろせる場所にありましたね。血を上の坂の上から、下のところに落とすことは可能ですか？」

山崎にそう言われて川端と秋月は少し考えていた。

「たぶん、それは可能であるように思います」しばらくの沈黙の後、川端がそう言った。

「それを確かめましょう。その場所に行ってみましょう」

＊

一行は、坂を登って入口そばの分岐点付近にまで引き返し、そこから灰色の標識のある道へと入った。

「このあたりが、私が事件発生当時いたところです」と内布施が説明する。「昨日の担当割り振りで、私は、この道の方を担当になったもので」

工事現場のような、急ごしらえの塀があるところまで来て、ガードレールめいた柵から下を見下ろすと、さきほど藍色の標識のある道の奥の突き当たりが、下方にみえる。

「ここから高度は、目測で四、五メートルくらいですか」

山崎が目の上に手をかざし、柵から身を乗り出して、下までの距離を目算している様子である。

「ええ、それくらいでしょうね」

「もし犯人が、何かの容器にに被害者の血液を入れていたとして、ここから、あの道のあたりにまくことは可能ですかね」

「そうですね。狙いを定めるのが、多少難しそうですが、できなくはないと思います」

川端がそうこたえると、山崎もうなずいた。

「私も同意見です。ここから液体をばらまくことは可能のように思われます」

「そうですね」

「では、ここから長い棹のようなものをおろして、あの道に何かの跡をつけることは可能でしょうか？」

そういって山崎は周囲を見回した。

「あそこに、物干し竿のようなものがたてかけてありますね。あれで、下の地面にまで届くでしょうか？」

山崎が指さした物干し竿のような棒は、長さはおよそ、人の背丈の倍くらいあった。

「うーん、ちょっと下まで届かせるのは難しいように思います」

「やってみましょう」

山崎はその棹をもち、ガードレールのところにまで戻ってきて、その棹を地面にまでおろそうとしてみたが、少し距離があり、地面にまでは届かない。川端に体をおさえてもらって腕をのばすと、地面のスレスレのところまで届きそうになった。かろうじて地面にあとをつけることがギリギリできそうにはなった。

「ここから体を支える命綱でも巻いて、崖の下の方に体を下ろせればなんとか届きそうではありますが……」

「そうすれば不可能ではないかもしれませんが、普通に考えると、実行は困難です」

「そのようですね」

「ただし、より棹を長くするなど、なにか工夫できるものがあれば、可能になると思います。そのようなものは、このあたりをざっと見回したところでは見当たらないようですが、どこかに隠されていたり、犯人が隠蔽してしまったのかもしれません」

「たしかにそういう可能性も念頭に置いておいた方がいいですね。わかりました。ともかく、ここから血液をばらまくことは可能であることがわかっただけでも収穫です。とすると、この中で事件発生の後、ここに血をもってこられる方が、その工作ができたということになりますね。皆さん方には、その時間のアリバイを確認しないといけなくなりました。一旦あの小屋に戻りましょう。そこでもう一度質問をさせていただき、そのことを確認したいと思います」

＊

「事件が起きた午前十一時過ぎの時刻を中心に、皆さん方の動向をもう一度お聞かせ願えますかね」

山崎は一同を見回して、訊問を始めた。

「まず内布施さんは、あの事件当時、あの崖の上の道のところにおられたそうですね？」

「え、ええ。あのエリアが、カード探しでの私の担当でしたから」と内布施はうなずいて答えた。

「あのエリアに行かれたのは、何時くらいでしたか？」

「はっきり時間は確認していませんが、入口のところで皆さんと別れてすぐに行きました」

「そうすると、他の皆さんの証言ともあわせれば、中に入った時刻から数分たっているとすると、午前十時二十分くらいということになりますか」

「はい、そのくらいだと思います」

「その間、誰かそのエリアに入ってきた人はいませんでしたか？　具体的に言うと、〈小崖〉の上から血をばらまいたりしたような人物がいたかどうかを確認したいのですが」

「十一時頃の時間ということですよね？　実は私、その時間帯は、あの場所を少し離れた、〈銀の道〉と呼ばれている、奥の小道の方に入ってそこでカード探しをやっていました。ですから、その時間帯は、あのエリアに人が来たとしても、見ていないんです」

「たしかあそこの、突き当たって左手の方に小道のようなものがありましたね。あちらの方に行かれていたということですか」

「はい、そうです」

「その小道にいて、小崖の方が見えなくなっているところにいた時間は、どのくらいですか？」

「そうですね。あの道のあたりでついてから十五分から二十分くらいは、小崖の上のあたりを探索しましたが、カードを見つけられず、左手奥の小道の方に行ったのが、三十分くらいたったときでした。たぶん、あの〈銀色の道〉に入ったのは、十時四五分頃か十時五十分頃のあたりからだと思います。それで十一時過ぎたあたり、たぶん十一時十五分くらいまでは小道で探していて、土を掘ったところでカードがようやく見つかりました。それで、〈小崖〉の方にもどってきたら、何やら崖の下の方から人の話し声のようなものが聞こえてきて、なんとなく不穏というか不吉な感じをもったので、ガードレール越しに見下ろしてみると、川端さんや秋月さんがいるのがみえて、それで大変な事件が起こったからすぐに下りてくるように言われてかけつけたという次第です」

「なるほど。大体の事情はわかりました。内布施さんは、この関係者の中では、小崖の上から液体をばらまくことができるという点だけでは、一番それがしやすい場所におられた方だと言えます。しかし、内布施さんの場合、殺人現場に行くのが極めて難しいように見受けられます。そして血液を入手してまた小崖の方に戻ってくることがまた困難なように見受けられます。というのも、内布施さんがそれをしようとしたら、この小屋の裏手のルートを通るか、もしくは、崎守さんたちがいるこの小屋の前を通る道のどちらかを通らないといけない。その間、崎守さんたちはこの小屋にいて、前を人が通るのは目撃していないいんですよね？」

　山崎から質問をふられて、聡子はきっぱりとこたえた。

「ええ、広場で一旦解散して、この小屋に来てからは、川端さんがやってくるまでは、誰も通るのは見ていないと思います。ただ、その時間は、マークと二人で将棋をやったりしていたものですから、前の道に注意を向けていたわけではないので、もしかして見落としがあったかもしれません」

「でも、そちらのマークさんも、その時間は誰も見ておられないんですよね？」

「ミテマセーン」

「と、お二人がそのように証言しておられる以上、その時間帯は、この小屋の前を通った人がいなかったとみるのが妥当です。では、小屋の裏手の〈赤の道〉を通った場合はどうでしょうか。その場合、入口そばで待っておられたという菰田さんに見られた可能性があるようにも思われるのですが、菰田さんは、その時間帯は、どなたかが通ったのをごらんにはなっていない？」

　質問を向けられて、菰田キヨは、少しおどおどした様子で、左右を見回していたが、やがて息を吸い込んでこたえた。

「私は、入口のすぐそばで真っ先にカードを見つけまして……。年なもので、あまりたくさん歩きたくなかったので、あの入口そばにあるベンチに坐って待つことにしました。主人とは一旦そこで別れました」

「その後はずっとあの入口そばのベンチのところにいらしたんですか？　たしかあの位置からは、内布施さんが入っていかれた灰色の標識のある道がみえるところですよね？」

「そうですね。みえなくもない距離にあったと思いますが、私は、そんなに視力はよくないので、あれだけ離れていると、あのベンチから灰色の道の入口あたりはあまりはっきりとはみえません」

「そうですか。それで、その間、内布施さん以外に、〈灰色の道〉に入っていった人がいなかったか、ごらんになっておられませんか」

「みてはいません。それに私はあの時間、ずっとあのベンチにいたわけではありません。ちょっと様子をみに行こうかと、花粉のある杉の道の方にちょっと入って中をみたりしていました。ですから、その時間帯は、あのベンチの前あたりを通る人がいたとしても、わかりません」

「その、ベンチを離れていたのは、どのくらいの時間でしたか？」

「どうでしたか。十一時前後の十分間かそこらの時間だったと思うのですが、ちゃんと時計を見て時刻を確認したわけではないので、時間についてはあいまいなことしかわかりません」

「そうですか、わかりました。で，その時間、ご主人の方はどうなさっておいででした？」

今度は菰田キヨの隣りにいる菰田テツに質問が向けられた。

「私ですか。私は、カード探しの担当の場所が、この小屋の裏手あたりの道だったもので、そこを中心に捜索をずっとしておりました」

「この小屋の裏手の〈赤の道〉のあたりにずっとおられたわけですか？」

「はい、ただ、ずっと登っていくと、花粉のあるところにさしかかるので、そこまで行くのは避けて、その道の途中まで行ったところから、分岐道に入るあたりまでをずっと探しまわっていました。その近辺を三十分以上は捜索したと思いますが、結局カードはみつからずじまいでした」

「そのカード探しをしている間、誰かに会ったり、人をみたりなさいましたか？」

「いえ、その間はずっと一人でした。誰も見ていません」

「なるほど。とすると、菰田氏の場合、殺人が起きた時刻にははっきりしたアリバイは成り立たないことになりそうですね。その時間帯に、広場にいることも可能だったことになる」

山崎にそう訊かれて、菰田テツは、少し体をこわばらせた様子だったが、落ち着いた声でこたえた。

「ああ、証人がいないという意味ではそうなりそうですね。私は、その時間帯には、広場にまでは行っていないのですが、あの時間に自分が人にみられずに、広場に行くことは充分可能でした」

「それに加えて、もし奥さんと協力されれば、集めた血液を奥さんに渡して、奥さんの手であの場所にまいてもらうことも可能だったのではありませんか？」

「え？　どういうことです？」

「これはあくまで仮に、の話で、本当に起こったことがそうだと主張したいわけではないのですが、仮に菰田さんが広場で岸本さんを殺した場合、その血をビンか何かに入れ、それをもって人にみられず、この裏手の道に入り、花粉のある杉の木の下あたりで合流した奥さんにそれを渡し、それを奥さんに灰色の標識のある道の奥の、ガードの上からまいてもらうことができる」

「いや、しかし、それでは、何のためにそんなことをするのか意味がわからないし、犯人にどういうメリットがあるのかも不明です」

「それに」と菰田キヨも口をはさんだ。「私は、杉のある〈赤の道〉は、入口そばをうろうろしていただけで、奥にまでは行ってません。花粉のあるところにまでは近づきたくなかったものですから。もし私が、あの時間に、主人から何かをうけとろうとして、あの道の奥まで進んでいたら、その後咳き込んでしばらくくしゃみや鼻水が止まらなくなっていたと思います」

「なるほど」と山崎はうなずいた。「事件の後、菰田キヨさんは、くしゃみをしたり咳き込んではおられなかったので、その時間に、花粉のふりかかる場所に行っていなかったということが、間接的には証明できるわけですか。いや、でも、マスクか何かで花粉を防ぐことができれば、反応しないで通りすぎることはできませんか?」

「あいにくと、防護マスクとかその類は用意しておりませんでした」

「そうですか。その点はまた後で、調べさせていただくとして、では、もしご主人の方が花粉エリアをつっきり、入口近くにおられる菰田キヨさんにビンを渡しにいったとしたらどうです? そうすれば、奥さんは、花粉のかかる場所に行かずにすむでしょう?」

「そうだとしても、私が花粉に反応して咳き込んでしまいます」と菰田テツがこたえた。

「それに」と菰田キヨも言う。「私がその場所を通らずとも、主人が花粉を浴びてきたのに出くわしたら、やっぱり花粉反応が出てしまいます」

「そうです、うちの家内は、特に花粉には敏感でして。私がちょっと花粉を浴びただけでも、すぐ反応してしまうんです」と菰田テツが続ける。「それに、なぜ私が妻と口裏を合わせて、そんな手の込んだ計画をたてないといけないんですか?」

「いや、それはわかりませんが、あくまで可能性のひとつとして想定されるというだけです。そうだと断定しているわけではありませんので、お気になさらないでください」

「はあ、まあ、わかりました」

「続いて角野さんはその時間はどうなさっておられましたか？」今度は山崎は、角野に対して質問を投げかけた。

「私ですか？　私は、広場からわかれた、橙色の標識から入った道でカードを探していました。あの道はずっと進むと、〈紫の道〉の方とつながるので、たしかずっと進んで十一時を十分か十五分か過ぎたあたりの時間に、秋月さんがいるのを見ました。正確な時間は覚えていませんが、大体そのくらいの時間だったような気がします」

「秋月さん、そうでしたか？」

「ええ、大体そのとおりです。自分は〈紫の道〉の担当になったので、その道に沿ってずっとカードをさがしていて、四十分くらいして、角野さんが少し離れたところにいるのを目撃しました」

「カード探しを始められてから、その、角野さんと出くわすまではどなたともお会いになっていない？」

「ええ、誰とも会っていません」

「角野さんも、その、カードを探していた時間に、他にどなたにもお会いにはなっていませんか？」

「いえ、会っていません」と角野も首を振った。

「だとすると、秋月さんと角野さんは事件当時のアリバイは成り立たないことになりますね。〈紫の道〉あるいは〈橙色の道〉から引き返せば広場に出て、そこで見とがめられずに犯行を行なう機会はあったことになる」

「犯行機会の有無だけで言えば、そうなるでしょうね」秋月は冷静にうなずいた。「自分としては、そんなことをしていないのは知っていますが」

「もっとも、角野さんの場合、あの〈藍色の道〉の奥に血をまきにいくのが困難というのがありますね。あの〈灰色の道〉の奥の、〈小崖〉の上に行くには、〈緑の広場〉を横切って、〈白の道〉か〈赤の道〉のどちらかを通って、灰色の標識のところにまで行かないといけない。しかし、〈白の道〉の方を行くと、崎守さんたちがいる小屋の前を通るから、崎守さんたちからみられていた可能性が高い。しかしあの時間帯に小屋の前を通った人はいないと、崎守さんとマークさんは証言しておられる。また、小屋の裏手の〈赤の道〉の方を行くと、その近辺では、菰田テツさんがカード探しをしておられた。もかしすると、菰田さんに見つからずにその場をつっきることができたかもしれないが、かなり運頼みの、危険なチャレンジになります。それに、〈灰色の道〉にたどりつけたとしても、その奥でカードを探している内布施さんの目に止まらない保証はない。その時間は、たまたま奥の、〈銀色の道〉の方を内布施さんが探しておられたそうですから、その時間帯なら、見つからずに〈小崖〉の上までの往復はできたかもしれない。が、これもかなり偶然頼みのあやうい橋をわたるやりかたです」

「あの〈小崖の〉上まで行くまどろっこしいやりかたより、〈藍色の道〉に直接入った方がはやいだろうに」と川端が言う。

「たしかにそのとおりです。しかし角野さんは、花粉症もちなので、〈藍色の道〉の下を往復したら、花粉に反応していたはずなんですよね?」

「ええ、そうなっていたと思います」と角野は肯定した。

「しかし、事件発覚後の角野さんの様子を聞いたところでは、咳やくしゃみをしていたわけではなかったそうなので、〈藍色の道〉の花粉の下を通ったわけではなさそうだと目されます」

「ただ、花粉への反応の有無だけで、その可能性が完全に排除されるわけではないと思うが」と川端が言う。「マスクをするとか、完全防護の用意をして木の下を通ればいいわけだから」

「私、そんな準備を持ち合わせていません」角野が抗議するように口を尖らせて言った。

「ええ、それはもちろん、いま川端さんがおっしゃったことは、可能性としては念頭にあるものの、そうだと決めつけているわけでもありません」と山崎は応じた。「特に秋月さんの場合、他の方たちと違って、花粉には無反応というのがあります。岸本さんの流れた血をとって、花粉のある杉の下を通って、奥の崖下の突き当たりにまでその血を運ぶこともできた。他の人なら、そのルートを通れば、咳き込んだりするところを、あなただけは、無反応でやりすごすことができた」

「何がおっしゃりたいんです？　私が怪しいと言いたいのですか？」

「いえ、あくまで可能性として吟味しているだけです」

「スミマセーン」それまで話を聞いていたマークが声をあげた。「ダイタイ、ワカリマシタ。ヒトツ、タシカメタイコトガアリマス」

「確かめたいこと？」山崎が訝しそうに聞きかえす。

（マーク……）

マークの言葉を聞いて、聡子は胸がぎゅっと高鳴るのを覚えた。

（マークがああ言うということは……）

(何か見抜いたか、わかったことがあったのね……)

(これはまた……)

(マークの名推理がみられるかも……)

「ココカラヒロバノホウヘイキマス」

「なんで、今そんな……」

そう山崎が抗弁しかけたが、聡子が、

「ここは、彼の言うことを聞いてあげてください」と頼んだ。

山崎は不審そうに聡子をみていたが、ため息をつき、「わかりました」と言った。

マークは小屋を出て、外の道をつかつかと歩み始めた。山崎、川端ら一同は、マークのあとにみなつきしたがった。

「サトコサーン」

「なに?」マークに呼びかけられて、聡子は聞き返した。

「サトコサンガ、ヒトカゲノヨウナモノヲミタノハ、コノアタリデスカ?」

「ああ、あの川端さんと一緒にいたときに人影らしいものがみえたという話ね。そうよ。このあたりのはず」

マークは、その木をまじまじとみつめ、かがんで何やら調べ始めた。

やがて何かをみつけたらしく、マークは立ち上がった。

マークが手にしているのは、小さな木の棒のようなものだった。よくみると、売店で売っているアイスクリームについている小さな板棒のようだった。

マークは、その板棒を少し指でぬぐい、舐めてみたりしている。

「あ、なにするの、マーク。汚いわよ」

「アマイデース。ココ、テープガツイテイマス」

「テープ？」

マークが示した板棒の先には、セロハンテープのようなものがまきついているのがみえた。

「これが何か？」

「イマカラセツメイシマス」

＊

「コレ、サッキ、アノコヤデタベテイタ、ハチミツノオカシ」

マークは、さきほど小屋でつまんでいた駄菓子と、どこから用意したのか粘着テープのようなものをとりだした。そして、その菓子を近くの太い木の幹にはりつけた。

「オーケイ、アチラニモドッテシバラクマチマショウ」

マークが何をしようとしているのかいまひとつつかめず、聡子は首をかしげていた。

さきほどの小屋まで戻り、振り返ると、さきほどマークが菓子を張りつけたあたりに、カラスが数羽群がってきた。

「ルック・アト・ディッス」

マークが指さしているその木のあたりをしばらく眺めていると、突然、バタバタとカラスが羽ばたいて一斉にその木から飛び去っていった。

「あ、これ!」聡子は思わず声をあげた。「あのとき、川端さんとみた光景にそっくりだ。あのときも、あんな風にカラスが突然バサッバサッと羽音をたてて、飛び立っていった」

「ソノトキ、サトコサン、ヒトカゲヲミマシタカ?」

「人影? ちょっと、かすかにみえたような気もしたけど……」

そういわれて聡子は、マークの言わんとすることがわかった気がした。

「つまり、あのとき、あたしが人影のようにみえたのは、この木のところにカラスをわざと群がらせて、飛び立っただけのことだったと……?」

「コレクト」

マークがそのとおりという風にうなずいている。

(つまり……)

(マークが言いたいのは……)

(川端さんが仕組んだってこと……?)

「ちょっと、マーク。こっちに来て」

聡子はマークの腕をつかみ、小屋の裏手にまでひきずって連れてきた。

「ちゃんと説明して。そしたら、それをあたしが皆に説明するから。あなたがいちいち、あんな片言(かたこと)

喋りしていたんじゃ、まどろっこしくて仕方がないから」

「オーケー。レット・ミー・イクスプレイン」

＊

聡子とマークは一旦小屋の裏手から回って、表の〈白の道〉の方へ出て、そこから少し道の坂を登って脇にある長椅子のところに来て坐った。

「マーク。待ってね。誰を犯人だと指摘しようとしているかは、大体わかった。でも、その道筋を、あたしが代わって説明するからには、いろいろと筋道立てないといけない。待って」

聡子は体にかけていたポーチから、鉛筆とメモ帳をとりだした。

「要点をメモしておくから、順番に説明して」

「オーケイ。ファースト……」

そこへ、のっそりと歩いてきた人影があった。聡子が振り向くと、父親の千代楽親方だった。

「お父さん！」

「おお、聡子。何かこちらで大変なことが起きているらしいな。あそこの宿泊所で小耳にはさんで、心配になって来てみたが。おまえは無事そうなので安心した」

「ボス。アイ・ハブ・ア・リクエスト」

そうマークが言うので、千代楽親方は首をかしげ、

「何だ？」と訊いた。

「ユー・オルソ・ハブ・ア・ロール・イン・ジィス・ケース」

「お父さんにも役割があるから、ちょっと頼みごとを聞いてほしいって」と聡子がマークの言っていることを通訳する。

「何だって？　わしに何をしてほしいんだ？」

「コレカラセツメイシマス……」

*

十五分ほどかけてマークから推理の概要を聞き出した聡子は、マークとともに小屋へもどってきた。

一同は聡子が何をこれから喋ろうとしているのかを注視し、固唾を飲んでいる感じだ。

「ああ、もうしばらくお待ちください」聡子は場をとりなすように言った。「あたしの父ももうすぐ来ますので」

その言葉どおり、じきに浴衣姿の千代楽親方もその小屋に姿を現した。

「さて」一同を見回して聡子は言った。「大体そろったわね。それでは始めます」

話し始めるにあたって、聡子はまず大きく深呼吸した。

「いろいろとこみいった話があるのですが、なるべく簡潔に、要点だけを述べます。

まずこの事件のポイントのひとつは、死体発見現場となった〈緑の広場〉の一画とは少し離れた、

〈藍色の道〉の奥に、遺体のものと同じらしい血液と、何かをひきずったような跡が見つかったことです。このあとは、一見したところ、本当の殺人現場が〈緑の広場〉でなく、〈藍色の道〉の奥であり、そこから死体を〈緑の広場〉まで運んできた犯人の工作の痕跡であるように思われました。ところが実はそうではないことが、岸本さんの遺品の携帯電話のデータから判明しているのですが、まずは、みせかけどおりに、もし、犯行現場が〈緑の広場〉でなく、〈藍色の道〉の奥だったとしたらどうなるかを考えてみましょう。そうした場合、あそこに行くのは、花粉の濃いところを通らないといけません。亡くなった岸本さんは、花粉は特に反応されない方でしたが、〈藍色の道〉の奥でもし誰かと会っていたとしたら、その誰かとは、やはり花粉に反応しない人である可能性が高いはずです。それはまず、花粉に反応する人が、好き好んで花粉の濃い〈藍色の道〉に入っていくとは考えにくいし、そんなところで誰かと待ち合わせをするとは考えにくい。また、事件発生から間がないところで、関係者に集まってもらったところでは、咳やくしゃみをしている人が、見た感じいなかったことからして、花粉に反応する人が、あのときに〈藍色の道〉を通ったとは考えにくいというのがあります。だとすると、消去法で、参加者のうち、亡くなった岸本さん以外に、花粉に反応しない唯一の方、秋月さんが一番怪しいということになります。秋月さんであれば、岸本さんと、〈藍色の道〉の奥で会っていた可能性がもっとも高そうにみえるからです」

「いや、ぼくは……」

何か秋月が言いかけるのを聡子は遮って、

「いえ、これはまだ秋月さんが犯人であると決めつけようとしているのではありません。あくまで、犯行現場があの〈緑の広場〉でなく、〈藍色の道〉の奥であったという仮定にたっての話です。しかし、実際はそうではなかったことが、岸本さんが身につけていた腹巻の中の、移動データを記録している特別の携帯電話から証明されました。このデータ自体が信用できるかどうかは、一考の余地があります。もしかしたら、犯人が、岸本さんのその携帯電話の存在を知っていて、移動データがないように工作した可能性もあるかもしれません。ただ、遺体を調べた鑑識の方の話では、遺体にきつく巻きつけられていた腹巻は、とりだされたあとはなく、遺体の衣服にも特に乱れはなく、脱がされたりしたあとがないことから、一応その可能性は除いてよいように思えます。また、もしそんな工作があったとしたら、〈藍色の道〉の奥に跡をつけるのとは別方向の工作を犯人がしていることになるので、矛盾した工作になるように思えます。

その携帯電話のデータを信用するとすると、犯行場所はあの〈緑の広場〉であって、遺体が移動されたりはしていないことになります。にもかかわらず、〈藍色の道〉の奥には、岸本さんのものらしい血液がまかれ、何かをひきずって動かしたような跡が地面についていた。これは、なぜでしょうか。この痕跡は、偶発的なものではなく、意図的にわざと残された可能性が高いように思われます。おそらく犯人が意図してやった工作である可能性が高いことになり、そうなると、なぜ犯人はそんなことをしたのかということになります。犯人は、岸本さんの移動が記録される携帯電話を常時身につけていることは知らなかった可能性が高いはずで、犯人の意図としては、犯行現場を〈緑の広場〉でなく、藍色の道の奥にみせかけたかったのだろうという推測が成り立ちます。

では、なぜそんな工作をしたのか。それは、さきほど、もし犯行現場があの〈藍色の道〉だと仮定した場合、一番疑わしいのが秋月さんになることからして、秋月さんに濡れ衣を着せようとするためだったとみるのが有力な可能性です」

「なるほど。そういう理由でぼくを容疑から外してくれるわけですね」と秋月が言うと、聡子は首を振った。

「いえ、まだ秋月さんを完全に容疑から外すわけにはいきません。秋月さんがわざと自分を疑われるような工作を仕組んで、容疑から免れようともくろんだという可能性を排除することができないからです」

「おやおや。なるほど、まあかなり曲芸的な理屈づけだけど、その理屈はわからなくはない。続けてくれたまえ」

「しかし普通に考えて、わざと自分が疑われるような工作をする犯人なんて、めったにいないはずですので、秋月さんの疑わしさは大いに減少しています。

　では、誰があの〈藍色の道〉に血をまくことができたのか。消去法で考えてみましょう。まず、あのとき小屋にいた私とマークは、互いにアリバイを証明しあっていますから除外できます。菰田夫人は、入口そばのベンチに待機しておられて、犯行時刻に〈緑の広場〉に来るには、私たちのいた小屋の前を通る〈白の道〉を行くか、その裏手の〈赤の道〉を行くしかありません。ですが、私たちはあの時間に誰も通るのをみていないし、〈赤の道〉には花粉を出す木があって、花粉に反応する菰田夫人が通れば激しく咳き込んでおられるはずです。

　菰田テツさんは、事件発生時刻に近い時間帯は、この小屋の裏手、〈赤の道〉のあたりでカードをさがしておられたそうなので、場所としては、犯行時刻に〈緑の広場〉に行くことはできます。ただ、菰田テツさんも、花粉に反応される方なので、〈藍色の道〉の奥に血をまきにいくには、〈藍色の道〉の花粉がネックになります。事件発生後、皆さんが集まってきたときに、特に花粉に反応をした様子ではなかったので、菰田テツさんは、犯行そのものの機会は否定できないものの、藍色の道に血をまくのが無理のように思われます。また、〈小崖〉の上から血をまくことは物理的に可能とされましたが、それも菰田テツさんが実行するのは難しいと思われます。〈緑の広場〉から、〈灰色の道〉の奥にある〈小崖〉の上に行くには、この小屋の前を通る〈白の道〉を行くか、裏手の花粉がある〈赤の道〉を通るか、そのどちらかしかありません。〈白の道〉の小屋の方は、私たちが詰めていて、人があの時間に通っていないのをみていますし、裏手の道を通れば、花粉のあるところを通ることになり、奥さんの菰田さんにもぶつかってしまう可能性が高い。仮に菰田さんが奥さんとは共犯で、口裏を合わせていたとしても、菰田氏が花粉に反応していなかったのが説明がつきません。

〈橙色の道〉でカードを探しておられた角野さんも、同様に、〈緑の広場〉での犯行の機会そのものは否定できませんが、血を〈藍色の道〉に運ぶのが困難です。やはり花粉に反応される方なので、〈藍色の道〉を行くか、〈小崖〉に行くために〈赤の道〉を行けば花粉反応が出るはずですし、〈白の道〉の前を通ると私たちの目に止まったはずです。

内布施さんは事件発生当時、〈灰色の道〉から〈銀色の道〉に入ったあたりでカード探しをしておられたそうですが、犯行時にこの〈緑の広場〉にやってきて、また戻っていくのが困難です。〈白の道〉を通ってくれれば、私たちの目にとまったはずだし、〈赤の道〉を行けば花粉反応が出ていたはずだし、菰田夫人に見られた可能性が高い。

秋月さんは犯行の機会はありましたし、花粉に反応しない方ですので、〈藍色の道〉に行って血をまくことができました。しかし、その工作が秋月さんを疑わせるものであるため、秋月さんのしわざだとするには、理が通りません。

とすると、残るのは、川端さん、あなたということになります」

「むっ」名指された川端はぎろりと聡子をにらみつけた。「私が犯人だと言いたいのかね？」

「はい」と聡子はうなずいた。「他の人と違ってあなたは犯行が可能でしたし、血をまくことが可能でした。マークたちと一緒に〈藍色の道〉の奥を探索に行ったときに、こっそり血をまくことができました」

「チガイマース、サトコサン」横で聞いていたマークが声をあげた。「ワタシ、アノトキズット、ソバニイマシタ。チヲマクキカイ、コノヒトニアリマセン」

「ではどうしたというの？」

「ああ失礼」そのとき千代楽親方が、懐から小さなビンとスプレー缶のようなものをとりだした。「わたしは、少々鼻炎と気管支炎を患っておりましてな。ちょっと失礼して薬をとらせてもらいますよ」

そう言って千代楽親方は、自分の鼻にスプレーをふき込み、用意していた粉薬を飲もうとして、うっかりと――そうみえた――手を滑らせてしまった。

「おっと！」

粉があたりにまきちらされ、ちょっとした煙のようなものがたちあがった。

「何これ？」

「えっ、？」

「これは……!?」

その煙を吸って、菰田テツ、菰田キヨ、内布施らがゴホゴホと咳き込み始めた。

川端は少し目をショボショボさせて、鼻をぬぐっていた。

角野はよくわからない様子で、まわりを見回している。

「オワカリイタダケマシタカ？」司会役のマークが、しばらくの沈黙の後に口を開いた。

「イマ、マカレタノハ、カフンデス」

「花粉？」

「オヤカタニタノンデ、ココノ、カフンヲサイシュシテ、ビンニツメテモライマシタ」

「花粉をビンに？」

「コモダフサイ、カワバタサン、ウチフセサン、ミンナ、カフンハンノウシマス。サトコサン、ワタシ、ヤマザキサンナド、ハンノウシマセン。カワバタサン、アナタワスコシダケハンノウシテイマス」

ここまできて自分が罠にはめられたと悟った角野はさっと顔色を変えた。

「ハンニンワアナタデス、カドノサン」

＊

「えっ⁉」真先に驚きの声をあげたのは聡子だった。「マーク、話がちがうじゃないの？　あなたから教わった推理で、川端さんが怪しいって……⁉」

「ノーノー。カフン、ハンノウ、シナイヒトガハンニン、ワタシ、イイマシタ。イマ、カフン、ハンノウ、シナカッタヒト、カドノデス」

「でも……」聡子は当惑しながらつづけた。「お父さんは、花粉の濃いところにいって、ビンにその花粉を詰めてきた。そのビンの中身をまきちらしたのは、自己申告だけでは証明しきれない花粉症をみなさんが本当にもっているかどうかを試すため。その結果、菰田夫妻、内布施さんは、本当に花粉症をもっていることがわかり、それより弱い反応だけど、川端さんも反応することがわかりました。その中で唯一、角野さんだけが反応しなかった」

　マークは角野を指さしながら言う。

「ワタシ、ミテマシタ。アナタ、ダイダイノミチカラ、ヒロバニカエッテキタトキ、コモダキヨサンニチカヅイタ。コモダキヨサン、カフンハンノウシテ、ゴホッゴホッイッタ。ソレマデコモダキヨサン、ハンノウナカッタ。ナゼソノトキハンノウシタノカ。アナタガチカヅイタタメデス。アナタ、カフンノアルトコロ、トオッタ。アノ、アイイロノミチヲイッテ、チヲマイテキタ。ソレガアッタノデ、コモダキヨサン、アナタノカフンニハンノウシタ」

「そんな……」

「カワバタモアヤシイ。カクシンナカッタ。ダカラ、カフンハンノウ、オヤカタニタシカメテモラッタ。アキツキヲハンニンニスルタメノコウサク、ツクッタノハカワバタデナク、カドノ」

「ちょっと待って」混乱する頭を整理しながら、聡子は言う。「じゃあ、さっき、カラスを招くために木に甘いもの塗って、テープで止める工作をやるのが可能で、それをやったのは川端だと推理していたんじゃなかったの？」

「ソウイウヤリカタモカノウ。デモソノトオリダッタ、トワキマッテナイ」

「なによ、それは……」と聡子は声をあげる。「とすると、角野さんは、皆がカード探しをしている時間帯に、〈橙色の道〉でカード探しをしているふりをして、〈緑の広場〉までやってきて、そこにいた岸本さんを後ろから煉瓦のブロックで殴りつけて殺害したと。これは時間的には一応可能で、誰かに見られるリスクもあるけれど、見られずにやることも可能といえば可能。ここはいいにしても、その後、角野さんは、花粉に反応しない秋月さんに容疑を向けるために、岸本さんの流している血をすくって、花粉の濃い〈藍色の道〉に行って、その奥にその血をまいた。死体移動をしたような跡をそのときつけたと。あれ、たしかに可能といえば可能よね？　角野さんが花粉に反応しない人であれば」

「カフン、ハンノウシナイ、サッキ、ショウメイ」

「そうね。さっきお父さんがわざとまいた花粉に反応しなかったのは角野さんだものね。それで、あたしは直接みていないのだけど、マークがこの広場にいたとき、〈橙色の道〉から戻ってきた角野さんが、菰田夫人に近づいたときに、菰田夫人が咳き込み始めたと？」

「ライト。クシャミシテマシタ」

「それは、〈藍色の道〉を通ったばかりの角野さんの体に花粉がついていたためで、他の人より花粉に敏感な菰田夫人がそれに反応したと？」

「ライト」

「ええーっ。でも、あたし、てっきり、こちらの川端さんが……」

「お嬢さんには随分疑われていたようですな」苦笑をうかべて川端が言った。

山崎が「今の推理、感服しました」と言う。

「マークさんの推理は非常に筋が通っていて、私としても納得させられるところがあります。立件するにはまだ証拠が充分にかたまっているとは言えませんが、角野さん、署で話を聞かせてもらえますかな？」

「う……」

暗い目をして、拒絶の意志を示している角野の姿をみて、聡子は初めて、

（あ……この人が本当に犯人だったんだ……）

と感じた。

「角野さんは、花粉に反応するふりをしていただけで、本当は花粉反応者じゃなかったんですね。前日の、花粉のある道を通ったときに、参加者の中では、岸本氏と秋月氏の二人だけが花粉に反応しないことを知った角野さんは、岸本氏を殺したときに、その疑いを花粉無反応の秋月氏に向けるために、わざと自分も花粉に反応するもののふりをした」

「ライト」とマークが後押しをする。

「でも、なぜ、そんなことを……？」

「ドウキ、ワカリマセン。スイリ、テガカリ、ナイトデキナイ」とマークはこたえた。

結局、殺人事件という深刻な事態が発生したために、そのトラチャン・ツアーは中止となることが決まった。

＊

後日、山崎警部から報告をうけたところでは、事件の真相は大体はマークが見抜いたとおりのものであることが判明した。追及をうけ、角野は犯行を認め自白した。

不明瞭だった犯行の動機も、角野の自白によって明らかになった。岸本が密売していたグループ内の対立で、角野の愛人の男性が岸本から恐喝される立場になっていたためらしい。

「あーあ、せっかく楽しい旅行のはずだったのに、あたしたち、呪われているのかなぁ」と聡子は御前山にぼやいた。「大体、あたしたちって、どこかに出かけたりするたびに事件が起こったりしてない？なんかまるであたしたち、推理小説の中の登場人物みたいよね」

「いやいや、聡子さん。そんな『三つの棺』の探偵役みたいなことを言わないでください」

「『三つの棺』ってなにそれ？　面白い小説なの？」

「ええ、それはもう。密室ミステリ好きにはたまらない、バイブルのような名作です。ひとつ，お読みになってはいかがでしょうか？　お薦めしておきますよ」

「そうね、そんなに面白いなら、読んでみようかしら」

「おやおや。聡子さんもちょっと変わられましたね」

「どう変わったというのよ？」

「一年前は、私がアゾートの出てくるミステリ作品をあげたときに、そんな変なものなんか知らないわよ、というようなおっしゃりようだったかと記憶していますが」

「そうね、そんなことを言ったかもしれないけれど、今では少し気が変わったわ。こんなにしょっちゅう事件に出くわすんじゃ、そういう事件のことに備えるためにミステリを読んでおくのも役に立ちそうに思えてきたもの」

決まり手は〝ツッコミ〟

飯城勇三

題名でわかるように、本書は二〇〇四年に角川春樹事務所から出た連作短篇集『大相撲殺人事件』の続篇になります。こちらは十四年前の作品なので、忘れた人や、未読の人も、少なくないでしょうね。そこで、内容を簡単に紹介しておきましょう。

『大相撲殺人事件』

アメリカ人青年のマークは、〈千大学〉と間違えて、大相撲の〈千代楽部屋〉に入門する。たぐいまれな才能で、あっという間に幕内まで昇進するマーク。だが、並行して、いくつもの殺人事件に巻き込まれる。立ち会いでの爆破事件、首を切られた前頭、取組相手の連続殺人……。千代楽親方の娘・聡子や、ミステリー・ファンで万年幕下の御前山とともに、マークは事件を次々と解決するのだった。

この本の刊行当時、私は高く評価し、『２００５本格ミステリ・ベスト10』で、以下の順位をつけています。

一位＝天城一の密室犯罪学教程（天城一）　二位＝**大相撲殺人事件**（小森健太朗）　三位＝名探偵木更津悠也（麻耶雄嵩）　四位＝生首に聞いてみろ（法月綸太郎）　五位＝暗黒館の殺人（綾辻行人）

私にとって天城作品は〝別格〟なので、実質的な一位は、麻耶、法月、綾辻の作品をぶっちぎって、『大相撲殺人事件』ということになります。

では、当時の私は、なぜそこまで高く評価したのでしょうか。それは、次の二つの魅力によるものでした。

①〝相撲界〟という特殊な世界を利用した魅力的なアイデア。

例えば、「女人禁制の密室」では、土俵の中央で行司が殺されます。ところが、容疑者は全員が女性なので、土俵に上がることはできません。だから〝密室〟になるわけですね。ちなみに、トリックは「女性看護士が行司の心臓マッサージを口実に土俵に上がった」というもの——ではありません。

あるいは、「対戦力士連続殺害事件」。この作では、「取組が決まった力士が休場した場合、相手は不戦勝になる」という決まりを利用した犯罪が登場します。

②過去の本格ミステリーを相撲と組み合わせてパロディ化するという魅力的な試み。

例えば、「最強力士アゾート」には、力士の体のパーツを組み合わせて最強の力士を作ろうとする犯罪が出てきます。もちろんこれは、島田荘司の『占星術殺人事件』のパロディですね。

あるいは、館の中で風火地水の名を持つ力士が次々と見立て殺人の犠牲になる「黒相撲館の殺人」。こちらは、小栗虫太郎『黒死館殺人事件』のパロディです。

当時、私が評価したのはこの二点でした、しかし、その後、何年もたってから、この本には別の魅力もあることに気づかされました。それは、

③ツッコミどころ満載の魅力的なプロット。

私がこの魅力に気づいたのは、この本の文春文庫版に添えられた奥泉光による解説でした。全六ページのうち、③のツッコミについてが三ページもあるのに、①と②の本格性については、合わせて二ページにも満たなかったのです。

正直に言うと、この解説を読む前の私は、こういった魅力をさほど重視していませんでした。例えば、奥泉はマークの勘違い入門のくだりにツッコミを入れているのですが、私は、

・相撲界という特殊な世界で起きた事件を解くには、探偵役は相撲界を知らない人物が良い。↓外国人にする。

・さらに、自ら進んで入門するほどの相撲ファンではない方が良い。↓勘違いで入門させる。

――といった具合に、舞台の特殊性から逆算した設定だと思っていたからです。しかし、言われてみれば、確かに作者はツッコミどころを数多く入れていますね。前述②のパロディ性も、ミステリー読者から見ると、ツッコミの対象と言えるでしょう。

いずれにせよ、『大相撲殺人事件』は、①特殊世界ミステリーであり、②本格ミステリーのパロディであり、③ツッコミどころ満載のミステリーであったわけです。作者の才人ぶりを遺憾なく発揮した作品だと言えるでしょう。

『中相撲殺人事件』

本書はその続篇となり、主要人物は変わっていない上に、作中時間も数箇月しかたっていません。従って、前著刊行以降の十四年間に現実の相撲界に起こった、あの事件やこの事件が組み込まれていることを期待してはいけません。力士の奥さんが携帯電話を踏みつぶしたり、カラオケのリモコンが凶器に使われたり、同性愛の行司が登場することはないのです（おっと、同性愛は『大相撲殺人事件』で……ゴホンゴホン）。

ところが、舞台や登場人物や作中時間が続いているにもかかわらず、物語の方は、大きく変わっていました。

例えば、被害者の数。『大相撲──』では、なんと、二十三人の力士と一人の行司が殺害されます。まさしく、作中で御前山が語るように、「角界は、去年生じた土俵での爆発殺害事件以降、〈大量死〉の時代に突入しました」。

（なお、『大相撲──』最終話は、暁大陸が瀕死の重体のままで終わりますが、本書を読むと、助かったようです。十四年間も心配していた暁大陸ファンの人（いるのか？）は、よかったですね。）

しかし、本書では、大相撲力士の死亡者は、一人もいません。被害者は十一人いますが、広い意味での〝力士〟が一人いるだけで、残りは相撲とは無関係の人たちなのです。

また、『大相撲──』の最後には、いずれ大相撲力士と黒相撲力士の死闘が幕を開けるであろうことが暗示されていましたが、本書では、完璧にスルー。ひょっとしたら、相撲協会から、何らかの圧力がかかったのでしょうか？　それとも、黒相撲力士よりも問題なのはモンゴ……ゴホンゴホン。

ですが、『大相撲―』と本書には、これよりも、もっと大きな違いがあります。それは、前述の①～③の魅力のうち、③が大幅に増量され、その分、①と②が減っているという点。本書に①と②、つまり本格ミステリーを期待している読者には、ここで指摘しておいた方がいいでしょう。本書収録の全六作のうち、厳密な意味で〈本格ミステリー〉と呼べるのは、後半の二話しかありません（ページ数にすると、この二話で約半分を占めていますが）。残り四話は、「相撲界を舞台にしたツッコミどころ満載のユーモア・ミステリー」なのです。

作者のこの路線変更、というか、重点の変化が、何によるものかはわかりません。もしかしたら、昨年（二〇一七年）、『大相撲―』がツイッター上で〝ネタ〟として――つまり、ツッコミの対象として――評判になったことが一因なのかもしれませんね。このあたりの事情は、いずれ、作者が明かしてくれることを期待しましょう。

では、本書収録作を、①～③の見地から、個別に見ていくことにします。トリックや犯人やオチは明かしていませんが、ヒント的な文は出てくるので、予備知識なしで楽しみたい人は、本篇を先に読んでください。

第1話　雷電の相撲

初日から、いや、幕開きからツッコミどころ満載の作品。ただし、冒頭で御前山が語る「一流選手のプレイを見てイメージトレーニングをする」というのは、実際にも行われている、真っ当な練習法です。それが、なぜかビデオなど存在しない雷電を対象に選ぶところからおかしくなり、最後にはとんでもないところに着地して、読者のツッコミを誘います。

ミステリーとしては、「ある世界の中の人と外の人では、同じ言葉でも解釈が異なる」という発想がミソ。しかも、〝中の人〟の聡子も、力士とはギャップがある、というオチまで添える見事さ。――なのですが、まあ、こんなことは考えずに、「ギュィーン」と奇声を上げて勝ち進む御前山を愛でるのが、正しい楽しみ方でしょう。

第2話　中相撲事件

本作は、プロットだけを抜き出すと、〝泣ける〟ミステリーになっています。過去の純愛、夢破れて地方で暮らす男、虐待される子供、といった〝泣ける〟要素も盛り込んであります。――しかし、読者は泣かずに笑うに違いありません。そして、ツッコミを入れたくなるに違いありません。これが、相撲の力なのです（違うかな？）。

ミステリーとしての見どころは、密室状況をめぐるディスカッション。思いつく限りの可能性が列挙され、それが次々に否定されていくシーンは、まさにミステリーの醍醐味と言えるでしょう。――しかし、読者はそんな醍醐味を感じることなく、笑ってツッコミを入れるに違いありません。そもそも、みんなが不可能状況に説明をつけようとする理由が、他のミステリーとは、百八〇度、異なるのですから。

第３話　金色のなめくじ

冒頭を読んだ読者は、現実の相撲界で二〇一〇年に起こった〈野球賭博問題〉を思い浮かべたのではないでしょうか。しかし、志宝龍の湖上の特訓のシーンから話はおかしくなり、とんでもない賭博が登場し、読者のツッコミを誘います。

ミステリーとしては、〝金色のなめくじ〟を利用したトリックに注目すべきでしょう。ただし、読者が推理できるようなものではありません。このあたりは、『大相撲―』の第一話と似ていますね。

また、作中にH・C・ベイリーの中篇「黄色いなめくじ」への言及がありますが、パロディを狙ったわけではないようです。子供が出てきたときは、狙ったのかと思いましたが……。

第４話　美食対決、ちゃんこの奥義

題名でわかるように、漫画などでおなじみの料理対決ネタ。料理対決自体は真面目な設定ですが、料理のお題が〝ちゃんこ〟となった時点で、ツッコミどころ満載になります。作中でも語られているように、力士が毎日の稽古の後に食べるちゃんこは、一般客がたまに食べるちゃんこ鍋とは、目的が異なるのですから。――もちろん、作者はそんなことは百も承知で、ちゃんこでの料理対決を描いているわけです。

そして、読者の盲点を突く根拠によって、勝敗が決まり、さらに、中盤に張っておいた伏線でオチがつきます。ここまで読み、ようやく読者は、作者が対決させる料理にちゃんこを選んだ理由を思い知ることになるわけです。

なお、まったくの余談ですが、本作を読むと、聡子の性格が母親譲りであることが、よくわかりますねえ。

第5話　四十八手見立て殺人

「四十八手」プラス「見立て殺人」という、相撲と本格ミステリーの融合を狙った傑作短篇。前述の①〜③がバランスよく盛り込まれていて、本書で最も『大相撲―』の流れをくむプロットになっています。加えて、見立ての〝ずれ〟から犯人を特定する推理もお見事。個人的には、他の作もこういった話にしてほしかったのですが……。

本格ミステリー・ファンのみなさんには、これ以上、データを与えない方が良いと思うので、ここまでにしておきますが、最後に一つだけ。

本作とよく似たプロットのミステリーを、私も書いています。それは、同じ南雲堂から二〇一七年十二月に出た『本格ミステリー戯作三昧』に収められてる「二十一世紀黒死館」というパロディ。機会があったら、読み比べてください。ＣＭ終わり。

第6話　虎党パズル

これまた題名でわかるように、有栖川有栖の『孤島パズル』を意識した作品。ただし、パロディではなく、『孤島パズル』ばりの推理で犯人の動きをトレースし、その動きが可能だった唯一の人物を突きとめるという話。つまり、〝普通の〟本格ミステリーなのです。従って、本書の中では、まさしく〝異色作〟と言えるでしょう。

その推理ですが、私がゲラで読んだときは、現場の位置関係がよくわからなかったので、編集部に図を入れるように頼みました。この要望は受け入れられたようなので、自分で推理するのが好きな本格ミステリー・ファンは、私の理解力の低さに感謝してください。

なお、本作は〝普通の〟本格ミステリーなので、ツッコミどころはほとんどありません。……いや、大きなツッコミを、一つだけ入れることができましたね。

「相撲、関係ないじゃん」

本書の最初の四話は、ツッコミどころ満載のプロットに、ミステリー的な伏線やミスリードやひねりやひっくり返しを添えた、爆笑必至の作品。

次の第5話は、『大相撲―』と同じ、相撲という設定を生かした、パロディ的な本格ミステリーの傑作。

最後の第6話は、緻密な推理が展開される普通の本格ミステリーの秀作。

この本に『大相撲殺人事件』のような内容だけを期待した読者は、全体の半分しか満足できなかったかもしれません。しかし、本書はその分、お馬鹿度とナンセンス度とツッコミどころが大幅に増量されているのです。タイプは違いますが、どの短篇も、楽しく読めることは間違いありません。読書の間、ニヤニヤ笑いが止まらなかった人の方が、圧倒的に多いはずです。

いや、こういう受け身の楽しみ方は、本書にはふさわしくありません。作者は立ち会いから〝誘い受け〟の一手を繰り出しているのですから、読者としては、〝ツッコミ〟を入れまくって応戦するのが、ガチンコ読書というものでしょうね。

では、次の『小相撲殺人事件』も、期待して待ちましょう。まあ、また十四年も待てるかどうかはわからないし、その頃には相撲界も分裂か消滅しているかもしれないので、作者には、気合いを入れてほしいものです。

――という解説を書いて編集部に送ってからゲラが届くまでの間に、『小相撲殺人事件』の第一話が発表されました。文藝春秋社からの電子書籍版です。

時系列では、本書の第5話「四十八手見立て殺人」の解決直後の事件。御前山の推理力に感心した中西警部補が、もう一つの事件も相談する、という設定です。内容も「四十八手見立て殺人」の姉妹編といった趣(おもむ)きで、今回はダイイング・メッセージ(小森健太朗著『大相撲殺人事件』)に対して、〝大相撲〟を生かした斬新な解釈を見せてくれます。同じ作者の『探偵小説の論理学』(南雲堂)の第二部第十七節「『シャム双子の謎』とダイイング・メッセージの難題」と併せて読むと、より楽しめるでしょう。どうやら、第三集も期待してよさそうです。

中相撲殺人事件

2018年 6月 5日　第一刷発行

著者　小森健太朗
発行者　南雲一範
装丁者　岡 孝治
発行所　株式会社南雲堂
東京都新宿区山吹町361　郵便番号162-0801
電話番号　(03)3268-2384
ファクシミリ　(03)3260-5425
URL http://www.nanun-do.co.jp
E-mail nanundo@post.email.ne.jp
印刷所　図書印刷株式会社
製本所　図書印刷株式会社

ISBN 978-4-523-26571-9

《奇想》と《不可能》を探求する革新的本格ミステリー・シリーズ

本格ミステリー・ワールド・スペシャル

島田荘司／二階堂黎人 監修

浜中刑事の迷走と幸運

小島正樹 著

四六判上製　352ページ　本体1,800円+税

刑事さんたちが事件を担当してくれた。
僕にはそれが幸運でした——。

駐在所勤務を夢見、妄想を爆発させるミスター刑事・浜中康平とクールな相棒・夏木大介のコンビが迷走!?
鉄柵で囲まれたフリースクールで教師が殺害された。鉄格子の嵌まった狭い居室で学園を賛美する生徒たちに犯行は不可能。凶器は学園のはるか外にある街路樹の上方にささっていた。群馬県警捜査一課の浜中と夏木は、事件のウラに学園の闇があると考えて捜査を開始する。